书鱼知小

流沙河 著

北京联合出版公司
Beijing United Publishing Co.,Ltd.

图书在版编目（CIP）数据

书鱼知小 / 流沙河著 .—北京：北京联合出版公司，2020.12

ISBN 978-7-5596-4691-0

Ⅰ . ①书… Ⅱ . ①流… Ⅲ . ①随笔—作品集—中国—当代 Ⅳ . ① I267.1

中国版本图书馆 CIP 数据核字（2020）第 219298 号

书鱼知小

作　　者：流沙河
出 品 人：赵红仕
责任编辑：牛炜征
选题策划：最近文化

北京联合出版公司出版
（北京市西城区德外大街 83 号楼 9 层　100088）
河北鹏润印刷有限公司印刷　新华书店经销
字数 189 千字　880 毫米 ×1230 毫米　1/32　印张 8.75
2020 年 12 月第 1 版　2020 年 12 月第 1 次印刷
ISBN 978-7-5596-4691-0
定价：49.00 元

目录

古人居家

古人吃饭

古人做工

古人爱美

神奇动物

说文解字

名正言顺

古人科研

古人打仗

古人当官

说文解字

名正言顺

古人科研

古人打仗

古人当官

古人写诗

古人居家

释家

在《家》中，觉慧说，家是“宝盖下面一群猪”！

凡我中华读书人，面对这个家字，如果仔细想想，没有不吃惊的。我们是人啊，住在屋顶下，同豕有啥关系？可惜，肯仔细想想的读书人太少了。猪就猪吧，得过且过，说不定我们还不如猪呢。终于有个仓颉，把家字简化了。宝盖保留，为了避风遮雨；豕改成人，为了循名责实。这个新简化字，已经颁布天下，后来又阴悄悄取消了。豕改人，行不通，倒不是我们喜欢变猪，而是三千多年来中华读书人已经习惯了那个“家”字。

为什么屋顶下一头豕就是家字？1958年有文化人说，家字证明家家养猪。此说为了迎合“大养其猪”的号召，全不顾文字学的常识。《说文解字》云：“家，居也。从宀，豭省声。”原来屋顶下不但是一头豕，而且是一头雄性的豕——豭。豭是公猪，正如麚是公鹿。豭麚音同，皆 jiā。屋顶下不写豭而写豕者，简化也。豭之为物，非常不雅。《春秋左传·定公十四年》载宋国的公子朝，上了年纪，不理国政，跑到卫国去和卫灵公妃南子乱谈恋爱，被宋国的百姓骂作艾豭，也就是老公猪。真是愈说愈丑，人类的家竟与公猪扯在一起。好在中华读书人不但习惯了，而且还有一点可爱的保守精神，不去妄动那头公猪，“以俟来者”。

豭，蜀人通称豭猪。豭字音读讹了，落在纸上，变成“脚”猪。乡村中有牵豭猪配种者，姓张呼张豭猪，姓李呼李豭猪。你有母猪发情，请他他就牵来，当场配种。想象远古时代，也是这样配种。那时还是母系社会，男方入赘女方，正如豭猪牵入母猪圈栏。人类的家就这样与豭猪扯在一起了，盖其事相类耳。可知当初家这个字作动词用，专指入赘行为。男就女曰家，女就男曰嫁。种子从居宅播到田野去，便是稼了。家字早出，反映母系制的残余。嫁字晚出，反映父系制的确立，而稼则是农耕社会才有的字了。

动词的家《说文解字》以“居”释之，非常准确。后来通用名词的家，便忘掉动词的家了。现代雅人居家，生怕和猪扯在一起，尤其是公猪，想起都作呕。可悲的是见物而不见人，以为住宅居室就是家了。宝盖下面一套豪华家具，缺乏人生趣味，还不如“宝盖下面一群猪”！

古之坐跪走跑跳

话及白居易诗，客问“可怜九月初三夜，露似真珠月似弓”的“可怜”二字是何意思。他不晓得古人说的可怜就是可爱，怜者爱也。这和今人说的可怜兮兮大不相同。语文古今之变，多有出乎吾人之意料者，试举例以言之。

例一，坐。坐字之形，二人土上对坐，不是坐在椅上。椅字原本指山桐树，亦即今之水冬瓜树，非座椅也。座椅之设，始于残唐五代，是从西北异族引进来的。字初作倚，后挪用山桐树之椅来代替倚，椅字的原义遂被暗杀了。北宋丁谓《谈录》记载窦仪堂前设有两具雕花椅子，供长辈坐。奸臣蔡京坐太师椅，显示豪贵。可知当时平民仍旧坐在地上，或是炕上。地上怎样坐呢？南宋朱熹在成都的文翁石室见过浮雕，刻有师生坐地讲课听课的场面。据朱熹的记载，是这样坐的：跪下去，尾椎搁置在双脚后跟上，两手放在腿上，上身直立，没有靠背。这和今人的坐姿相去太远了。“文革”中我多次被罚下跪，古人看见，会说这是坐在地上，够不上罚，反而是优待呢。如果此时打手叫道：“跪好！”我又做何动作？

那就转入例二，跪。我当时吃一惊，尾椎赶快脱离双脚后跟，重心移到双膝，全身呈大写英文字母L形，或木匠矩尺形，这便是真正的跪了。不过古人仍然要说：“这叫危坐。”危者高也。上身较之安坐耸高了也。危坐即跪。有长辈或贵人进屋来，凡安坐的都须赶快危坐，以表恭敬之意，正如我们臀部离开椅子，站起身来。当然，说跪是罚，也通，今人也有罚站的嘛。古人席地而坐，坐姿由安坐改变为危坐，亦易事耳，非耻辱也。后人高坐椅上，下跪便矮一截，口对贵人之胯，所以表敬意的危坐成了下矮桩的耻辱。古今不同，不可不察。

例三，走。古人说走，今人说跑。成都有走马街，旧时跑马地也。陆游的“当年走马锦城西”是写青羊宫赶花会，骑溜溜马小跑。此风俗一直延续到 20 世纪 50 年代前。走狗，猎户搜山狗也，追逐狐兔，必须快跑，这也是用走字的古义。贾宝玉奉父命即席作诗咏姽婳将军，想出一句“明年流寇走山东”，众清客皆称善，因为走字用古义便显得典雅。这时你会问了：“走就是跑，那跑又是啥呢？”

例四，跑。唐词咏马的有句云：“跑沙跑雪独嘶。”写马迷途，引颈长嘶，以蹄刨沙刨雪，踟蹰不前。古之跑，今之刨。名胜有虎跑泉共三处，都传说是老虎用爪刨出泉来。吾人双脚刨地成步，便是今之跑步，而跑字的意思也就从脚刨地转换为跑了。

例五，跳。《汉书》有跳字，乃今之逃字，非跳跃之跳也。跳跃之跳在《汉书》上只作趯字。趯字的意思如今已被跳字抢去。语文古今之变，使某些字徒存躯壳，而灵魂（意义）被偷换，正如寄居蟹占据空贝壳，又如新官员接管老衙门。语文现象、自然现象、社会现象，如此相似，亦颇有趣。

步行先出左脚

旧时小学生要下操，操练排队，向右看齐，向前看，立正，稍息，齐步走，正步走，跑步走。每逢三个步走，老师必喊口令：“一，一。一，二，一。”脚须踏着这个节拍，步伐方能整齐。班上有个同学老是踏错，被叫出列单操。这才发现他错在起步时总是先出右脚。我们都是先出左脚，左脚踏在“一”上，右脚踏在“二”上。他正相反，所以非错不可。

多年以后，识得篆文步字，分解开来，上面是止（像左脚之形），下面是反止（像右脚之形）。哈，正是先出左脚，后出右脚！造字如此，可知远古人类就是这样步行的。试求其所以然，窃以为和右手有关系。吾人偏用右手，右臂较强。欲与之相平衡，所以先出左脚。左脚尺码大于右脚。旧时买鞋先试左脚。左脚不夹，右脚就没问题。据说，欧美左撇子颇不少，彼等左脚是否先出，未观察过，不好妄说。

篆文步

古书上说，一步六尺，你信不信？请容我解释吧。古人说的一步，乃是先出左脚一跨，接着出右脚又一跨，等于今人说的两步。今人说的一步，古人谓之一跬（就是一跨），只算半步。你看，六尺打个对折，就只剩三尺了。跨一步就三尺，也太长。原来还要打个对折，周尺合今五寸，三尺只有一尺五寸。平常步行，中人一跨，也就是这样长。我刚刚放下笔用米尺在地上量过了。我身高一米七〇，用日常步行法，左脚一跨，右脚一跨，正好一米，今之三尺，合周尺之六尺。这就是古书上说的一步六尺了。古人比今人矮，一步六尺，还须努力跨呢。

古枕与枕芯

吾蜀乡间，半世纪前，居家多睡方柱形的条枕，靛蓝布做枕套，稻草束做枕芯，细细长长，四棱四现，甚硬，形制迥异于现今的垫式软枕。方柱形有四面，轮次用之，耐脏耐磨，而垫式仅两面，故不及也。别笑，《红楼梦》中睡的正是这种方柱形的条枕，所以贾环打枕头谜语云“大哥有角只八个……大哥只在床上坐”。方柱四面，两端截齐，正是八角。承铁轨的方柱谓之枕木，枕字用在这里极准确，犹可想象古枕形状。睡方柱形的硬枕，或曰“可祛头火”，我信。我睡软枕，晨起眼瞀（mào）头昏。若照中医说，便是“头火重”。又，采菊花做枕芯，据说亦祛头火，明目清心。往年流行药枕，不知疗效怎样。

黄庭坚用酴醾（túmí）花做枕芯，说是“梦寐宜人”，或取其芳香吧。枕与梦相关联，首见唐人小说《枕中记》。说是有个卢生，投宿邯郸旅馆，自叹穷困潦倒。道士吕翁授以一枕，促其快睡。于是卢生入梦，变泰发迹，尽历富贵荣华。醒来，馆主炊黄粱尚未熟，不过春梦片刻而已。这类道家故事，似乎消极，不妨视作热闹场中清凉剂吧。枕中藏梦，所以旧时绣像小说插图表梦，画人睡在枕上，枕端喷出一缕烟雾，雾中显示梦中场景。这样表梦，唯有中国人懂。

古人有用典籍做枕芯的，便利卧读之外，或可收疗愚之效吧。今之药枕，我看宜用科学著作做枕芯，以便今人梦中知所检束，庶不至太荒唐被吕翁哂笑也。

一夜五个时段

今有夜生活，玩通宵。大城市灯光彻夜明，人声、车声频来枕上。古无这般快乐，那时城乡宵禁，闭门鼓一擂，就严禁外出。街上兵丁站岗守夜，手执金吾（警棍），专抓犯宵禁者。汉武帝时，飞将军李广在蓝田山中射猎，夜赴野餐，归途经霸陵亭。亭尉醉不识，说他犯夜，予以拘留。警卫员提醒亭尉说："这是前任李将军。"亭尉说："现任将军也不行，何况前任！"硬把李广拘留一夜。事见《史记》。到了唐代，刑律已有犯夜专条。苏味道诗《正月十五夜》云："金吾不禁夜，玉漏莫相催。"一年仅有元宵一夜解除戒严，放百姓看灯，玩通宵。宋代城市商业繁华，放宽增为三夜（正月十三、十四、十五）。明清两代就更宽了。

兵丁守夜，轮班换岗，所以一夜分为五个时段，每个时段两小时。北齐颜之推《颜氏家训》说："汉魏以来，谓为甲夜、乙夜、丙夜、丁夜、戊夜，又云鼓，一鼓、二鼓、三鼓、四鼓、五鼓，亦云一更、二更、三更、四更、五更，皆以五为节。"今人尚说"半夜三更"，可知三更应是夜半十一点到一点，二更应是夜深九点到十一点，一更应是入夜七点到九点，四更和五更可以类推矣。报更或以锣或以鼓，不一。少时枕上听过三更、四更、五更，锣声今犹在耳，极富韵味。尤其是冬夜，令人想起"朔气传金柝"句。

五更古称五夜。唐文宗说："若不甲夜视事，乙夜观书，何以为人君耶？"意思是说做皇帝的应该入夜继续办公，夜深睡前读书。有说者谓一夜办公、一夜读书，间隔开来，谬矣。又，皇帝阅读曰"乙览"就是这样来的呢。

手套传入中国

《庄子·逍遥游》说宋国漂洗纩絮的专业户，为防治手皲裂，发明了护肤霜，世代自用。其秘方被人卖到吴国去，用于冬季水战。吴国水兵搽用了护肤霜，增强了搏杀力，打败越国。读到这里，我曾想过："可以戴皮手套作战嘛。"以当时的鞣皮技术，缝制皮手套不会成问题，或许那时早就用手套了。《说文解字》称袜子为"足衣"之先例，手套若有，该叫"手衣"。遗憾的是查了类书《太平御览·服用》，还是没有。看秦陵兵马俑，未见戴手套的。如果手套妨碍搏杀，当兵的不能戴，那端拱而坐，动口不动手的帝王总可以戴吧？为啥也不戴？

历代制礼作乐，服用奢侈。戴在头上成累赘的冠冕，他们发明了多少花样啊，都是徒具观瞻而无实用，成为虚饰。直到清朝皇帝，仍未戴过手套。那时富人过冬，戴毛皮缝制的筒形套，其名曰手笼子。20 世纪 40 年代上海摩登穿海虎绒大衣，双手就抄在手笼子内。平民冬着棉袄，双手也抄在袖筒内。这种姿态使人耸肩佝背，显得没有精神。乾隆皇帝接见戴手套的马戛尔尼，应知晓其功用，然而"用夷变夏"是万万不可的，就让手冷着吧。

明末清初屈大均著《广东新语》，说他登荷兰船，见船员"人各以柔韦韬手，食则脱之"。柔韦者，软皮也；韬，套也。这是皮手套，尚无以名之。"韬手"动宾结构，倒之即成名词手韬，也就是手套了。如此说来，此物传入中国，仿而制之，至多三百年吧。

木梆和木柝

旧时川西平原农户家家养狗，有那些通宵吠叫的，人谓之梆梆狗。梆梆狗勤守夜，吠声如敲木梆，通宵不歇，以警盗贼。木梆为何名梆？古人诙谐回答："其名自呼。"木梆一敲，发出之声，好像在宣布自己的名字，这就是自呼其名了。木梆形状，明代《正字通》说，圆木三尺，腹部挖空，背上凿孔，官府皆有设置。还有竹筒制的，长不过尺，两头留节，中间凿孔。木梆声洪而沉，竹梆声清而亮。竹在英文为 bamboo，应是敲竹梆的声音啵。盖由竹梆得名，亦自呼也。南方产竹，多用竹梆，自不待言。

青城山上林木幽深之处，有鸟啼声啵啵，如和尚念经敲木鱼。友人惊喜说："听，知更鸟。"知是知府、知州、知县的"知"，义为专主其事，更是守夜打更的"更"，知更就是专主打更事者，蜀人呼打更匠。推想起来，古代打更不用铜锣，而用竹梆，有知更鸟做证。

《说文解字》无梆有柝，可知木梆古代名柝，柝音 tuò。《周易·系辞下》："重门击柝，以待暴客。"击柝者敲梆也。据释文说，木柝"两木相击"发声。猜测木柝也是"其名自呼"。至于暴客，当然是强盗了。旧时蜀人讹称棒客或棒老二，也不想想哪有强盗不持刀枪而拿着棒子的。暴客之称典雅可喜。乡土小说家李劼人沿用"棒客"一词，可知错久成习，不可改了。

木柝和木铎，很容易搞混。铎音 duó，铜铃也。周朝天子派官员下乡去宣传政令，鸣铎聚众。文事用木铎，铜铃木舌。武事用金铎，铜铃铁舌。

华表用来报时

今人衣裘，毛向里面。古人衣裘，毛向外面。所以表字篆文是由衣毛二字组成，义谓裘衣以毛为表，从此引申出了外表、仪表、表面、表现等义。古代官方广设木柱，张贴布告，并让民间在柱上写批评意见，用来表示政务公开，故名华表。暴秦极端独裁，取消华表。秦亡汉兴，重设华表。古代民主精神，微弱一线，赖以传承。

华表柱顶，两木水平正交，各指东西南北，故又名交午木。十字形正交，古谓之交午。在太阳下，观察华表投影，若指向正北了，便是地方时的白昼十二点了。可见华表又有报时功能。今之计时器，名之曰表者，由华表来也。

其实，在北半球，任择一点，竖直一竿，皆可报时。道理并不深奥。太阳东起西落，视轨迹在天上总是偏南（向南就是向阳），所以竿影总是指北。太阳过当地子午线的瞬间，便是地方时的白昼十二点整。当此瞬间，太阳在我们的正南，所以竿影指向正北。岂止竿影，回头看我们自身的投影，也指向正北。本着这个道理，在旷野里，只要戴有手表，就能从日影测定方向。换一种情况说，只要持有指南针，就能从日影测知现在是午前或午后以及正午。

古代天文学家立竿测影，凭竿影的长短推定夏至、冬至，然后算出历法，敬授民时。那一根竿名之曰表，这就是华表的胚胎。后有圭表之设。只需在斜置的圭板上插一木签，视其投影所指，便能读出时间，这就是日晷了。“文革”前在机关农场劳动，我曾在晒坝上立一竹竿，测定方向，并记录了最短的地方时正午的日影。果然，那一天正是北半球夏至，知古人不欺我，心中甚喜。

旧时之厕坑

北京故宫无厕。帝后嫔妃排泄在炭灰盆内，太监抬走。宫人上千，皆用灰盆，真够抬啊！灰盆使用时，上面设坐具，想必是这样。此坐具名马子，木制则木马子。欧阳修《归田录》有记云：“燕王（赵允良）好坐木马子，坐则不下。或饥，则便就其上饮食。往往乘兴奏乐于前，酣饮终日。”曾见记载，清朝某官办公排便，坐凳有孔，下置陶钵承之。长袍笼罩钵，同僚但闻响声而已。亡师何剑熏曾语予，有老教授置马桶于课堂之上，坐讲古诗，遇佳句则哞吟，摇头摆手，旁若无人。旧时市民，贫家多用马桶，置卧室之秘隅，加盖防臭。晨则端出，倒入厕坑，自有农夫挑走。国人精细于饮食，粗疏于排泄，自古而然矣！

古人富家亦有厕坑之设，名曰溲匽。堰字去掉土旁，《新华字典》不收录。奈何不得，加个土旁，就成水利设施。溲匽一词，岳珂《桯史》见之。说番禺有豪富姓蒲，“居无溲匽”。《周礼·天官冢宰》说道：“为其井匽，除其不蠲，去其恶臭。”释云：“为漏井以受秽。”漏即溜，井即阱，流坑也。匽，溲匽，尿池也。总之厕坑是也。《说文解字》有圂，以豕圂为厕所，农家至今仍如此也。后来又有圊字，就是上引释文漏井的井，变个字形罢了。圂字后来又加水旁，成溷。

故宫无厕所，不能证明古代无厕所。《周礼》有井匽，可为华夏老祖宗挽回面子。开放二十年来，城市面貌革新，新式瓷砖公厕，二便分流，一大革命，厥功甚伟。加之光照明朗，空气流通，且设浣手之水，远胜周天子御用矣！

汉代有铅笔

两千年前，西汉末年，蜀人扬雄出任“輶轩使者”周游天下，调查各地方言，编成一部《方言》，流传至今，嘉惠学人，功莫大焉。当初调查方言，肯定要做笔录，做笔录就要有书写工具。扬雄随身带的书写工具，据他自己在《方言》书中说，只有一支铅笔、一方油布。他用铅笔书写在油布上，带回去过录到木板上，然后编排木板成书。

为啥不用纸，而要用油布？那时候书写纸尚未发明，蔡伦尚未出世，无纸可用。油布的好处是字迹能够用水擦掉，反复书写使用。纸就不行，只能书写一次。

为啥要用铅笔？两三句话回答不了，读者诸君少安毋躁。那时候的铅笔不是今天用的这种笔。那时候的铅笔，铅不读 qiān 而读 yán。《说文解字》：“铅，青金也。从金声，与专切。”江西省铅山县唐代出产这种化学符号为 Pb 的金属，铅山至今仍叫 yán 山，可证铅古读 yán 不读 qiān。那时候的铅笔不是用金属铅做成笔，而是用普通的毛笔蘸着水调的铅粉（化学名碱式碳酸铅，一种白色涂料）书写在油布上，也就是用铅粉笔吧。半个世纪之前，小城杂货店悬黑漆粉牌，用铅粉笔写明商品种类，招徕顾客。扬雄当初就用这种蘸铅粉的毛笔书写在油布上，带回去过录到木版上。过录完了，在油布上滴几点水，一抹即净。扬雄《答刘歆书》：“雄常把三寸弱翰，赍油素四尺，以问其异语，归即以铅摘次之于椠（qiàn），二十七岁于今矣。”可知编《方言》费时二十七年之久。

蜀地小孩落泪，大人嘲笑说：“又抹粉牌啦。”杂货店抹粉牌，滴几点水，如落泪然。

铜钱的两面

忆我幼年，平常人家鲜有余资为小儿女购置玩具。彼时孩童多能自造玩具，或以他物充当玩具。只需一枚当二百文的铜元，便可引来甲、乙二童玩猜“码吗幕”，快乐半日。玩法：甲童旋转铜元，急用手掌捂住，叫乙童猜，是码吗还是幕。铜钱，无论大清铜板，或是民国铜元，正面皆汉字，谓之码，反面皆图像，谓之幕。

推溯古代，秦汉的五铢钱已如此定格了，正面汉字，反面无字。到清代的方孔小钱，正面亦汉字，反面为满文（可视为图像）。南宋赵彦卫《云麓漫钞》说：“今人目钱有文处为字，背为漫。”有汉字的正面就是蜀童说的码（má），无汉字的反面就是蜀童说的幕（mèr）。今人同北宋时的说法相一致，字即码也，漫（本应作幔）即幕也。铜钱的这种格式形成传统，算来已有两千年之久了。民国铜元遵守固不足奇，奇的是中国香港地区的硬币也遵守了这一传统，壹毫、贰毫、伍毫、壹圆、贰圆、伍圆的正面皆汉字，反面皆图像与英文（亦可视为图像）。找到一枚中国澳门地区的硬币壹圆，也是如此。又想起昔年民国的镍币和小铜币，也是正面汉字，反面图像，遵守传统。唯我人民政府发行的硬币壹分、贰分、伍分有所改变，算是革命。第四套人民币的硬币壹圆也没有遵守，而第五套人民币再次改变。不知这是不是回归传统。倒是我们的第三套人民币的壹角、贰角、伍角、壹圆、伍圆都是正面为汉字，反面为图像，与传统相合。我正考虑呢，却发现第五套人民币的拾圆、伍拾圆、壹佰圆又回到原来的风格，背面冒出一个汉字的“年”，缀于“1999”之后。

鱼笱古今谈

蜀乡田野，沟洫密布。村童砌石断流，留一缺口，置入鱼笼。鱼笼，我的说法，他们呼为鱼笱。笱《新华字典》音 gǒu，但是他们读 hào，号角之号。笱有二型。小型，二尺竹筒为之，一端留节，一端剖成细篾，侈张成喇叭口，横密编以竹丝。入口细篾一一折向口内，鱼可入，不可出。这叫作筒筒笱。大型，细篾编织，长约四尺，入口篾条同样折向口内。笱口承接石砌缺口（准确的说法应该是堰口），张口以待随流而下之鱼，亦骗术也。大笱横卧水中，形状若猪，故呼为母猪笱。猪就猪嘛，还要母之，盖隐喻母猪发情，待鱼来入也！

诗三百，笱四见。一见《诗经·邶风·谷风》之“毋逝我梁，毋发我笱”，梁谓砌石断流，留缺口以置笱。二见《诗经·齐风·敝笱》之“敝笱在梁，其鱼唯唯”，用破鱼笱喻淫女之广纳情男。三见《诗经·小雅·鱼丽》之“鱼丽于罶（liǔ）”，注云：“罶，曲梁也，寡妇之笱也。”四见《诗经·小雅·苕之华》之“三星在罶”，注解又提到“寡妇之笱也”。罶即笱，盖取勾留之意。笱罶者，使鱼勾留不得出也。用笱捕鱼，以逸待劳，比守株待兔更安逸，因为不必坐守。春水发日，夏洪至时，每晨去取就是。

“寡妇之笱”当非寡妇所置，乃指母猪笱而言也。母猪太鄙俗，改名曰寡妇，显得雅些，才好拿去注经。事过两千年了，古今人同此心，心同此理，皆用性行为的眼光看待笱与鱼的关系，令我觉得好笑。只是母猪改称寡妇，未免唐突孀居妇女。那是古代读书人的罪过。

戴是头顶物

看见非洲妇女头上顶戴重物，或为一桶水，或为一袋粮，挺胸直脖走路，敬佩之余，心窃悯之。头上压着一座大山，也太苦了。忽想起我上初中一年级，读张友松编的北新英文课本，有一篇 *Castle in the Air*（《空中楼阁》），写一个送牛奶的女工，路上想入非非，得意摇头，致使顶戴的一桶奶倾倒在地，乃知欧洲人也曾用头顶物。又想起阿拉伯人也如此，墨西哥人和印度人也如此，五洲四洋莫不如此。反观我国，用肩挑的、用背背的大家常见，唯独用头顶戴的似乎还未见过。

哈，该掌嘴！才说未见过，就想起了故乡旧时叫卖烧饼和油糕的，不是都顶戴着簸箕吗！至于古代，《庄子·让王》写搬家云："夫负妻戴，携子以入于海，终身不反。"《孟子》也有"颁白者不负戴于道路"的说法。负者背上背着，戴者头上顶着，曾经遍于道路，只是今日鲜有所见。古代各国，风俗虽异，运载方法却不殊，总以省力为原则。

试看这个"戴"字，上边和右边原是才和戈两字的组合，作声符用，左边田和共就是形符了。田非田，篆文是一只大袋。共非共，篆文是一个大人双手举起大袋放到头上去。这个形符是顶戴的象意，一看就懂。可知戴天、戴德、戴帽子、戴假发都用戴的本义。向下移位，戴眼镜、戴耳环、戴假牙总算还在头部，尚近本义。向下又移，戴红领巾、戴肩章、戴膀圈、戴手表、戴戒指，离本义就远了。向下再移，戴套，更远。移位到底，犯人戴脚镣，就几乎不通。还有，戴和载指的是一回事。所不同者，自上加下为戴，自下承上为载。这也是有趣的语义现象。

陀螺类的玩具

古代玩具，男童玩璋，女童玩瓦，见诸《诗经·小雅·斯干》的"载弄之璋"和"载弄之瓦"。贺人生男曰"弄璋之喜"，生女曰"弄瓦之喜"，本此。璋之与瓦，一为玉雕，一为土陶，价值悬殊，映出重男轻女观念。儒家伦理具体到儿童玩具上，苛细如此。

璋为条形玉版，上端斜削。朝廷集会，君臣端握在手，作为道具。璋的原型应是撬土农具，初以石制，后以铁制，便是锹了。璋到后来演变成笏，或名手版，民间叫朝王片。拿璋给男童玩，望他长大当官，用意显然。

篆文专

瓦又是啥？屋瓦？非也。屋瓦有啥玩头。瓦在这里是指纺砖。纺砖，土陶烧制，属于瓦器一类，所以叫瓦。纺砖又是啥呢？《辞海》说是镇定纺车用的砖头。旧时村妇手摇纺车，纺棉花成纱线，用来织家机布。纺车因摇而动，须用重砖压稳。此说我有疑焉。重砖一匹，怎玩得动？纵然缩微制成，近似麻将一枚，女童亦不喜玩。当另求解，翻《说文解字》吧。专字下说："一曰专，纺专。"乃知此字可以没有石旁或土旁。专字本义，我认为是自体旋转，专就是转。篆文专字，上半部为平置圆轮，轮心贯通一轴，轮轴下端有钩，下半部是寸字，像右手在拨动圆轮。这不就是纺绩麻线的纺轮吗？！陶制纺轮多有出土，即纺专也。微型化成玩具，便是陀螺类的空钟，又名空竹，抽绳致动，直立地上旋转，嗡嗡鸣响。前引《诗经》的瓦，就是专，纺轮也。玩具化成空钟，蜀人叫地转子，这还可以玩玩。陀螺旋转定向，所以专又有了专一义。要那女童从一而终，便是儒家的用意了，纺绩倒在其次。

蠹虫的美化

上海诗人王辛笛 20 世纪 40 年代有句云：“一条美丽的红金鱼 / 从《水经注》里游出来。”意象诡怪，真亏他想得出。北魏郦道元《水经注》一书，翻开听见水声，冥想看见河流，原不足奇。奇就奇在他看见的是一条红金鱼，摇鳍摆尾，从书中游出来。幻境迷人，如入童话世界。

台湾诗人王庆麟 20 世纪 50 年代有诗《晒书》一首，仅两行云：“一条美丽的银蠹鱼 / 从《水经注》里游出来。”小王改易老王两字，添上标题“晒书”，堪称点化，尤妙。

木刻线装书不晒要生虫，是为蠹，即蛀虫。不但蛀书籍，还要蛀裘革，蛀衣物，蛀木器，根本是害虫。百姓骂贪官为蠹吏，骂国贼为巨蠹，直斥其暗蚀阴蛀之罪。彼等深藏府衙，偷偷打洞，待到揭发出来，已经啃得稀烂，补不起了。这些害虫蛀书籍，可用芸香驱逐之。所谓书香门第，家中有芸香的气味也。以文化骄人，总比以富贵骄人好些吧。书香之雅，连带着害虫也雅起来，不称蠹虫而称蠹鱼。虫有啮人的、螫人的，而鱼无害于人。美称蠹鱼，亦有据焉。此虫形体似鱼，有银白色细鳞，所以又名银鱼、白鱼。但我觉得书鱼一名更好听些。书鱼浮沉书籍之内，生死文字之间，非吾辈读书人之投影乎？

书鱼蛀书，有了一点心得，也会暗笑；有了一点看法，也会自语。偶然蛀到台湾诗人的那两行，不免羡慕银蠹鱼的称呼，那确实很“美丽”，最宜上镜。但又低头一想，毕竟是一条害虫，怕有杀虫剂喷过来，还是去微语吧。

麻将牌的困惑

传说白居易七月识“之无”，自幼聪明。乳母抱他，叫一声“之”，他便向壁指点“之”字；叫一声“无”，他便指点“无”字。我更聪明，半岁认得红中。在麻将牌桌上，大婶笑问：“你妈有没有中？”彼时我正偎在母亲怀中吃奶，斜眼一睨，回答说有，害得我妈一对红中只好拆来打了，惹起桌上哄笑。母亲暮年忆旧，笑说：“怀你兄弟姊妹九人，日子都在牌桌上混过了，所以也不觉苦。”

吾蜀旧日小康人家，妇孺有暇爱打麻将，谓之“杀家鞑子”。此非赌场拼搏，虽然亦有输赢，毕竟意在消闲，可以不算赌博。就不算赌博吧，总不能硬说有益于身心。何况麻将有瘾，愈打愈大，误时废事，当以民族痼疾视之。半个世纪以前，重庆有人谴责打麻将云：“一个人闷得心慌，两个人就好商量，三个人做不成事，四个人麻将一场。”爱国情怀溢于言表，风人之佳作也。七十年前胡适主张禁麻将牌，视之为鸦片烟。他该算是老爱国了。

不过，在下困惑的是麻将牌的玩法，三三编组，四组集合，配两员将，从无序到有序，较之围棋、象棋拼命弄死对方，似乎寓有搞好自家建设之意。何以不禁围棋、象棋，偏禁麻将？麻将也许不坏，坏在赌钱？然则禁赌不禁牌，可以吗？书生之见，不可以啊。成都街头巷尾打麻将的桌上皆不见钱，也不必有筹码，他们僻处结账付钱。你抓，他说未赌。就让你把麻将禁了，他们还可以猜赌过路汽车牌号的单双（我亲眼看见过），你怎么办？

第二毒草是烟草

世界第一毒草若是罂粟，第二毒草就该是烟草了。若论流毒之广与瘾客之多，烟草远胜罂粟制品的鸦片烟。以二分法观之，药用鸦片酊于人尚有益，烟草则一毒到底，乏善可陈。烟草原产南美洲，西班牙人引到菲律宾。清代方濬师《蕉轩随录》说，明代万历末年（1620 年）从菲律宾引入福建漳泉二州，译音名淡巴菰（tobacco），后名烟草。又说："渐传至九边，皆含长管而火点吞吐之。崇祯时严禁不止。"又引王士祯说："今世公卿士大夫，下逮舆隶妇女，无不嗜烟草者。"可知明末已经普遍吸烟。观其"含长管"而知所吸者为叶烟——用烟草叶裹成指粗圆柱，长约二寸，插入长管末端白铜烟斗，点火吸燃。吾蜀乡间至今犹见此种吸法。

到了清初，吸法改进，长管变短管，烟斗变烟锅，烟叶切成烟渣，撮入烟锅，点火吸之，谓之旱烟。一次要吸几锅，方才过瘾。旱烟既要频频点火，瘾客就须怀揣燧石和铁片与火绒，随处敲击取火。那时火柴尚未传入中国，取火皆用燧石，古趣盎然。纪晓岚嫌麻烦，乃用大烟锅，一次撮入烟渣二两，被呼为纪大锅。旱烟流行同时，又有水烟以应居家妇孺之需，而吸具更精致美观了。

今香烟之传入，据《蕉轩随录》说："洋人复制烟叶，卷束如葱管，长仅三四寸，以口衔之，火燃即吸。其味烈，易醉。又于马上最宜。"清末传入内地，散置茶坊酒店，免费赠吸，营销术也。入民国后，乃有国产香烟应世。蜀人呼为纸烟，流行城市。例皆硬纸盒十支装，内有画片。儿童喜玩画片，企盼家长日日买吸，此亦营销术也。

古人吃饭

古人怎样吃饭

吃饭乃大事。孙中山讲民生主义，说“有饭大家吃”。20 世纪 40 年代求职曰“找饭碗”，被撤职曰“饭碗打倒”。倒音 dào，倒立的倒，非倒下之倒也。读者诸君，可知古人怎样吃饭的吗？

一般而言，晨粥午饭。粥有厚薄之分。厚粥又名糜粥，米豆之类熬浓，用匙。薄粥即稀粥，端着碗喝。不加豆类的有粟粥，小米稀饭。还有麦粥，即小麦连麸面糊，差等。午饭六种：黍、稷、稻、粱、白黍、黄粱。必须蒸熟的，方才名曰饙。《释名》解释说：“饙，分也。众粒各自分也。”一般而言，煮了再蒸，方能颗粒分离，不黏成团。以上六种都属米饭。贫人蒸麦粒饭，是为麦饭。富人居丧，也守制吃麦饭。旅客和士兵也有用荷叶裹带冷麦饭的。更贫困的如庄周，吃不起饭，只喝糁汤野菜，事见《庄子》书中。至于晚饭，所谓夕食曰飧，汤泡剩饭而已，一般从简。古代说的干饭，大异于今，乃指饭粒晒成的干粮也，不可不知。

三餐之外，偶有小吃。《说文解字》有饶字云：“小餟也。”川人所谓“吃零饶”，小儿女最爱，便是这个饶。成都各种名小食皆属零饶。《新华字典》编者或以为此字已死吧，所以不收。我建议收。

胡麻好种无人种

蜀人播种曰点。不说种胡麻而说点脂麻，间距五寸，点几粒就够了。无须田间管理，点下就可袖手。秋后拔出茎株，晒场曝之。数日抖动一次，脂麻纷纷抖落。扫入撮箕，簸去渣土，收获一次。到第三次，秋已深了，茎株还有待裂荚果，等着收获。

胡麻古名，今名脂麻，闽粤又叫油麻。脂即油，一回事。《太平御览·卷九七二·果部九》葡萄类引杜笃《边论》说，汉征匈奴，开拓疆土，引进胡麻。中国原有大麻，籽可榨油。引进来的也可榨油，故名胡麻。《名医别录》说胡麻“生上党”。《淮南子》说：“汾水濛浊，而宜麻。”大约引进来后，先在山西南部种植推广。胡麻榨油，是为麻油，炒菜用，燃灯用，打仗用。打仗如何用？火烧赤壁，就是松柴灌麻油，从上风放火，大破曹操连环船的。

胡麻多籽，衍生出迷信来，说是必须夫妻共同播撒种子，才得丰收，否则颗粒无收。《全唐诗》中葛鸦儿的《怀良人》诗云：“蓬鬓荆钗世所稀，布裙犹是嫁时衣。胡麻好种无人种，正是归时底不归。”底不归就是竟不归，终于不见归来。夫你不归家来，妻我一人怎样去种胡麻？盼夫归是真情，种胡麻是托词。闺怨曲折表达，而又土得可爱。明代顾元庆《夷白斋诗话》引南人歇后语：“长老种脂麻，未见得。”意即老和尚种胡麻没收获。在口语中，不赞同对方的某一判断，也可以回答“不见得”。嫌直说无趣，便用歇后语回答，只说“长老种脂麻”，而歇其后句，让对方去猜。

胡麻饭考

脂麻蒸熟榨油，是为麻油。油枯做饲料或肥料。脂麻炒熟磨酱，分离出香油挹取后，剩下的就是脂麻酱。旧时老妪信佛吃素，以脂麻酱佐餐。我虽不吃素，也嗜脂麻酱，月可四斤，自己觉得利于保健。友人夸我这几年气色好，可证。《列仙传》载，老聃出函谷关，远走西域，“之流沙西”，吃脂麻成仙了。那时脂麻尚未传入中国，要吃就得西越沙漠，到中亚去。

脂麻吃法，《抱朴子》载，一是做成饭，二是做成饵。古人定义，粮食不磨，熟成粒状的皆得谓之饭；磨碎，熟成饼状的皆得谓之饵。古书所说的“胡麻饭”，即脂麻做成的饭。做法：上品脂麻蒸熟，晒干，再蒸，用蜂蜜和成丸，如鸡蛋大，日服两个。若做成饵，则须炒熟磨成酱，用蜂蜜兑水和成饼，烘烤服之。这两款脂麻甜食品，古人迷信之深，正似今日补品广告所见。说是服用一年，容颜美好，肌肤滑腻；两年，白发转黑；三年，齿落复生；四年，出水不湿；五年，入火不烧；六年，跑追奔马。这是《抱朴子》的说法，有妖道气。《神农本草经》的说法尚称专业，说是可补虚弱，养元气，“久服轻身不老”。轻身指减肥，不老指美容，正合今日潮流，有待黠商开发，大赚傻瓜之金。

我吃玉米糊放脂麻酱加蜂蜜做早餐，既有别于胡麻饭，亦稍异于胡麻饵，改善气色有效，余则非我所知。老聃那样绝顶聪明的人，远走西域，如此迷信胡麻、胡人、胡说，未免太蠢。

盐豉与今豆豉

豆字象形。上面一横是盖巾，盖巾下是杯状容器，两点是高脚，下面一横是底座。这是古代一种祭器，名豆，木制或陶制，原与豆科植物无关。植物的豆，汉代以前多用菽字。《诗经·小雅·小宛》：“中原有菽，庶民采之。”豆菽两字从前读音相同，所以借豆字来顶替菽字，而让菽字退休，偶尔在“不辨菽麦”成语中露面一次。豆字顶替他物既久，忘记自己祭器本义，就变成豆科植物，专指大豆了。大豆，蜀人叫作黄豆，推豆腐用。

黄豆精选后，浸透，煮熟，拌以米曲，密封发酵，加盐，酿沤久之，风干便成豆豉。做调料有提味作用，为古人之一大发明，功侔豆腐。华夏民族少肉食，赖以补给蛋白质。黄豆万岁！豆豉万岁！

豆豉古名盐豉，千家万户需用，所以《史记·货殖列传》以“盐豉千荅”作为衡量巨富标尺之一。盐豉又名大苦，同酸醋和咸酱并列之，见于屈原《招魂》。可知确为调料，正如《释名》所释：“豉，嗜也。五味调和，须之而成，乃可甘嗜也。”盐豉又名配盐幽菽。南宋杨万里戏弄某一位自矜饱学之士，写信去说：“闻公自江西来，配盐幽菽欲求少许。”士人大窘，登门请教，问是何物。杨万里翻书给他看，方知就是盐豉。

蜀中另有一种非调料的豆豉，酿造方法不同，配以蒜苗，油炒而香，隔院可闻，佐餐最送饭了。晋人张华著《博物志》，书中介绍一种“外国”豆豉。观其所记酿造方法，即蜀中之又一种可蒸以佐餐者，名叫太和豆豉。

蜀中豌豆尖说

齐桓公伐山戎，得戎菽，广种天下。菽是大豆，中国早有。戎菽就是胡豆。以胡命名，当然是外来的。这种命名方法乃汉语之特长。用旧词装配出新概念来，不必另造新词，岂不省事。还是叫胡豆吧！据《本草经》，说是汉代从西域传入中国的，这就晚多了。同时传入的还有豌豆。以豌命名，表明是大宛国出产的。

蜀中农谚："寒露，霜降，豌豆胡豆在坡上。"秋末冬初，满坡青芜，豌豆胡豆苗稼正茂，生趣盎然，全不似华北平原之萧飒寥落气象。入冬后，便有嫩肥的豌豆尖可采食。北人说："你们四川的豌豆苗真好吃。"他不知豌豆尖有别于豌豆苗。今详说之。豌豆田里固然也有豌豆尖，但是不嫩不肥，也不能采。采了，怎结豌豆？可采的豌豆尖在胡豆田里。胡豆播种时，掺入少量豌豆种。豌豆抽茎，攀缘胡豆植株，直往上冲，高及人腰，得势而葳蕤，故肥嫩好吃。主人存心不让它结豌豆，所以一再采之，直到来年暮春，供应不绝。这点小小秘密，成都人多不知，何况北人。

20世纪40年代末，有北人说："你们成都人卖汤面，豌豆苗垫底，显得分量足，不老实！"他不知豌豆尖埋在碗里烫熟，味道才鲜。更不知成都人把那半生半熟的豌豆尖看得比面条更珍贵，爱称之为"青尖"，嚼得津津有味，仿佛一碗精华正在此也。不少顾客吩咐堂倌："青重啊！"就是叫多放些豌豆尖。至于面条分量，旧时一斤面条煮熟挑成八碗，有定例，不会少。

黑子猜想

《华阳国志》说蜀人“尚滋味”“好辛香”，可知川菜麻辣，早已如此。更早些，西晋张载登成都白菟楼，时在太康元年（280年），有诗留下。其中六句专说成都美食。

鼎食随时进，百和妙且殊。披林采秋橘，临江钓春鱼。黑子过龙醢，果馔逾蟹蝑。

前两句说，随季节进时鲜，百肴纷呈，异味可口。中两句就不必解释了。末两句颇麻烦。“蟹蝑”即蟹胥，见《周礼·天官·庖人》，指山东特产之蟹黄酱。诗说蜀国干果（核桃、银杏、栗子、榛子、人参果之类）烹成菜肴，比蟹黄酱更美。注意，末句是用植物产品比较动物产品，且超逾之。前一句“黑子过龙醢”与末句成偶对，可知“龙醢”亦属动物产品，“黑子”同样亦属植物产品。如果我的假设成立，这两款异味究竟是何物，就有望说清了。

先说龙醢。醢是肉酱。《周礼》郑玄注说，制醢之法，切肉成片，晒干，斩成颗粒，然后杂合酒曲，放盐，美酒浸渍，密闭罐内。罐盖抹泥塞缝，不使走风。如是百日，醢乃成矣。《礼记·内则》载，肉类如鱼和兔乃至蚁卵，皆可制醢。龙醢是啥？估计是蛇肉酱，古人称蛇为小龙嘛。诗作者非蜀人，显然吃过蟹黄酱和蛇肉酱，口味很不错。殊不知来到成都后，吃了蜀产的干果菜肴和“黑子”后，觉得更爽口。若不是这样，他何必替川菜打免费广告嘛。

那么“黑子”究系何物？我猜想了几年，有把握说，是豆豉之一种。北魏贾思勰《齐民要术》载做豆豉之法，甚麻烦。旧时吾蜀有三种豆豉：一曰干豆豉，二曰水豆豉，三曰潼川豆豉。一、二两种家常制作，皆甚可口。第三种由作坊批量制之。我小时候，潼川豆豉为三台县名优特产，风行全川，以至出省，有当作礼品远道馈赠的。成都市正府街太和号酱园也制此种，名曰太和豆豉，蜀人莫不知之。平常人家放油一蒸，异味爽口，最下饭了。此物成颗粒，黑亮而异香，北人叫它黑子，非常准确。古书称脸上痣曰黑子，太和豆豉正像黑子。下饭之外，它还当佐料使用。蜀人炒回锅肉、蒸咸烧白，非用它不可，否则不提味。

说腊肉

或有读者嘲笑我说："腊月过年还早着呢，怎么就在说腊肉了。"是的，或该嘲笑。吾蜀要到每年农历腊月上旬才动手熏腊肉（是用柏枝烟熏），然后挂在檐下风干，以备除夕祭祖，阖家享用。写此文时，还在农历闰七月里，确实太早。但是我说的这腊肉不是你说的那腊肉。你说的那腊肉，腊是简化字，繁体字作臘。腊月的"腊"也是简化字，繁体字也作臘。不仅此也，便是狩猎的猎，繁体字作獵。古人所谓腊月就是狩猎之月。腊月里庄稼都收完了，平川一望无际，正好狩猎。猎物制成肉块，便是腊肉。腊音 là，猎音 liè。腊猎双声，可以对转，古音相同。这是你说的腊肉。而我此文所说腊肉，腊音 xī。俗话说："四川人生得憨，认字认半边。"这回认半边，读 xī，却又认对了。

篆文昔

这个腊字首见《周易》，义为晒干的肉，不是臘字简体，而是有三千年老资格的正体字。从前腊和臘，各具音义，是完全不相干的两个字。半个世纪以前，搞简化字运动，腊字被剥夺了干肉一义，又被喑哑了自己的 xī 音，仅剩一副躯壳，拿去充当臘字简体，全不想想后人读《易经·噬嗑》遇"噬腊肉遇毒"一句时，会闹出怎样的笑话来。

篆文肉

音 xī 的这个腊也编入了《说文解字》，其字作昔，不用肉（月）旁。许慎解释昔字说："干肉也。从残肉，日以晞之。"请看昔字篆文，上面便是两块"残肉"，下面日，表示晒。肉字篆文象形，猪后腿也。猪身上最肥美可口的是后腿，正好用来代指肉类。去掉肉字篆文周边曲线，剩下两条折线，表示后腿已被切割，不完整了，故曰"残肉"。昔字篆文上面共有四条折线，合左右各一腿。猪后腿本来就有两条嘛。

古人造这个肉字，细想起来，煞费苦心。肉类多种，牲畜的、禽鸟的、水族的、爬虫的，选择哪一种的拿来造字？动物身上，肢体的、胴体的、臀部的，选择哪一处的拿来造字？一一比较之后，唯猪后腿不但肥美可口，令人印象深刻，而且容易象形成字，三画就能勾出来，一眼就能看出那是猪后腿。今之火腿仍作此形，真是一个象形管四千年（假设轩辕黄帝实有其人，而所有的古文字都是他的文臣仓颉一人所造）。

昔是晒干的肉，干肉便于储存，储存动辄数月，乃至经年，所以昔字又引申出久远一义，如昔日与昔年。引申义被常用，本义遂隐。怎么办？再加一个肉（月）旁，作腊（音与昔同），专指晒干的肉。这就是我说的腊肉，与你说的腊肉完全是两码事。文字早已弄混淆了，很难说清楚了。若不提倡国学，叫读四书五经，混淆了也不必说清楚。那也很好，鄙人就用不着在此啰唆了。

说牙祭

半个世纪之前，吾川人有群聚沪上者，欢呼肉食，大声喊叫：“打牙祭！”老上海人闻之，莫不失笑。盖以音近于“打野鸡”，暗指召游娼也。可知沪上原无“打牙祭”之说法。蓝翔先生《吃回锅肉打牙祭》一文（《新民晚报·夜光杯》2005年10月21日载）说“牙沾了祭祖的光”，“所以幽默地称之为打牙祭”，也就不免于臆说了。

牙谓牙旗，非吾人齿牙也。古代军营要插大旗，直角三角形的，边缘做锯齿状，谓之牙旗。另有一说，旗杆顶上装饰象牙，谓之牙旗。旗杆所在营口，谓之牙门。调动军队要用兵符，铜制刀形，无刃有齿，谓之牙璋。牙为猛兽利器，可壮军威。战场厮杀，牙旗随着将军转移。各级战斗单位视牙旗之所在，随之进退。平时军中宣发号令，召开大会，皆在牙旗之下进行。古人认为万物有灵，牙旗当然有灵，所以要按规矩祭它，是谓牙祭。否则于军不利。

篆文祭

请看篆文祭字。上面是又与肉。又，右手也。肉，牲腿也。皆象形也。右手举献一只牲腿，便是祭了。下面是示，表示宗教活动。宰牲祭旗，抹点血在牙旗杆上，表示血食。剩下的肉，全营改善伙食，皆大欢喜。民间拾掇军人用语，跟着呼肉食为牙祭。旧时商店，每月初二和十六，厨下皆须备办肉食，犒飨店伙。

蜀中民众亦有“初二、十六打牙祭”之说。那时大家都穷，士绅与平民虽然有差距，亦不过小贫与大贫之别而已，鲜有人家能天天肉食者，所以特看重牙祭也。忆我少时，校园歌曲有“今天打牙祭，筷子削尖些”之句。今之学童，饱餍粱肉，很难理解。蓝翔先生说到吃回锅肉，甚确。此菜用肉偏肥，油大，最解馋，今人多不屑，几成化石矣。

鱼腥草古名考

蜀人嗜一种腥臭的野菜，名叫鱼腥草，又叫臭菜。尤其可异的是，用水淘洗一遍，掐断生吃。或用沸水一烫，凉拌吃。据说味美，还能清火降热。鱼腥草为多年生水草，茎高不过尺余，心形叶互生，茎下端伏地生根，上端直立，聚生水沟阴湿处。可能由于猪常用鼻拱出嫩根大嚼，所以又名猪鼻拱，音讹成猪屁股，实在不雅。鱼腥草的根，另名蕺儿根。可以推想，鱼腥草古名蕺。草头下面的戢，表音兼表意。《诗经·周颂·时迈》："载戢干戈，载櫜弓矢。"《毛传》曰："戢，聚。"此草聚集而生，所以古人名之为戢，加个草头，不亦雅乎！

《说文解字》无蕺，但有草头下面一个祖字，释曰"菜也"。许慎北人，未见过鱼腥草，不知其详，只能简释为一种菜。据《广雅》说，这就是蕺，字作草头下面一个租字。窃以为皆错了，字应作菹，见于《贾谊新书》，比《说文解字》早。那上面说："楚惠王食寒菹而得蛭，因遂吞之。"寒菹就是凉拌鱼腥草。厨人未淘洗净，故有蚂蟥。不愿厨人受诛，所以悄悄吞了。鱼腥草生长江以南，楚惠王嗜此，亦宜有之。《新华字典》有菹。第一释为草头下面一个俎字的简体，义为酸菜。第二释为"多年生水草，可做饲料"，亦确。但应补上："即鱼腥草，又名臭菜，可食用。"这样就完备了。《说文解字》亦宜附上菹字。沮在这里既表音又表意。此草生在沮洳（烂泥塘），所以古人名之为沮，加个草头。不过宜注明有异味，免致北人妄尝，作三日呕。

大白菜之贮藏

曾见欧美记者笔下北京之冬，写到老百姓贮藏大白菜，家家门前堆砌成垛，景象有趣。当然，这是洋人看在眼里，觉得有趣。老北京见惯了，不觉得。生活方式不同，趣味也就相异了，这好理解。我感兴趣的是，从哪年起，开始贮藏大白菜的。

研究之后，才明白，其来久矣！古代交通不便，南菜没法北调。北地必须贮菜过冬，每年秋末预先准备。怕百姓忘记了，官方照例下令催促。

《礼记·月令》规定，每年仲秋之月，“乃命有司，趣民收敛，务畜菜，多积聚”。“趣”音cù，义同“催”。“畜”音chù，义同“贮”。说的是催促民众抓紧秋收，务必多多贮藏蔬菜，备过冬之需。

“我有旨蓄，亦以御冬”，句出《诗经·邶风·谷风》。“旨蓄”可译作“美味的贮藏”，指蔬菜。所以《郑笺》说：“蓄聚美菜者，以御冬月乏无时也。”北地寒冬，寸草不生，无菜可吃，非先窖藏蔬菜不可。至于窖藏哪些蔬菜，还得因地制宜，产啥藏啥，所以《月令》《诗经》不说菜名。其中有没有大白菜？可能有。

今之所谓白菜，变种有六，即普通白菜、塌菜、菜薹、薹菜、多头菜、油菜，皆产江淮以南，总名曰菘。这几种菘，北地不产，不可能藏。但有一种晚菘，南朝隐士周颙说的味最美者“春初早韭，秋末晚菘”，据我推测，应是结球白菜，也就是北京人贮藏的大白菜。大白菜为吾国原产，古已有之。秋末成熟，肥白味甜，植株紧密，裹成球形，正是窖藏佳品。

花椒古称椒花

读白居易《新丰折臂翁》之“闻道云南有泸水，椒花落时瘴烟起”，初以为花椒树要开花。“文革”回老家，庭有花椒树，年年夏末摘花椒时，芳香满院。唯记忆中似无开花印象。电话问侄媳，亦答不开花。怪了，白居易诗另有所指，不是花椒？这不可能，蜀南大渡河畔，汉源花椒有名。再向南去，古之泸水，今金沙江，流域皆产花椒。从前叫蜀椒，有别于秦椒。《诗经》之“贻我握椒”，《楚辞》之“桂酒椒浆”，皆指花椒。若说不开花，为啥晋人成公绥有《椒花铭》，刘臻妻陈氏有《椒花颂》，乃至杜甫有“守岁阿戎家，椒盘已颂花”之句，杨万里给一种酒取名为“椒花雨”？

细读《椒花铭》，只说“嘉哉芳椒，载繁其实”，未说开花。至于《椒花颂》说“标美灵葩，爰采爰献”，也不是在说花，仍指籽实而言。杜诗只说正月初一饮椒花酒，祝颂新年快乐而已。倒是刘臻妻陈氏的“灵葩”一词促我省悟，乃知古人视籽实亦为葩，也即花，所谓椒花就是今之花椒。《本草纲目》说蜀椒又名巴椒。我想，该是葩椒，而非巴椒。葩椒之名一变，不就变成了花椒吗？！何况《本草图经》说得明白：“高四五尺，似茱萸而小……四月结子，无花。”花椒紫红，成簇而生，点缀绿叶丛中，确实也像花朵一般。白居易诗“椒花落时”应解释为摘花椒时，摘也是落。阴历四月结子，六月底七月初成熟摘下，正值瘴烟（疟疾）初起之时——秋凉正是疟疾发病时啊！一下解开了，心头好快活。

薇菜不是蕨菜

青城山小饭馆尝野菜三四种，皆不可口。其中有蕨，俗名蕨萁，或叫蕨苔，老了味苦，尤其难吃。想起武王伐纣，孤竹国的伯夷、叔齐兄弟二人不食周粟，逃到首阳山上隐居，饿了采薇而食。《尔雅》断言薇就是蕨，我才从味觉感受到隐士生活之苦。“登彼西山兮，采其薇矣。”伯夷作《采薇歌》，并非见物起兴，只是记事写实。不过《尔雅》说错了，薇不是蕨。薇和蕨是两种不同的野菜，《说文解字》里分得很清楚。《诗经》既有采薇，又有采蕨，互不相涉。蕨类为植物界之一门，旧称羊齿植物。我国有两千六百多种，大多分布在江南各地。蕨根含有淀粉，称蕨粉或山粉，入药，荒年亦可食用。蕨菜为蕨叶之初生嫩苔，蜷曲似婴儿拳，色紫。我吃的非嫩苔，不蜷曲，色深绿，已经老了，所以难吃。

薇菜有俗名野豌豆，又名巢菜。宋代名人巢元脩嗜此菜，故名。薇蔓生，茎叶似小豆，可生食，也可做羹汤。《说文解字注》中，段玉裁说就是蜀中的豌豆尖。此说可疑，因为首阳山采薇时，豌豆尚未传入中国。野豌豆是后代俗名，古只名薇，野生山中。《尔雅》说薇即蕨，致误原因可能是《采薇歌》的“采其薇矣”，古时或作“采厥薇矣”（其厥互可通用），厥字又误添了草头作蕨，原句遂成“采蕨薇矣”，乃至混同一物。薇菜我未见过，不敢妄拟。蜀中野菜多，有叫作灰灰菜的，我猜想灰乃薇之误写，可能就是薇菜。也是段玉裁说，清代北京官园种薇，供宗庙祭祀用，他必定见过吧。

歹食与盖浇饭

昔年杜甫僻居成都西南远郊，购物极不便，待客仅一菜。他写诗解释说：“盘飧市远无兼味。”所以千年后成都有餐厅名取“盘飧市”。遗憾的是门上匾牌错成“盘餐市”，一错许多年。后来换匾牌，飧字的夕旁又错歹旁，竟不认识这是啥字，《新华字典》查不出来。按《孟子》注，朝食曰饔，夕食曰飧，可知飧即晚饭，音读 sūn。夕食变成歹食。歹者，坏也恶也。坏恶之食，谁来吃呢？去年又换匾牌，方才改正了半个世纪的错误。

古人俭约，日食两顿。晚饭不必再煮，都吃上顿剩的，沸水泡热即可。所以飧字又有汤泡饭或水浇饭的意思。说到水浇饭，联想起了盖浇饭。四十年前向人请教，为啥饭名盖浇。答以汤浇在饭里，菜盖在饭上，故名。我心存疑，翻查《说文解字》和《玉篇》，都有饡字，释曰：“羹浇饭也。”盖浇疑是羹浇之误。请详说之。

《说文解字》漏收羹字。此字从美，味美也。上面的羔应是声符。本来读 gāo，讹读成 gēng。民间仍有不讹读的，蜀人羹汤叫作 gāo 汤，羹浇饭叫作 gāo 浇饭，便保留了古音。上海人大约叫盖浇饭，肉羹大约也有浇在饭上面的。我不敢断言上海人错了。我也深知事物命名很难从一而终，不许演变。约定俗成，服从多数，乃是不成文法，哪能由你几个啃书的迂夫子乱来训导，在下不过恭吐愚衷，让读者多一条思路罢了。我如果下饭馆叫一份这种饭，也会从俗从众，叫盖浇而不会叫羹浇以自讨没趣的。何况这和成都的“歹食”错误性质大不同，不纠正也不至于闹笑话呢。

公孙弘的糙米饭

为政八事，吃饭第一。《尚书大传》中说：“八政何以先食？传曰，食者，万物之始，人事之本也。”要说吃饭，还得给饭下个定义。《周礼·天官》的九谷，一稷二黍三秫四稻五糜六大豆七小豆八大麦九小麦。九谷脱粒后，煮过或泡过，蒸熟成颗状，皆名之曰饭。古人吃饭，有过于求精的，例如，唐代韦陟，吩咐奴仆捻着羽毛给他择米，不准用手，他嫌手脏。一颗颗地精选，色泽差的，断成截的，都不能要。

圣贤据说不求精，吃糙米。《韩非子》中记载帝尧吃“粝粢之饭”，楚国令尹孙叔敖也是小菜咸鱼下“粝饭”，皆糙米饭。《晏子春秋》说齐国相爷晏婴吃“脱粟之食”，亦糙米饭。20 世纪 40 年代，我读中学，学校伙食节俭，惯食糙米，且夹糠稗沙砾，米汤泛红，气味难闻。

汉武帝用小人公孙弘做丞相。富贵之后，他仍然穿麻袍，吃糙米，以此猎声誉。老友来投靠他，也给恶劣待遇。老友怨恨说：“布被糙米，我家中有，何必来投靠你！”便去告密，检举丞相内着貂裘，外套麻袍，厨烹五鼎，厅设两菜，如此为民表率。朝廷也疑心公孙弘矫伪。公孙弘叹气说：“宁遭暴客抢，不愿遇老友！”不过汉武帝照旧信任他。“重在表现”嘛，古已有之了。

也有君子，拒受飞来之誉。三国时的孟宗，就是“二十四孝”哭竹生笋的那位，做官吴国，在国宴上醉了，呕吐麦饭。同僚发现，深感意外，报告吴帝。吴帝查问是否家贫。孟宗回答：“家中稻米充足，只是愚臣爱吃麦饭罢了。”麦饭川人叫麦儿饭，即麦粒饭，从前贫家吃的。

吃饭与养亲

古代官吏出差，途次投宿驿亭。官阶高的自有膳食供应。一般小吏就须躬亲炊爨，好在锅灶柴火现成。怕麻烦可自带焙干了的饭粒，讨碗热汤，泡了便吃。南宋亡国，江南蒋捷逃难，有词句记事云："明日枯荷包冷饭，又过前头小埠。"正是如此。比蒋捷早八百多年，南朝刘宋之初，小吏陈遗出差，总是肩负一袋稻米，自煮焖锅饭吃。饭毕，他便铲起锅底焦饭（川人谓之锅巴），置之囊中，随身提着。出差既久，积存满囊，却又不吃。原来是他母亲爱吃这个，他才不惮烦地沿途煮焖锅饭。若是先煮后蒸，就无锅底焦饭可铲。谁知途遇叛乱，逃窜日久，不得回家。待到乱平，提着那囊锅底焦饭赶回家中，母亲双眼已哭瞎了。陈遗进门，跪地哭拜，竟使母亲复明。事见《南史》。

更早千年，孝子曾参说过："初做小吏，月薪三釜米，赶快背回家，供养双亲，我心头真快乐。双亲去世后，月薪提高到三千钟米，领到手，只想哭。啊，还我的三釜米吧！"事见《庄子》书中，亦甚感人。

想起我小时候，有长辈问："长大干啥？"回答："做事。"又问："做事干啥？"又答："挣钱。"再问："挣钱干啥？"再答："供妈。"母亲在旁听了，笑得很甜。十九岁时领稿费十五万（此系旧币），全交母亲，自己徒步到成都去参加工作。七年之后罹祸，只领生活费，再无钱供妈，如是者二十年。至今心中有愧，觉得小时候的回答欺骗了老人家。而今我也老了，欲养亲而年不待了，为之一叹。

龙卷风的恩赐

小麦、大麦原产西亚，何时传入我国，邈焉难考。传说尧舜时代，周民族的农业始祖后稷“贻我来牟”，来即小麦，牟即大麦。事见《诗经·周颂·思文》一诗。这样说来，小麦、大麦传入我国已有四千三百年了。汉儒解说此诗，扯上武王伐纣，赤乌衔瑞麦投舟中，而不知殷墟甲骨文早有麦字了。东汉许慎《说文解字》中另有说法，认为这个来字是象形字，像麦穗之倒置，上为麦粒，下为麦芒。至于麦字，乃是来字下面添一只脚，脚趾向下。又说，天授瑞麦给周民族，“天所来也，故为行来之来”。原来造这个来字时，是指小麦，是个名词。由于本土不产，是外地传入的，所以名词的来被借作动词用，成了走来的来。原义隐没，只好另造一个麦字，专指小麦。又造麰，专指大麦。

何谓“天所来也”？就是天上掉下来的。麦字甲骨文和篆文，脚趾向下，表示从天而降，同天授瑞麦的传说一致。古代“天雨粟”的记载不少。雨麦的怪事也有过，事见崔鸿《十六国春秋·前凉录》，落在甘肃的武威和敦煌，“植之悉生，因名天麦”。四千三百年前，周民族的祖先蕃息在甘肃南部，拾得龙卷风从中亚送来的小麦、大麦，做种培育成功，大面积推广之，遂从游牧跃入农耕，而文明臻进焉。

小时候我见过一条鱼从雨檐落阶前，还是活的，只能用龙卷风来解释。国外曾有记载，龙卷风破坏了地下钱窖，把银币卷上天，送到几百里外，而成钱雨。比较起来，麦雨不算什么。

释粥

客持片纸，上书“粥”字，示我求答。答：“四川人说的稀饭嘛。”客说：“粥是稀饭，哪个不晓得嘛。我不是问这个。”我再看看粥字，忽然明白，笑问：“你是要问稀饭与弓箭的关系吧？”客点头说：“就是要问这个。枕上想了一夜，还是弄不明白为啥两张弓左右射。”

这是一个遇事认真的人，又具怀疑精神。勉强敷衍他，那是不行的。我在纸上写了一个鬻字，说：“粥是汉代以后的简体字。古代繁体作鬻，音 zhōu，本义千真万确就是稀饭。鬻又音 yù，读 yù 就不再是稀饭，而是买卖的‘卖’了。”说到这里，我又写了鬻的篆文，说：“你看左右两旁，原来不是两个弓字，而是画的稀饭锅在冒气。左右两条波状曲线，由下引上，表示正在沸腾，水蒸气往上冲。秦朝改革文字，篆文变成隶书。篆文‘鬻’隶变后，两条波状曲线就变成两个弓字了。”客乃大惊，说：“原来是这样！”

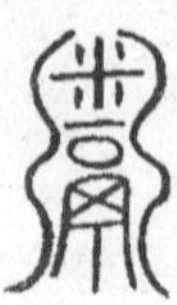

篆文鬻

粥下面那个“鬲”是啥玩意儿？《说文解字》答：“鼎属。”《尔雅·释器》说：“款足者，谓之鬲。”所谓款足就是肥腿中空，这种鼎就叫鬲，音 lì。鬲字象形，下三足，锅在上，上有盖。鬲的特长是炖肉，骨渣落在空足内，又省燃料。煮粥何须鼎鬲，锅罐皆可。古人造字，有时弄简成繁，为了与另一字互相区别，亦不得已。

四川人说的稀饭，古人曰薄粥。稀者密度低，薄者厚度小，用得都很准确。忆我平生与粥有缘，见了粥字，心生欢喜。20 世纪 60 年代三年大饥，吃了许多菜粥，赖以活命。80 年代日子好了，又罹十二指肠溃疡，食粥三载而愈。至今每晨仍食大米以外的粥类，捧啜之际，感恩知德。善哉粥也。

小麦粥和大麦粥

小麦的蛋白质含量高于水稻，缺点是去麸难。食麦，最初吃煮麦粒，不去麸皮，是为麦饭。麦饭不好消化吸收，于是将麦粒磨成连麸面粉，用水浸透，捏作薄块，焙成麦粑。古籍不见粑字，但有食旁配个半字，《新华字典》不收此字，似可视为粑之古字。连麸面粉捣成糨糊，是为麦粥，贫家当顿吃，富家居丧吃。拿糨糊给现代人吃，恐怕难以下咽。

《说文解字》食部四次提到“相谒食麦”的风俗，其覆盖地域遍及长江中下游，北到河南、陕西。“相谒”当系亲戚朋友登门拜访。“食麦”应是主人以大麦粥款待来客。在汉代，名称叫麦甘粥。大麦去掉皮壳，便是麦仁。加工发芽，煮熟自带甜味，因富含淀粉酶，能使淀粉转化成麦芽糖和糊精。这大麦粥当然比小麦粥好吃些。若将大麦仁磨成粉，捣成糨糊，也一样带甜味。《荀子》书中提到大麦粥，说宜夏日享用，想系凉吃。苏轼在汤阴市场上吃过豌豆大麦粥，为此作诗一首。汉代以后，直到南朝，石崇与戴颙，都有用豆粥待客的记载。今之三合泥，其源头应该是大麦粥，只是不用于待客了。后世待客多用茶点。吾蜀乡村用糖煮爆米花，或用醪糟蛋。

至于小麦粥，其末流应该是四川的油茶。油茶与茶初有关系，后无关系，乃炒面粉煮成面糊（亦捣糨糊而已），放猪油、炒黄豆、大头菜颗、油炸馓子，加盐，撒花椒，趁热吃，宜冬夜享用。由于面粉炒得微焦，所以色深，且香，不会让你想到糨糊。

馒头与蒸饼

岳飞之孙岳珂有《馒头》七律诗一首，盛赞馒头腴美可口，如何使他垂涎云云，余甚异之。细读一遍，见颔联“公子彭生红缕肉，将军铁杖白莲肤”，方才彻悟。上联用典，出自《左传》。公子彭生是齐国的冤鬼，变猪吓齐桓公，用在诗内，仅指切成细缕的猪肉。下联是说虾仁。猪肉虾仁做馅，岳珂吃的馒头原来是包子呀！后来读北宋魏泰《东轩笔录》卷十五，见所引用欧阳修论书法之言：“书之肥者譬如厚皮馒头，食之味必不佳，而皆命之为俗物矣。”乃知比岳珂早百年，馒头就有馅了。若无馅，怎会有皮厚皮薄之分呀？古无包子之名，馒头即包子也。北宋汴京城面食店还卖一种酸馅馒头，猜想是酸白菜做馅吧，相当于后世的菜包子。

也有无馅的，名之曰蒸饼。蒸饼汉代早有，见诸《释名》所云：“饼，并也，溲面使合并也……蒸饼、汤饼、蝎饼、髓饼、金饼、索饼之属，皆随形而名之也。”蒸饼即今日之无馅馒头。晋朝富豪何曾“日食万钱”仍嫌“无下箸处”，“蒸饼上不坼作十字不食”——只吃开花馒头。半世纪前，蜀人叫蒸饼为蒸馍，不叫馒头，少有人吃。偶见街头小贩端蒸屉叫卖曰：“蒸馍，白糖蒸馍。”进入 20 世纪 50 年代，南下的晋绥干部带来吃馒头的习俗，四川人也跟着吃了。不但吃了，也跟着改了口，把蒸馍叫作馒头了。宋人高承《事物纪原》说，馒头之名起源于诸葛亮征南蛮，教民以面团包肉馅，做成人头形状，以取消砍人头做祭品的陋俗，故名蛮头。此系妄说，不可从也。

《饼赋》四类饼

最早说到馒头的，窃以为当数晋人束皙的《饼赋》，字作曼头。束皙指出，古代天子仲春遵礼食麦，吃的是麦饭，未吃过面饼。《礼记·内则》说吃，未说到饼。束皙断言："饼之作也，其来近矣。"而且推测，以面粉为原料的饼类，其做法很可能来自异国他乡。我说麦类来自西域异族，同束皙的推测有一致性。

《饼赋》列出四类面饼：春宜曼头，夏宜薄壮，秋宜起溲，冬宜汤饼。馒头要求"薄而不绽""朧色外见"，皮薄到半透明，能见肉馅，却又不破。天啦，岂止成包子，简直像烧卖，馒头云乎哉！再看汤饼吧，汤锅沸涌之后，脱去衣服，搓捏面团，"面弥离于指端，手萦回而交错，纷纷驳驳，星分雹落"，很像煮揪面皮。所谓汤饼，显然不只揪面皮吧，水饺、馄饨、面条皆是。煮熟捞起，"白若秋练"，又像是拉面了。然后"濯以玄醢"，就是用深色的炸酱淋在上面，"抄以象箸"，就是用象牙筷子搂底抄转，使之和匀。接着写吃汤饼的姿势：俯身食案，腰伸长如虎踞，双膝跪席。很快吃完一碗，再来一碗，忙坏厨师。写馋相甚有趣，还说到案旁的侍仆们偷眼瞟，舔嘴唇，吞唾液。

至于另两类饼，且猜测之。夏季的薄壮饼大概是摊面皮，既薄且大，裹着凉菜冷吃，因为天气热嘛。秋季的起溲饼，面粉浸透谓之溲，起是发酵，做成薄皮，夹以肉馅，煎成锅贴。参照梁代吴均的《饼说》，要用葱、盐、花椒、橘皮、嫩牛肉和鸡肉斩成渣做馅，煎出焦色。

馒头名称解释

《饼赋》说的曼头乃肉包子，形似头颅，故名曼头。曼是何物？《释名》说到汉代胡饼作坊做大漫汗，皮上着有脂麻。皮着脂麻，显然既非蒸饼亦非汤饼，必须焙烤，脂麻才香，那么这大漫汗只能是大烧饼了。曼，缓读延成漫汗二音。漫汗，急读又缩成曼一音。曼即漫汗，义指面粉饼团。漫汗乃联绵词，不能拆开解释字义，只能以音求其意思。面粉浸透，揉作饼团，便成混沌状态。头脑混沌，不明事理，谓之颟顸，即漫汗也。面粉饼团之名漫汗，犹如面粉粘粥之名糊涂（也有叫糊糊的）。头脑混沌不通窍不明理，蜀人笑他“头脑里一饼黏”或“脑壳里装糨糊”。

不但比《饼赋》早，且比《释名》也早，西汉扬雄《法言》已经提到曼糊，即漫汗（面饼）与糊涂（面粥）。何以知其为二物耶？答曰：因与纯绩、金犀并列，故可知也。曼，漫汗，曼头，馒头，名称演变脉络可寻，同诸葛亮无关。诸葛亮可能叫川南的少数民族用馒头行祭礼，但馒头的发明和取名还要早得多。

馒头，唐代叫笼饼，见《剑南诗稿》的一条自注。注文又说蜀中有巢馒头，猪肉馅。巢者，谓馅在馒头中若鸟之栖巢也。也有豆沙馅的，是为豌巢笼饼。馒头名笼饼，与蒸饼区别，虽然都是用笼屉蒸熟的，但是一有馅一无馅，不可混同。所以两名之，以示区别耳。

《水浒传》武大郎卖炊饼，即蒸饼。宋仁宗名祯，宫嫔要避讳，正月叫初月，蒸饼叫炊饼。民间紧跟，也这样叫。说见南宋周密《齐东野语》。

馎饦名称溯源

馎饦，《新华字典》只说“古代一种面食”，而不指明到底是哪一种。这是很慎重的做法。《辞源》说“即汤饼”，引欧阳修和陆游的说法，以及更早些《齐民要术》的说法，俨然有根有据。不过汤饼也有多种，欧公、陆公俱未点明，我们只好猜想。《齐民要术》说的却像是揪面皮。问题就出在这里，容我细说之。

面粉的面字，《说文解字》云：“麦末也。”末就是粉末。“末”音 mò 很容易转为 bó。《齐民要术》已经把细微的粉尘叫作勃了。历时千年之后，清代的段玉裁还听见民间把面粉叫作面勃，见《说文解字》的段注。其实这个勃就是麦末的末，只是读音变成 bó 了。为此，特造一个馎字，专指面粉。这个馎字必定是魏晋以后制造的。至于饦字，汉已有之。扬雄《方言》：“饼谓之饦。”如此说来，馎饦就是面饼。难怪蜀人把一块泥团叫作一饼泥巴或一饦泥巴，馎饦就是饼嘛。面饼概念大，汤饼仅其中之一。汤饼概念亦不小，揪面皮又是其中之一罢了。

馎饦，也有作“不托”的，寄音而已，亦唐宋之汤饼。揪面皮固然属汤饼，削面以及面条之类也属汤饼。馎饦究系何物，可能不同时代所指不同，然皆不出面食范围，所以《新华字典》只以“古代一种面食”释之。

馎，从 bó 音转为 bō 音，再重复之，便是饽饽，泛指今之馒头和其他饼状面食。饽饽又可叫作馍馍，亦音转耳。从语音角度看，饽和馍都同馎有关系，而其根底皆在《说文解字》所释“麦末”的末。

面饺与粉饺

试将馎音缓读，便延成了不落二音。这不落又是啥？

清人王士禛《香祖笔记·卷三》记载云，明朝皇宫内的英华殿上，设有佛像。每到四月八佛诞日，“供大不落夹二百对，小不落夹三百对”，由光禄寺（皇宫厨房）主办，内官主催。供毕，照例分赐百官。事涉厨房，这大小不落夹必定是食品了。馎既然是面粉，不落应该也是面粉。夹，以音求之，今之饺也。陆游《家世旧闻》说到他的祖父陆佃（《埤雅》一书作者）北使金国，驿馆里吃夹子。夹子又叫角子，见《东京梦华录》，皆饺子也。还有水角，就是水饺。晋北乡间有卖扁豆食者，乃面饺类。以其形状似扁豆荚，故名。此余少时闻诸吾师西戎，转眼半世纪矣。由此推知，夹字应作荚。不落夹即面饺，在此处是蒸饺，非水饺也。水饺岂能分赐百官，怕黏成一饼了。

不落谓之馎，亦犹《尔雅》所云“扶摇谓之飙”和“不律谓之笔”，皆拼音也。

容易同面饺混为一谈的是粉角，即粉饺。凡言粉者皆米粉也。据明人所著《正字通·食部》，粉饺俗名饺饵，用米粉和饴糖做成的，形似面饺，蒸熟吃，属甜食。水饺饵则搓成圆形，就是唐人段成式说的“汤中牢丸”，当然是煮熟吃，饴糖心子裹在皮内，如坐牢焉。读者明鉴，此乃汤圆。据扬雄的分类，这属于饵，所以《方言》说，饵又名叫饩。苏轼游香积寺，吃了牢丸，有诗盛赞牢丸的“古味”，说玉皇大帝也要流清口水。坡公贪食，可想见矣。

其他饼类种种

面食，除了前面考证过的四类饼外，见于《太平御览·饮食部》的尚有多种，胪说如下。

一、胡饼，就是脂麻烧饼。从西域传来，故称胡。自汉代起，风行中国。王羲之坦腹东床，大嚼胡饼，旁若无人，被未来的岳父看上。因为胡饼好吃，使人忘乎其境，显出无意识的佳态来。

二、髓饼，就是葱油花卷。

三、豆饼，就是豆沙馅饼，属甜食，蒸熟吃。

四、肉饼，就是肉馅煎饼。会不会像旧成都走马街三义园的牛肉焦粑？

五、水引饼，属于汤饼类，就是细面条。因从汤水中引出来，故名。北方所谓捞面是也。

六、水溲饼，就是面条煮熟，浸入沸后冷水，冷过心了，捞起来吃的一种冷面。宋代谓之冷淘，夏季食之。

七、煮饼，就是面条煮熟，捞起来晾冷再吃的一种凉面。崔寔《四民月令》警告说，以上两种面条夏季勿食。理由是天气热，不免多喝凉水，而这两种面条据说遇着凉水会变坚韧，不易消化。

八、环饼，又名膏环，就是北京人夹入烧饼吃的所谓馃子。口味与油条同，圈形，小。

九、餲饼，餲音 hé，就是今之油饼。口味与油条同，体薄，大。俗呼油炸餲儿，遂以油炸秦桧说之。其实早在北朝时就有餲饼了，比南宋的汉奸老得多。还有一种油炸麻餲儿，亦属餲饼类。因先做成圈形，再扭成麻束形，故名麻餲儿。俗误作麻花字。苏轼诗句“压扁佳人缠臂金”便是咏餲饼的。缠臂金者，金膀圈也。还有馉，即油饼类的煎堆也。

糯米做成的小食

饭是当顿吃的，不可算作小食。但是个别品类的饭，例如，八宝饭，不能当顿吃，还得归入小食一类。古代的八宝饭，见于潘尼《钓赋》的有“红面之饭，糅以菰粱，五味道洽，余气芬芳”，见于枚乘《七发》的有“楚苗之食，安胡之饭，抟之不解，一啜而散”，见于王粲《七释》的有“西旅游梁，御宿素粲，瓜州红曲，参糅相半，软滑膏润，入口流散”。归纳起来，米要楚国苗山产的，大约是精白的糯米吧，杂之以雕胡米，又名菰米，亦即茭白的颖果，伴之以红曲米，染成红色。说是“五味道洽”，当然还有其他材料加入，韵文不及细写罢了。五味猜想以甜为主，所以归入小食一类。做出上碗，“抟之不解”，也就是成团块。入口却又化开，并不黏滞齿牙，必是用油煎过的了。至于“余气芬芳”，可能是用了一种香稻米。还有加入一种名叫东蔷形似葵粒的沙蓬籽实，以及干枣，不及备载。

用糯米做主料的还有《说文解字》食部的“饵，粉饼也”和“糍，稻饼也”。糯米磨细，蒸成饵饼。糯米煮熟，舂成糍饼。粉饼啦，稻饼啦，是给这两类饼定义。因为都是糯米做的，容易搞混，不得不这样区别之。糍饼，北宋汴京城呼名糍糕。《东京梦华录》说马行街冬夜卖糍糕、团子、盐豉汤。寒夜小食，应是热吃。如此说来，必定是红糖煮糍粑了。幼年故乡吃过，价钱便宜。成都的三大炮糍粑有名，是裹黄豆粉、淋红糖吃的。若在开封冬夜，怕早冻成高尔夫球了，啃得动吗？

糯米做的小食还有粽子。晋人周处《风土记》说："俗以菰叶裹黍米，以淳浓灰汁煮之令烂熟，于五月五日及夏至啖之。一名粽，一名角黍。"做法与今大体相同。其相异者，今用糯米，裹以箬叶，或以石灰浸汁，取其碱性，易煮烂熟，端午吃了，夏至就不吃了。

同糯米有关系的食品还有糗（qiǔ），就是炒米粉和炒面粉，《说文解字》以"熬米麦也"释之。熬即炒也。本属行旅干粮，承平岁月变成小食。炒面粉以沸水冲之，搅成糊状，放红糖吃。旧时成都呼名茶汤，其实既不用茶，亦不见汤，属儿童的小食。提而高之，加入炒糯米粉、炒黄豆粉、炒黑豆粉，用猪油煎，撒核桃仁，放白糖吃，就叫三合泥了。《说文解字》有"䵒"字，义释为黏，从黍日声，尼质切。这个字才是三合泥的泥。只是我们嫌烦，将它废了，以泥代之，也不在乎你是否会联想到泥泞或水泥。泥类食品还有豆泥、枣泥、红薯泥、山药泥、马铃薯泥等，不及备说。

旧时四川袍哥组织另说黑话，生火造饭曰"造粉粢（zī）"，外人不懂。余初以为甚鄙，后读《周礼》有主人设粉粢的话，方知亦有典焉。粉谓糯米粉蒸成的饼饵，先点点心；粢谓古代供祭祀用的谷类。具体说来，便是《隋书》所载梁陈两代五坛祭法提到的"荐粢盛为六饭"，粢即饭之一种。在《周礼》引句中不过是主人先摆点心后上饭，如此而已。江湖黑话，说话人有可能是文盲，不知有典，但是语词中能挖出古文化的化石，事涉民俗学科，亦宜搜集，勿使湮灭。

米花糖与胶牙糖

糯米余波了犹未了，还有米花糖在。这是华夏膨化食品的远祖呀，岂可忽而不论！《新华字典》以馓子释馓字，等于放弃食品膨化的发明权。

《说文解字》释馓字云："熬稻张皇也。"糯米浸泡，猛火炒焙，颗粒膨胀，谓之张皇，就是说扩张到皇皇大矣。馓的散声含有扩散而大之的意思，与油炸的馓子初无关也。张皇早在《说文解字》之前就变成名词了。

《楚辞·招魂》招怀王的游魂回楚国吃张皇。《方言》云："饧谓之张皇。"这个饧就是古代的糖字，专指米花糖。制作方法是糯米膨化后用饴糖黏合，压成大版，切成小块。早在汉代就有小贩吹箫卖米花糖。这是郑玄笺释《诗经》无意间透露给后人的重大消息，我一想起就要湿眼，为膨化米花之发明。

张皇又可释为胀旺。旺，大也。膨胀变大，成了米花。川南有"炒米糖开水"，即米花入糖水，属小食。米花用饴糖粘裹之，就是米花糖，汉代名饧。后人有说饴糖谓之饧者，误矣。饧以饴糖黏合之，并不等于饴糖也。

饴糖最初也是糯米做的。糯米蒸熟，用麦芽促成淀粉的糖化，熬制成流质的糖稀，便成饴了。《说文解字》释饴云："米蘖煎也。"蘖即麦芽。后世用多种粮食皆可熬制出饴糖来。饴糖内加入黄豆粉，谓之豆饴，亦糖食也。若加入米粉，制成圆柱条，便是蜀人说的麻糖。其上并不覆盖脂麻，也呼麻糖，至今不解。或本名麦芽糖，麦芽二音拼成麻了？此糖入口，嚼软后粘齿牙，故古名胶牙糖，假牙显然勿吃为妙。《淮南子》说，小偷可拿去粘门闩，即此糖。腊月祭灶神必设之，使他牙关粘紧，去到玉皇大帝面前说不出话，以免汇报一些不利于居停主人的违禁言语。吾民之谐谑，于兹可见矣。

华南原有甘藷

华北叫白薯，又叫地瓜，江南叫红薯，四川叫红苕（sháo），名异实同，皆是辞书上的番薯。番薯块根，削皮呈现白色、红色、黄色，不一。原产热带和亚热带，喜温暖，耐旱耐碱，不耐霜。既名番薯，当然是从国外传来的了。前人考证，明代万历年间从吕宋岛（今菲律宾）传来。近见有说从安南（今越南）传来，时在万历八年（1580年）。番薯传到中国，引入四川，养活清代初年“湖广填四川”的大批移民，厥功至伟。

番薯味甜，所以又名甘薯。甘薯之名，易与华南原有之甘藷（shǔ）相混淆。甘藷类似番薯，也甜。晋代嵇含的《南方草木状》记载：“旧珠崖之地，海中之人皆不业耕稼，唯掘地种甘藷，秋熟收之。蒸，晒，切如米粒，仓圌（chuán）贮之，以充粮糗，是名藷粮。”甘藷是种，种藷块。番薯是栽，栽薯藤。繁殖方式相异，终非同类。

查《太平御览》，有甘藷记载两条。一条说，农历二月种，十月收，块根繁殖，大如鹅蛋，小如鸭蛋，掘出煮食，味甜。另一条说：“甘藷似芋，亦有巨魁。剥去皮，肌肉正白如肪。南方人专食之，以当米谷。蒸炙皆香美。宾客酒食亦施设，有如果实也。”据这两条记载，可知块根较番薯小，削皮呈现白色，若脂肪然。猜想此物产量低，已被番薯淘汰了。中原人既不识，遂以为藷即薯。《新华字典》将藷字视为薯字的异体，加个括弧放在薯字后面。古籍若排简化字，就必须改成薯。顺理成章，甘藷就变成甘薯，同番薯一样，而华南原有的甘藷就永远失踪了。这样行吗？

给皇帝上奏章，必须字斟句酌。宋代《清波杂志》说，不吉祥的字眼，例如“危”“乱”“倾”“覆”“崩”“反”之类，最好不用。《归田录》记载，杨亿写表文说：“伏惟陛下德迈九皇。”他的学生郑戬马上开玩笑地讨教说：“未审何时得卖生菜？”于是杨亿就大笑起来，改掉了这句。因为“德迈九皇”音谐“得卖韭黄”，涉嫌不敬。宋朝皇帝都比较讲道理，臣下奏章尚且提防如此。暴君朱元璋文化低，心眼多。表章上的颂词“天生圣人，为民作则”，他认为这是在讽刺他做僧、做贼，不禁大怒。他的龙门阵就不摆了吧，回头说说生菜。

我本蜀人，原不识生菜为何物，偶见之于西餐桌上，听说是从外地引进的，下江人叫莴苣，便想起戴望舒诗中提到过此菜。尝尝，生脆可口，有点像四川的莴笋叶。查《辞海》知莴苣属菊科，原产地中海沿岸。传到我国已在汉代以后，所以《说文解字》不载。莴苣按其性状不同，可分两种：一种是叶用莴苣，又名生菜；一种是茎用莴苣，也就是四川的莴笋了。原来西餐桌上的生菜是莴笋的堂兄，血缘甚近。

欧阳修提问的那个生菜，不是我们今天说的这个生菜。大约魏晋以来，元旦和立春馈赠五辛盘已成风俗。五辛原指五种味辛的蔬菜，放在盘中，互相馈赠，祝贺春到人间。其又名春盘，后来菜品增加，不止五种，包括葱、蒜、韭、蓼、蒿、荠，甚至苜蓿和野菜蒲公英，通称为生菜。杜甫《立春》诗有“春日春盘细生菜”句，可知切细入盘。此风俗之残存在蜀者，正月吃生萝卜丝和生莴笋丝裹入面皮，放辣椒油、芥末、醋，谓之春卷是也。

小巢菜与马苜蓿

小小成都平原，气候温和宜人，夏天不像上海那样热，冬天不像上海那样冷。所谓数九寒天，平原依旧碧绿。何物碧绿？碧者竹，绿者树。更有秋收后的稻田，平畴接天，一望无涯，尽是小巢菜，青翠欲滴。小巢菜真是一种神奇植物，水稻收成完后，遍田撒播种子，不用管理，深秋蓬勃蔓生，紫花开放，逗人怜爱。来年开春，割蔓做猪饲料。割蔓之前，采摘嫩茎，掺以米粉，撒以姜颗，放以猪油，烹而食之，软香滑糯，终生难忘。五十年前，朱德居京，思念此物，成都平原新繁县农民采一筐送去，致使元帅食指大动。20 世纪 70 年代后期，我在故乡劳作，曾率小儿到乡下去下田采摘，兜满衣襟，烹熟仅一小碗。吾蜀不呼小巢菜名，通称苕菜。苕字用讹，应作巢菜。据苏轼说，道士巢元修嗜此物，故名。宋时又称元修菜，亦因人而名。

小巢菜割蔓之后，根部有豆科植物的根瘤留在土中，犁翻土下，沤成氮肥，比化肥好得多，且更利于土壤保持活性。汉武帝派张骞通西域，引来苜蓿，并非巢菜。苜蓿之名乃古代大宛语 buksuk 之音译。王维诗云："苜蓿随天马，蒲桃逐汉臣。"指张骞事。蒲萄（葡萄）与苜蓿同时入中国，事见《史记·大宛列传》。

另有一种金花苜蓿，形态迥异于小巢菜，贴地而生，不引长蔓，吾蜀呼马苜蓿，亦入菜谱。忆幼时居县城，每晨枕上遥闻闾巷叫卖："马苜蓿啊。"马苜蓿为家常小菜，可比于黄豆芽。亦煎炒而食之，清香送饭。唐人嫌膳食差，诗有"苜蓿长阑干"句，谓此物纵横于菜盘内，真不识好歹呢。

川西的小巢菜

春节期间，读到《新民晚报》2006年2月7日民生新闻版标题“草头豆苗卖出肉价钿”，我心喜悦，想向人说：“口有同嗜焉，孟子说对了。”那条新闻写道：“今年春节期间草头、豆苗成为冒尖的新贵，曾卖出每公斤二十元以上的最高价。目前价格虽有所回落，但仍与肉价钿相当。”我在成都所见亦复如此，虽然两地悬隔三千里之遥。原因简单，过节吃腻了，而此二物最解油腻。何况本身翠碧养眼，嫩细适口，鲜美娱心，正当着节令呢。

上海人说的草头和豆苗，就是成都人叫的马苜蓿（开金黄色的小花）和豌豆尖。我要感谢贵地读者来信指正，教我知悉贵地马苜蓿叫草头或金花菜，这让我明白从前我弄错了。至于贵地的豆苗，固非豌豆尖莫属。豆科植物茎叶之堪称嘉蔬者，以上二味名列前头。

在下还要二次感谢贵地那位读者，从长信上推测他在某农科所工作，他还让我明白紫云英并不是紫花苜蓿，而这两种豆科绿肥植物亦非成都人所谓的苕（sháo）菜。以前我在《新民晚报·夜光杯》发表的《苜蓿有两种》完全搞错了，真不好意思。为此，我查了李时珍的《本草纲目》，以及《辞源》《辞海》的插图，才算弄清楚了。原来成都平原冬季所见遍野青翠的细叶弱蔓的豆科绿肥植物名苕菜者，正名小巢菜，又名元修菜。苏轼的朋友道士巢元修嗜之，故名。不但川人苏轼，浙人陆游入蜀也爱吃小巢菜。他说故乡亦曾见过此草，但不被视为菜。时过八百年后，今日在江南被当作菜了吧。

春节期间，成都平原正是采摘小巢菜的时令。菜市难睹此物，因为嫩尖采摘起来太费时了。田间半日所得，烹熟上桌不过一碗而已。现今劳力值钱，农家缺乏采摘的积极性。

旧时春节前后，此物大量上市，价钱便宜，家家户户莫不食之。回想起来，米汤烹小巢菜，放姜粒，配腊肉切成颗，细嫩清香，味道真美。

近读青木正儿著《中华名物考》，颇感吃惊。他认为小巢菜即《诗经》中多见的那个薇。看那插图，薇的植株形态正与小巢菜同。“采薇采薇，薇亦作止。曰归曰归，岁亦暮止。”薇到岁暮长出嫩尖，时令亦与小巢菜同。由《诗经》再上溯，“不食周粟”的伯夷和叔齐逃入首阳山赖以为生者，可能正是小巢菜，不过也有可能是野豌豆，即所谓大巢菜。

王安石《字说》说：“微贱所食，因谓之薇。”此说恐系想当然。鄙意以为，小巢菜的偶数羽状复叶，因为叶面极小，所以名薇。盖取义于叶之细微，而与贫贱所食无涉。

芜菁与萝卜

不识萝卜，教人笑掉牙车。萝卜是中国人的家常菜，怎会分不清。怪哉，注《尔雅》的郭璞就是分不清，他把芜菁划入萝卜一类。从此，芜菁与萝卜纠缠上千年，到李时珍《本草纲目》才分清楚，各归一类。

最早还是分清楚的。《诗经》有“采葑采菲”句，《郑笺》云：“此二菜者，蔓菁与蕌之类也。”蔓菁即芜菁。蕌即萝卜，古代又叫芦葩、芦菔、莱菔，音近萝卜。郑玄说得明白，芜菁是一类，萝卜是一类，二菜不同。芜菁两音拼读成葑（fēng）。萝卜的卜与蕌同音，乃是菲（fěi）的音转。芜菁与萝卜虽同属十字花科，但是花色迥异。芜菁花黄色，归入芥菜类。萝卜花白色或浅紫色，归入菘菜类。

芜菁一类，根部肥大，略带甜味，圆球形的、扁圆球形的、圆锥形的皆有；多为白色的，也有上部为绿色或紫色而下部为白色的，更有紫黄等色的。芜菁口感比萝卜绵密，可生吃，也可盐腌食用。芜菁一类还包括大头菜，肉质根部肥大，圆锥形或圆筒形。蜀人爱吃红油大头菜丝，夹在锅盔内，嚼来很爽口。

萝卜一类，根部同样肥大，生吃略嫌涩口；同样，圆球形的、扁圆球形的、圆锥形的皆有，更有长圆锥形的；多为白色的，也有红皮的、绿皮的、紫皮的、黄心的，品种繁庶。红皮萝卜，蜀人泡在坛子里，两三天捞出，滴几点红油，脆美略生，最是下饭。白萝卜，天寒上市，切成大块，炖牛肉满街香。四十年前，北京冬季无水果吃，鼻眼干涩，乃生啃紫皮萝卜，以补充维生素之不足。京城谚曰“萝卜赛梨”，卜读 bèi 音。

葵为百菜之王

学童诵诗励志，有云：“百川东到海，何时复西归。少壮不努力，老大徒伤悲。”这首汉代古诗头两句是“青青园中葵，朝露待日晞”。少时以为指的是向日葵，结葵花子，供嘴闲嗑。及长，读杜诗之“葵藿倾太阳，物性固难夺”，更相信葵就是向日葵。后来信心动摇，始于植物常识获得。原来向日葵原名西番葵，初产北美洲，到明代才传入中国。唐代杜甫诗中葵藿，藿者叶也（所以豆叶古称豆藿）。这是葵叶倾向太阳，而非当时未传入的向日葵花倾向太阳，二者不同。杜诗的葵，汉诗的葵，绝不可能是向日葵，那该是啥？

一番查阅，才发现这个葵了不起。一是资格老，《诗经》有“七月亨葵”的记载，《仪礼·特牲馈食礼》有汤锅用“夏葵”的记载，至少有三千年了。二是地位高，居“五菜”之首，其顺序为葵、韭、藿（豆叶）、薤、葱。三是种植广，北魏贾思勰《齐民要术》说到蔬菜种植，首说种葵，元代王祯《农书》推举葵为“百菜之王”，推想家家户户那时都种此菜。司马迁写葵菜入《史记·循吏列传》，话说鲁国博士公仪休当鲁相，事事维护农工利益，一日在家吃汤锅瀹（yuè）葵菜，味美，就去后园“拔其园葵而弃之”，说是为了不妨碍菜农的销路。亦可旁证此菜种植之广，博士家中都有种植。那么，葵是今日的啥菜，我们见过吗？吃过吗？

答案出乎意料，竟是云贵川湘鄂赣六省人所说的冬寒菜。巴蜀人家，墙边院角，园中篱下，每每有之。价钱贱不说，厨路又特窄，一不能下锅炒，二不能入坛泡，三又不能做凉拌菜，只堪下汤锅配豆腐，或入粥侍候病人，算不上像样的正菜。以今衡古，葵的地位是一落千丈了。蜀中菜摊上也有冬寒菜，连叶柄掐下，扎成小捆卖，置放于隅角，与茼

甲骨文癸

篆文癸

蒿、芫荽、茴香、蕺儿根之类为伍，而鲜有问津者。前日特去买一小捆，细察其叶。叶脉五歧，自柄端出，若五指之张开。叶扇形，色深绿，背无毛，边缘皆小缺。叶长九厘米，宽十四厘米。叶柄之长等同叶长。昨日返故家询堂妹，彼云："从前的冬寒菜，叶小而肥厚，背有毛，口感滑涎，比现今的味美。"想是菜农追求高产，而低产之良种被淘汰了。岂止冬寒菜，许多菜旧有之低产良种悉遭淘汰，致使高产劣种滥市，食之乏味，令人怀旧。

前引汉代古诗"青青园中葵，朝露待日晞"句中的待字有深义存焉。《齐民要术·种葵》有言："凡掐，必待露解。"其下有注："谚曰，触露不掐葵，日中不剪韭。"那诗中的葵叶显然是作菜用，而非供观赏看花的。供观赏的有俗名七盘花的蜀葵与锦葵。另有菟葵，叶小有毛，茎紫黑色，亦可下汤锅，口感甚滑。葵菜包括冬葵。《齐民要术·种葵》又云："六月六日可种葵。中伏后可种冬葵。九月作葵菹（zū）。"葵菹即腌葵叶，北方冬季食之。冬寒菜之名由此而产生。篆文的癸字就是古葵字（在下臆说），俯瞰葵株，其叶对生四出，篆文象此形也。道路向各方辐射而出，曰逵，谓其似葵株之俯瞰也。

芋之所以名芋

蜀人乍见某物特大，表示惊叹，发一声“哟”，也有发两声“嚄哟”的。这“嚄哟”也就是《史记·陈涉世家》“夥颐！涉之为王沉沉者”的“夥颐”。这“哟”又相当于古代的啥？探求下去，亦颇有趣。想不到的是居然和芋头有关系。为何此物名芋？《说文解字》回答：芋头大得吓人，乍见惊叫一声“吁”，便取名曰芋。

古代蜀国出产芋头。《汉书》记赵国卓氏的话说：“吾闻岷山之下沃野，下有蹲鸱，（其民）至死不饥。”蹲鸱即芋头，赵国的称呼。岷山下之沃野乃指川西平原而言。平原地势卑湿，土质肥沃，气候温暖，宜种芋头。种下不管，秋后挖出就是。从前我在本单位的农场种过，是在一片下湿烂泥田里，用猪粪做底肥。天冷了，每日挖一窝，足食四五人。焖芋头宜配以小白菜，利在通便，免致厕上挣出声来。

明末，蜀中某寺老僧遍山种芋，年年丰收。吃不完的吩咐洗净，蒸熟，晒干，砌入夹墙收藏。十余年后，夹墙围绕寺院一周，犹种不已。明亡，蜀中大乱，饥荒无食，乃拆墙以活民。此时老僧已圆寂多年矣。

据《广志》载，芋头分十四类，其中四类特大。《说文解字》所指大得吓人的就是这四类，叶黄茎紫，高可五尺。惜乎这些大芋我未见过，似已绝种蜀中。今蜀中常见者仅两种，一种紫茎，一种青茎。芋母大若柚子，周围芋儿大若鸡蛋。芋儿又名芋子，外省叫作芋艿，食之滑腻粉面。芋母口感差，不粉面。另有大芋两类，一为海芋，一为春芋，庭园植作观赏，未闻可食用者。

蒟蒻就是魔芋

魔芋制作食品，据说防癌，真是做梦也想不到。旧时蜀人饭桌，魔芋食品叫黑豆腐，低贱不起眼，与凉粉同类。凉粉放蒜泥，加熟油辣子，除了下饭，还可做零食。黑豆腐切成条烩酸菜，放豆瓣酱，仅可上桌而已，没资格当零食。偶有例外，就是炎夏小贩叫卖红糖黑豆腐。不用筷子，站在街边，端着碗喝。这是贫家小孩的廉价冷饮，今已绝迹。好了，现在能防癌，地位升上去，可登宴聚了。川菜魔芋烧鸭，现已闻名全国。

魔芋别名鬼芋，属天南星科，多年生草本，先花后叶。其地下块茎扁球形，有毒，误食而生幻觉，就会着魔见鬼，故名。吾国先民苦饥，设法去毒。先是洗净擦干，切成片段，又以草灰浸出之水，煮十余沸，又以清水漂五六遍，然后换水，下锅再煮。煮成一锅浓稠浑汤，冷后冻结，便是黑豆腐了。峨眉山寺僧雪埋黑豆腐，使之凝成冰砖，春暖雪化，黑豆腐遂成泡沫塑料状，叫雪魔芋。此物配菜肴，吸汤汁，特入味，且有咬劲供嚼，故为著名土产。

魔芋在古书上名蒟蒻（jǔruò），首见于左思的《蜀都赋》。蒟蒻之名甚怪，因为蒟是蒟树，结果实如桑葚，可做蒟酱，蒻是香蒲，可织草席，都与魔芋无关。把两种植物名合成另一种无关的植物名，好比把猪叫作“牛羊”，实在不通。蒟蒻之名以音求之，当是鬼芋。鬼音 guǐ，蒟音 jǔ，可互转；其理正如英文 g，在 girl 读刚音 gé，在 German 读柔音 jí。汉语也有此例，在古书上，革命的“革”读 gé，病革的“革”读 jí（同亟），正是 g 和 j 的互转。然后说蒻，音 ruò（同弱），与芋 yù 音近。中国是那样大，古代交通困难，各地有其土音。某地，鬼读 jǔ，芋读 ruò，写出来就成为蒟蒻了。异地读者见到这两个陌生字，万想不到就是鬼芋、魔芋的别名。

啃与舔

今人吃相文雅，款爷过场尤多。原始人则不然，又啃又舔，吃个痛快。啃舔皆俗字，本字作肯西。请看图分别说，方能领会古人造字之妙。

《说文解字》说，肯乃“骨间肉”，是名词。骨缝之间的肉，就那么一点点，原始人也绝不放弃。撕抠不行，就啃，用门齿细细啃光。本来是名词的“骨间肉”，经门齿一加工，肯就变成动词，这就是今之啃，而名词的原意遂被人遗忘了。大家晓得，骨缝之间的肉附着甚紧，由此引申出甲附和乙也叫肯。相反，不附和不贴近就叫不肯。《春秋左传·宣公四年》：“莒人不肯。”《诗经》则有“莫我肯顾”和表同意的“惠然肯来”。又，骨缝之间的肉难割，一刀下去割个干净而又不伤刀刃，谓之中肯，或谓之肯綮。綮音qìng，就是连接在肉与骨之间的韧带和结缔组织。

啃的篆文

金文

现在说篆文西（舔），看不懂像个啥，那就看甲骨文。我对镜伸出舌，向上翻，看舌底，忽然大笑。天哪，这不是甲骨文的“舔”吗？竖立的长方形是舌体伸出来向上翻。长方形内重叠三条折线，乃舌肌之纹理。读者诸君不妨照镜自看，定当感受到三千多年前古人之幽默。若真有仓颉夫子，该是个风趣的老头，笑嘻嘻的，可爱。据《说文解字》说，西（舔）是“舌貌”。意思是像大口之中伸出舌头向上舔物。不过终嫌勉强。许慎不可能见到甲骨文，只能就篆文和古文作如此之解说。我们比他有幸，能见到甲骨文，搞清楚这个西（舔），很可能是先民用膳时有食屑粘在鼻下，于是伸舌向上翻舔。不然怎会见到舌底面呢？

舔的篆文

古文

甲骨文

猴脑宴的传说

半世纪前，负笈成都，风闻广东人爱吃猴脑髓，如何操作如何吃，说得绘声绘色，就像亲眼所见，令我恐怖。1956 年求学上北京，询问一位广东同学。答曰：“广东人不。听说你们四川人这样吃猴子。”我急声明，四川人不。他以怀疑的口吻问：“不是说四川的峨眉山出猴子吗？”及至 20 世纪 80 年代出游，询及各省作家同行，皆答听人说过，但不知是何时何地这样吃猴脑髓。此事遂成疑案，悬在我心。

近读《清朝野史大观·五·清代述异》一书之“道光时河工之奢侈”条，终于找到答案。原来清朝道光年间，治理黄河有两总督，北督驻济宁，南督驻清江浦。朝廷拨给南督的岁修经费每年五六百万两银子，用于工程的还不到十分之一，十分之九被督署衙门官员挥霍了。此辈两脚官蝗，每开公费宴席，便有猴脑活吃。记载云，挑选俊猴，穿上绣衣，置猴头于桌面圆孔之上，木栓卡紧猴颈，使不得出。然后剃光头毛，活剥头皮。当此际也，猴哀叫而食客欢笑，宰夫乃以沸汤倾灌头顶，急操铁锤击头骨而破之。必待镊净骨碴之后，“诸客各以银勺入猴首中，探脑嚼之”。那记载结尾云：“每客所吸，不过一两勺而已。”听这语气，似嫌犹未餍足。呜呼，这还像人话吗？！

这是国人之耻，“饮食文化”之羞。聊可以自慰者，此事发生在一百五十年前，且推给腐败的清朝官僚。估计此后再未发生，仅以传说文本解国人之口馋，川说在广，广说在川，心向往之而已。若不预立烹宰法以禁止，还会有猴子被挖脑髓吃。

古人做工

古人怎样取火

希腊神话有普罗米修斯盗取天火，中国没有。何必盗取天火，我们远古有燧人氏钻木取火。予观木匠钻孔，钻头变烫，但未见过燃起火来。取火，钻头须有棱角，木块必求干燥，钻具转速要快，还要在钻孔内放置燃媒（如木炭渣），庶可奏效。此一法也。

《庄子》说“木与木相摩则然”。我拿两块木头互相摩擦，生出微温而已，不可能燃。古人用檀木造飞轮，套横轴上，摇柄快转。然后以干透的槐木条触压轮边，木条很快冒烟燃烧。郑玄注《周礼·夏官·司爟》引人说“冬取槐檀之火”，就是这样取的。此二法也。

三法是用阳燧取火，见崔豹《古今注》。阳燧是凹面青铜镜，形如杯碟，对着太阳，聚焦艾绒，很快点燃。

四法是用水晶球取火。《旧唐书》云：“其国（罗刹国）出火珠，状如水精。日午时以珠承影，取艾依之即火出。”古罗刹国在今印度境内。火珠即水晶球，当作凸透镜用，亦聚焦燃艾绒，与阳燧同。

五法就奇特了，用冰取火。有古书说“削冰令圆”，取火如凸透镜之聚焦太阳光。惜乎冰怎样削，语焉不详。别以为原始人都很蠢，他们懂得就地取材，降成本于最低限度。

六法是用燧石敲击取火，后来演变成打火机。

然而最使我惊叹的是第七法。一位刑满释放的低文化先生告知我，用竹筷一根，裹以铺床稻草，踩以塑料鞋底，在粗糙的水泥地上，来回滚动蹂躏。总要踩紧，保证三分钟出火。他说：“狱中吸烟，就这样取火的。”这真是现代燧人氏呀，佩服佩服。我又想说劳动人民如何有智慧，终觉不妥。监有监规，不准燧人氏乱取火。

古人也用火柴

古人每年寒食（清明节前一日）取火，谓之新火，要用一年之久。厨下用火既毕，就要拨拢柴灰，捂盖灶内余烬，谓之蓄火。《史记》载，韩安国坐法抵罪，狱吏田甲辱之。安国曰："死灰独不复燃乎？"甲曰："燃则溺之。"溺即今之尿字。蓄火为活灰，熄灭是死灰。旧时人家用纸捻儿插入灶内活灰，引出火来，吹燃就成明火，点灯、吸烟、煮饭皆可用之。

古人不用纸捻儿（造纸非易），而用焠儿（抱歉的是焠字简化成淬了）。焠儿也属火柴一类。所不同者，今用摩擦火柴，古用引发火柴。焠儿便是引发火柴，名曰发烛。陶宗仪《南村辍耕录·卷五·发烛》云："杭人削松木为小片，其薄如纸，熔硫黄涂木片顶分许，名曰发烛，又曰焠儿。盖以发火及代灯烛用也。"焠儿插入活灰，引出硫黄燃烧之火。初为荧荧一点蓝星，继为煌煌一朵红焰，可供使用。这便是明代江南常见的火柴，商品名称就叫发烛（北方叫取灯儿）。那时小贩有专卖发烛的，见旧小说。

更早些，宋代陶谷《清异录·器具》云："夜中有急，苦于作灯之缓。有智者批杉条，染硫黄，置之待用。一与火遇，得焰穗燃。既神之，呼引光奴。今遂有货者，易名火寸。"这是用杉木签，长寸，一端熔涂硫黄。其形状与今之火柴梗很相似。不能自擦着火，不像摩擦火柴那样方便，此签仍有赖于灶内蓄火，以硫黄端插入活灰（寒冬插入烘笼亦可）方能引出火来。商品名称就叫火寸。发明人是谁，失载。猜想是秦汉时的方士，他们炼丹，熟悉硫黄易燃特点，知其能从蓄火的活灰中引出火来，由此发明火寸。

火寸一定早就传到日本去了。近代日文称西洋的摩擦火柴曰磷寸，显然是从火寸取名的。

最早的降落伞

古史推到尧舜，也不过四千三百年。再往前推，帝喾、帝颛顼，乃至黄帝，已入神话史，“其文不雅驯”，司马迁都感到不好深谈。就拿尧舜来说，都有神话色彩。帝尧选舜做接班人，又以二女妻之。舜只是一庶人，其身份为农民、为渔夫、为窑匠，此下嫁可能吗？尤可异者，舜做了接班人，其父其母其弟还要谋杀他，揆诸人情也太离谱。姑妄信之，且细说谋杀吧。一日，其父叫他到粮仓屋顶上涂补漏罅，然后从下放火烧仓。殊不知二女事先吩咐他：“鹊汝衣裳，鸟工往。”就是身披蓑衣如鹊，手持两笠而上。待到火燃上屋，“舜乃以两笠自捍而下，去，得不死”。这一句是《史记》原文。所谓鸟工，就是手持两笠。详说如下。

既云两笠，必是左手右手各持一笠。笠，如穹盖而尖顶，竹篾编织，夹以箬叶或竹箨（tuò），可御雨，兼遮阳。笠有二型，曰戴笠，曰持笠。戴笠顶在头上，持笠擎在手中，造型不同。不同在哪儿？持笠下面有U形柄，就是伞，而戴笠则无柄，属于帽。清代钱泳《履园丛话·考索》有云：“今吴人呼繖为持笠。”繖为伞之古字。翻查《说文解字》，可知笠有柄者叫簦，簦无柄者叫笠。段玉裁注：“笠而有柄如盖也，即今之雨繖。”又注：“簦亦谓之笠，浑言不别也。”推测起来，舜两手持的笠应是簦，也就是吴人说的“持笠”了。舜握紧U形柄，高擎两笠，从粮仓屋顶向下跳，似鸟之张两翼，飘然滑翔着陆。何况据刘向《列女传》的记载，舜的身上还披一件蓑衣，下跳时风灌满掀起来，亦能收到缓冲之效，这就双保险了。“鹊汝衣裳”的鹊作动词用，何其典雅古朴。这该是降落伞以外的欣赏吧？

你见过飞蓬吗

乱世荒年，弟兄离散，白居易诗哀叹：“吊影分为千里雁，辞根散作九秋蓬。”群雁分飞，相隔千里，这好懂。一棵棵蓬草被风吹断根，各自分散飘零，这场景谁见过？野地蓬草并非罕见之物，因风飘起我却从未见过。可是更早些司马彪诗云：“百草应节生，含气有深浅。秋蓬独何辜，飘遥随风转。”曹植诗云：“转蓬离本根，飘摇随长风。何意回飙举，吹我入云中。”不但被风吹得团团转，而且飞入云。这些场景都是真的，不信是不行的。更更早些《商君书》说：“今夫飞蓬，遇飘风而行千里，乘风之势也。”原来这不是一般的蓬草，而是特殊的一种蓬，名叫飞蓬。飞蓬到了深秋，枯株被风齐根吹断，裹成蓬蓬松松一团，随地滚动，愈滚愈远。李白《鲁郡东石门送杜二甫》诗云：“飞蓬各自远，且尽手中杯。”飞蓬飘散，作为惜别意象，诗中早已用滥，虽然那些诗人或未目睹过这场景。

读鲍照《芜城赋》见对句“孤蓬自振，惊沙坐飞”放置在“白杨早落，寒草前衰”之后与“直视千里外，唯见起黄埃”之前，乃悟这种植物生长在大西北沙碛里，难怪我未见过，许多诗人也未见过。

《淮南子》说：“见飞蓬转，而知为车。”这小小的植物曾经启发古人造车，不仅在诗歌上有意象的贡献。诗人看见飞蓬被秋风吹断根，到处飘零，觉得好可怜啊。哪知对飞蓬自身而言，四处乱滚，正好散播种子，感谢上帝。飞蓬又名沙蓬，籽实古名“东蔷”，炒熟吃，很可口。

造舟为梁说

“造舟为梁”句见《诗经·大雅·大明》，是说周文王娶太姒，在渭河上排列船只，跨船铺板，搭成浮桥。句下朱熹解说：“造，作也。”也就是制造。这样说来，“造舟为梁”就是“造船成桥”。明明是造桥，怎能说是造船？这样说通吗？能说造木成船吗？能说造铁成枪吗？能说造水成冰吗？能说造米成饭吗？能说造粮成酒吗？能说造竹成纸、造纸成币吗？能说造土成砖、造砖成墙、造墙成城吗？显然都不能，因为这里造的明明是船，是枪，是冰，是饭，是酒，是纸，是币，是砖，是墙，是城。可见“造舟为梁”之造，非作也，即非制造也，总之不是 make 也。

造在这里，当别有解。查得《诗经·周颂·闵予小子》开头两句：“闵予小子，遭家不造。”本是武王死了，成王哭丧之词。历来解释都说“不造”就是不幸或不善或不祥或不淑，总之不好罢了。我看应解释为没依靠。造就是靠。两句是说：可怜小子我呀，父王死了，没依靠了。又查得《诗经·周颂·酌》有“王之造，载用有嗣”两句。《郑笺》说：“之士，皆争来造王。”后人解释此造为到，不知也是投靠之靠。仿此二例，“造舟为梁”之造也就是靠。船靠船，one by one，横排河上，搭成浮桥。这样说就通了。

金文造

《尔雅》郭注“天子造舟”说“比船为桥”。靠在一起就是比嘛。以比释造，远胜朱熹。或以为《说文解字》无靠字，固然。但是造字下面保留古文，舟旁一个告字。字应从舟告声，可能就是今之靠字。靠字下面是排之省，排列正是一个靠着一个。

工字独木桥

桥字见于古籍，乃是今之轿字，原非水上桥梁。又有井桥，乃汲水之桔槔。还有一种树木，名桥。《孟子》书中不见桥字，但有杠字梁字。书中说："岁十一月徒杠成，十二月舆梁成，民未病涉也。"冬天到了，修步行桥，修车行桥，民不涉水受寒。当时只说杠梁，不说桥梁。杠就是桥。朱熹注："方桥也。"两木并置小水之上，谓之方桥，供人步行。推测远古，必定是先有独木桥，工这个字，你看，一木搭在两岸之间，不正是独木桥的象形字吗？后来考虑到是用木造的，加个木旁成杠。这样说来，我们祖先最早的工程建设就是造独木桥了。难怪鲁班（公输般）的传说总要说到他造桥。进入文明，所造渐多，皆名曰工，所谓"百工"是也。

杠跨度小，搭在溪流上，水面宽了就不行。后来工艺进步，发明桥墩，河流上能分段搭了，杠体也升高了，改名为"桥"。乔者高也。为何早不叫桥，而叫杠，想想也就明白。杠与岸平，离水面近，谈不上高，怎能够名之曰桥。

秦以后，这个桥字才取得桥梁的资格。《说文解字》"水梁"训桥，"水桥"训梁，这叫互训。桥既即位了，杠就下岗了。《说文解字》叫杠去当"床前横木"，也就是蜀语的前床枋，资格大降，莫可奈何。今日杠更没落，变成抬重物的杠子。一根杠子搭在两人肩上，联想起从前的独木桥。至于认工字为独木桥，只是在下一孔之见，《说文解字》不这样看。许老夫子释工："巧饰也。象人有规矩也。"两横夹一竖，人在哪儿？规在哪儿？矩在哪儿？像吗？

钱是一种农具

旧时市井称钱为金哥哥。繁体钱字拆开正是金戈戈三个字。两戈上下重叠，简体成戋。《说文解字》说钱是“古田器”，从金，戋声。音同剪，与今异。还引用《诗经》之“庤乃钱镈”。镈也是“田器”。古谓田器，今曰农具。农具多种，钱是哪种？镈是哪种？

综合诸家之说，镈应该是除草用的薅锄，锄片宽薄而轻，异于窄厚且重的挖锄。钱，今之锹也，亦即《说文解字》“古田器”的铫字。蜀人至今仍叫铁铫，又叫铫铫。其作动词用，便说“用铫铫铫泥巴”。

农业文明之初，犁铧牛耕尚未发明，通行用钱手耕。古钱为铲形之金属铫，斗有木柄，双手握紧，插入土中，脚踏使深，撬起泥巴，与今使用洋镐相似。黄河流域土质松软，钱耕工效不低，故通用之。后来市场交易渐渐频繁，就用农具之钱做了交易媒介，取代以物易物。钱既变成筹码，为轻便美观计，缩小变形。看这货币之钱，犹能依稀仿佛农具之钱。钱面篆文货布，布即币也。上端圆孔，贯串用之。春秋战国时期，钱字已具货币新义，读音亦由与剪相同之 jiǎn 转为 qián。后来又铸圆廓方孔小钱，蜕尽旧形。钱字原义遂隐，浅人乃以一金二戈说之。一个钱字，能看出社会发展史，妙。

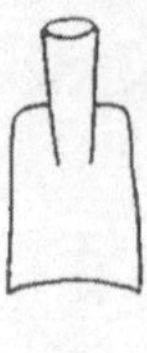

农具钱

货币钱

顺便说到剪刀。“剪”字初见《尔雅》。此前只有“翦”字，没有“剪”字。刀以剪名者，以其双刀张开形似货布古钱也。剪刀即钱形之刀，古名交刀。怕与钱字搞混，所以另造剪字。

夯字探源

建筑应该说成筑建才对，因为先筑地基，后建房屋。筑者夯也。旧时木架平房，地基承受轻，通用手工夯。夯具简陋，条石方柱，高不过一米，两条木杠夹着捆紧，便成。打夯，两人对面直立，握持杠端，唱起号子，鼓劲抬举向上，一齐投舂向下。如此数遍，地基就夯实了。夯这个字，使用已近千年，见于司马光的《涑水纪闻》。在此之前，无夯字，有相字。相就是夯。相的本义是木匠审视木料，牵连出相马、相面、相亲等说法。借音指夯，是相的假借义。《礼记·曲礼上》云："邻有丧，舂不相。"邻居办丧事，你在舂粮米或筑地基时，就不要唱号子。相在这里指舂夯唱号子，这就是夯。相 xiāng 夯 hāng 古今读音稍有变化。夯地基至少要两个人，所以相又有了共同互相诸义。今人惯说相同、相助、相爱、相信、相争、相斗，早已忘了源于打夯（舂相）。

毕竟这个相不是夯的本字。有本字吗？我认为有，就是兴字。《说文解字》释兴："起也。从舁从同。同力也。"看那篆文，正是四只手（两个人），中间一个同。同力干啥？打夯。许慎没见过甲骨文，不知道那个同在甲骨文的兴字内不是同字，而是夯具的俯视图。你看，正是两杠夹一方柱，二人四手对抬。兴夯二音对转也很容易，银行的行 háng 不是又读行走的行 xíng 吗？

打夯要抬起来，所以兴有起的意思。《诗经》有赋比兴，兴就是起个头。打夯唱号子，有个领头的。打夯工见主家有小儿，领头的就唱一句"修起我的儿子住哟"，予少时亲聆之。

興

兴的繁体

篆体

甲骨文

工匠的自尊

唐朝郭子仪，官拜中书令（宰相），爵封汾阳王，人称郭汾阳，好生得意。兴土木建宅第，视察泥匠筑墙，吩咐说："好筑此墙，勿令不牢。"泥匠放下舂锤，回答说："数十年来，京城达官家墙，皆是如此筑。今某死，某亡，某败，某绝，人自改换，墙固无恙。"郭老令公闻言心惊，即日请求退休养老。事载明人谢肇淛《五杂俎》。

工匠手艺高的皆有自尊之心。忆予做锯匠时，有老木匠自豪说："天旱三年，饿不死手艺人。"又有老锯匠鼓励我说："改朝换代，木头总要锯的。"昨读明人陈铎《滑稽余韵》散曲一百三十六首，写遍七十二行，以及巫医百工。内有一首写锯匠的甚妙，恭录如下。

顽木久惯抬，分板偏能解。全收斧凿功，少欠松杉债。从直不从歪，依线又依画。专办装修料，先当营造差。两下里分开，东一片，西一块。盖起了房来，你不揪，我不采。

散曲也可算广义的诗吧。全诗六句，非常专业，必内行如我者，方能注释明白。请逐句细说之。

第一句就令我吃惊，原来早在明代已叫"顽木"。今称元木，音稍异而实同。作者知道锯木之前先须抬元木上码杆。树径逾尺者，还得四人抬。学锯先学抬，而且"久惯抬"。上码杆后，锯匠二人一站杆外一站杆内，手腕端平，横向拉锯。寸板厚易解，分板薄难改。明代叫"分板"，至今仍此称。锯匠能解分板，不跑墨，一坦平，才算入门。"偏能解"者当然是内行了。

第二句说锯齿勤锉，锉出锋锷，乃见功力，方可提高工效，否则钝了拉不动也。松杉二木，谓之正料，锯齿啮入，嚓嚓前进，进度快，“少欠债”。若锯硬绵杂木，不能按时解完，谓之“欠债”。

第三句说锯齿必须咬住墨线直走，不能歪走。这是“依线”。若需曲面木板，就不能弹墨线，只能用竹笔画曲线。这是“依画”。

第四句专说修房子（营造）锯木料。梁、椽、楣、桷之类一一事先解好。

第五句说解出许多片板和块板，必须晾干，所以东墙西壁到处斜傍。

最后一句，房子修成了，主人不再瞅我一眼，我也顾不上再去理睬他。全诗落脚于锯匠的自尊，而又不失幽默。

勿忘黄道婆

四千年来，农业社会男耕女织。耕，耕田。织，织布。织啥布？棉布嘛。不全对。织棉布的历史在内地不超过七百年。此前三千余年，织的都是麻布、葛布。我读中学时，国语课本上颂扬黄道婆。13 世纪之末，还在元代，是她从海南岛黎族同胞那儿学得织棉布的技术，带回故乡松江乌泥泾（今上海东湾村），然后推广开来的。三百多年后，明代宋应星著《天工开物》，误把草棉当作大麻雄株，可知那时植棉犹未普及，连宋应星都未见过。古无“棉”字，只有“绵”字，专指丝绵。“棉”字分解开来，就是从木，绵声。

织棉布比织麻布更麻烦，织前必须多次加工。棉花摘回来晒干后，一道工序是送上轧花机，从纤维中轧掉种子；二道工序是用木椎拨弓弦，弹松纤维，也就是弹棉花；三道工序是梳搓成棉条；四道工序是摇转纺车纺成纱；五道工序是牵挽成经线；六道工序是上浆。然后方可上织布机，投梭织之。黄道婆引进的技术是一整套，包罗前述六道工序，以及轧花机、弹花弓、纺纱车、挽经器、织布机之制作与改进，其事甚繁。由于黄道婆的引进与推广，手工棉纺织业在松江大发展。《天工开物》说：“凡棉布寸土皆有，而织造尚松江。”其间应有黄道婆的功绩。

道婆稍别于道姑。道姑正如尼姑，尼姑是佛寺的出家人，道姑是道观的出家人。道婆则比类于巫婆，乃迷信职业者。看看《红楼梦》的马道婆行巫术，诅咒宝玉、凤姐，便可明白。发明家黄道婆不知是否为迷信职业者，但还得承认她胸怀大志，心系民生，富有创业精神，为女中一豪杰。

古人爱美

镜中跑出笑话来

曾见大雄鸡跳上梳妆台，对镜竖毛示威，耸身欲斗。又见猕猴窥镜吃惊，到镜后去侦察。它们不明白镜中身是谁。唯黑猩猩聪明，会照镜子，晓得对镜扯下头戴纸花，它明白镜中身是它自己。古希腊格言："认识你自己。"黑猩猩似已萌动自我意识，勿小看它。

玻璃镜传入中国之前，通用青铜圆镜。镜面投影壁上，有作菱花形者，谓之菱花镜。镜面微凸，可使瘦脸丰之，方脸圆之。贫家买不起镜，"鉴于止水"。五代孙光宪《北梦琐言·逸文》记一笑话云："有民妻不识镜。夫市之而归。妻取照之，惊告其母曰：某郎又索一妇归也！其母亦照，曰：又领亲家母来也！"嘲笑贫妪误认镜像为亲家母，你想想看，还有哪本书上读过？对，《红楼梦》第四十一回。刘姥姥醉了，从厕所出来，不辨路径，大观园中乱窜，误入怡红院内，只见亲家母也从外面迎了进来。怪哉，亲家母只是笑，不说话。刘姥姥问她话，亲家母也不答。伸手去摸，细细一看，原来是一面穿衣镜。透过这一细节描写，曹雪芹以生花妙笔反映出贫富悬殊来。我想他读过《北梦琐言·逸文》的那个笑话吧。引入小说创作，遂别开生面了。

青铜镜远不如玻璃镜之明亮，晦暗了便要磨。磨出光来，再涂水银，增加亮度。可以想象古代妇女梳妆台上污染多么严重。除了镜面汞毒，搽脸白粉还含铅毒，点绛唇的红丹也是有毒的。可能古人知道镜面有毒，所以发明镜衣以屏蔽之。吴梅村《圆圆曲》有"散关月落开妆镜"一句。开者何？脱下镜衣也。

宋代已有牙刷

旧时蜀人，每晨洁齿，皆用无敌牌擦牙粉，通称牙粉。纸袋包装，彩印双蝴蝶（谐沪音无敌），注明“上海家庭工业社制造”和“天虚我生发明”。刷牙时用牙刷蘸牙粉，入口拭擦。微有香味，亦起白沫。洁齿见效，价格便宜。到20世纪50年代末，我仍用之。牙刷，例皆骨柄猪鬃，通体白色。我穷，惯用竹柄黑毛，一角钱买十柄用半年。这种廉价牙刷做工粗糙，不坚实，易脱毛。蜀人歇后语云：“牙刷子脱毛——有板有眼。”请注意，四川人口语称牙刷子，牙刷是书面语。

那时只有少数人刷牙，多数人不刷牙。虽不刷牙，但也偶然关心洁齿，饭后喝一口水，仰脸张口，喉咙里呼噜噜吼响一阵，喷噀而出，吐一地水，谓之漱口。《红楼梦》里似乎未见过刷牙，怪哉。贾宝玉这样的文明人，亦仅以茶漱口而已。一般人牙齿脏，积垢而臭，可以想见。如此看来，刷牙习惯或许是从欧美传来的吧？

非也。近日读南宋遗民回忆临安（今杭州）市井繁华之作《梦粱录》，赫然目睹“刷牙子”三个字，好生欢喜。只是名称可疑，为何不叫牙刷子，而叫刷牙子。不过此物列在“木疏、篦子、刷子”之后，可以推断其为牙刷，或当无疑。又在《铺席》一章内文读到，南宋淳祐年间（1241—1252年）杭州城著名的商店百家名单，其中就有两家是刷牙铺，一家姓凌，一家姓傅。这两家制作的牙刷一定很有名气吧。《国语辞典》牙刷条目之下，引元代郭钰诗“南州牙刷寄来日，去腻涤烦一金直”之句，而不引更早的《梦粱录》，不知何道理。

重颐丰下之美

四十年前的事了，忘年交的吕老给我看相，提醒说："脸颊瘦，下颏尖，老弟暮年恐不免于凄凉。你要晓得，重颐丰下，方称福相。"三个月后，我就被故乡"红卫兵"戴上高帽子，押去游街示众了。

"重颐丰下"之说，似在哪本书上见过。那时天下即将大乱，忧心忡忡，无暇翻书查找，随即遗忘。四十年过去了，偶然找到出处，在《诗经·陈风·泽陂》内。这是一首描写美女的诗，共三章。末章云："彼泽之陂，有蒲菡萏。有美一人，硕大且㜗。"㜗音 yǎn，左旁女，右旁是饮字的古写，属形声字。其字义是重颐，亦即双下巴。《韩诗章句》就是这样说的，还补一句："重颐丰下，斯为男子之状。"果如此，就该是描写美男之诗了。窃以为古人质朴，男女皆以重颐丰下为美。丰下谓脸颊胖，下颏圆。我不幸，正相反。天生如此，奈何不得。

《诗经·陈风·泽陂》一诗透露，肥硕高壮为美。一个健康社会，美之标准如此。

不但《诗经》时代是这样，看看敦煌壁画，便知到了唐代，标准美女仍然是这样。这样的标准或许隐含着对体力劳作的认同。试想想，农耕社会里，男女都瘦成 T 型台上的舞鹤与飞燕，谁去耕田挖地、挑水砍柴、顶物背娃？如果说，文明高度发达的外星人，一个个细臂细腿，大脑袋，细颈脖，瘦成排骨，丑成鬼魅，那就悲哉惨矣，还不如维持着今日的低度文明为佳。鄙人坚信，世间一切真正的善，绝不应该与美对立。总之，胖也好，瘦也好，总得符合上帝的黄金分割比例，即 A : B = (A + B) : A。

看相观察情态

《冰鉴》七篇，教人怎样看相，作者情况不详。看相就是以貌取人，多不可靠。荀子有言：“形相虽恶，而心术善，无害为君子也。形相虽善，而心术恶，无害为小人也。”用人应考核履历和言行、业绩和操守，不应看相。若做侦探，或写小说，观察人物，又当别论。

《冰鉴》第四篇说情态，眼力深透，十分有趣。摘引转述，以飨读者。

“大家举止羞涩，亦佳。小人行藏跳叫，愈失。”说得太中肯了。作者名安恬曰弱态，名激动曰狂态，名散漫曰疏懒态，名交际曰周旋态，共分四种情态，一一陈说。

“飞鸟依人，情致婉转，此弱态也。不衫不履，旁若无人，此狂态也。坐止自如，问答随意，此疏懒态也。饰其中机，不苟言笑，察言观色，趋吉避凶，此周旋态也。”说到这里，作者提醒，以上四态必须是真情态，而非作秀。看相要看透情态的真假，才好做结论。“弱而不媚，狂而不哗，疏懒而真诚，周旋而健举，皆能成器。反此，败类也”。

以上四态展现之时，又有三种偶然情态流露出来，尤须留意观察。一、“方与对谈，神忽他往”或“众方称言，此独冷笑”，这类人“深险难近，不足与论情”。二、“言不必当，极口称是”或“未交此人，故意诋毁”，这类人“卑庸可耻，不足与论事”。三、“漫无可否，临事迟回”或“不甚关情，亦为堕泪”，这类人“妇人之仁，不足与谈心”。作者不但眼力深透，而且分析细致，令我佩服。当然，若说由此可以推断一个人的吉凶祸福，未免大言欺人。遇上黑白颠倒的时代，吉人惹祸而凶人得福的例子多得很呢。

齿落狗窦大开

“笑人齿牙脱落，曰狗窦大开。”百年前儿童课本有此一句。偶然翻到，颇感滑稽。晨洗照镜，微启上唇，“今朝都到眼前来”，狗窦轮到我开了。看样子自己也觉得可笑。做和气好老头，固无妨，不怕笑。做官做报告，狗窦亦大开，严肃气氛便难维持。更可怕者，听别人说，门齿豁缺，影响发声，你说的是“方法”二字，别人听的是“谎话”二音。我且试试，才放心了，原来并非那样。

吾蜀有“缺牙巴，钻狗洞”之儿歌，记不全了。狗洞即狗窦。狗窦之设甚古，齐国晏婴出使楚国，拒入宫门旁的一扇小门，抗议说：“到狗国来，才入狗门。”事见《晏子春秋》。纪晓岚《阅微草堂笔记》有老虎钻墙脚狗窦之记载，可知清代人家院墙犹有狗窦之设。我生已是20世纪30年代，故城家家院墙俱不见有狗窦。家狗出入，与人相同，皆走大门。想必是华北风俗有异于吾蜀吧。

狗窦之设，于狗颇便，大门夜闭，仍可自由出入。叫人钻窦，则含歧视。今世爱狗成风，歧视尚残存语言中，例如，骂人是狗。想起突这个字，上面一穴，正是狗窦，下面一狗，钻窦而出。突出之义，由此滋生。狗之出窦，路人事先不知，毫无心理准备，由此又滋生出突然一词。突然，译成白话就是“像狗出窦那样”。狗若识字，翻到字典犬部，才晓得自己的知名度如此高，定将狂喜大吠。

水袖小考

蜀中偏僻县城，多讲土语，少时听了，莫名其妙。兹举一例，进饭馆入座后，嫌桌面不干净，便叫堂倌："拿随手来！"堂倌疾步走来，用搭在左肩的抹桌帕，赶忙抹掉桌面上的汤汤水水。抹桌帕叫随手，怪哉，是说此物随时拿在手中吗？这种命名方法，未免鄙俚可笑。今日老来得闲，翻十三经之《仪礼·公食大夫礼》，忽见挩手一词，原来是进餐的拭手帕。有注云："挩，拭也。"随手应是挩手，挩音shuì。原来并非土语，实系雅言，已用两千多年之久。误认为它鄙俚可笑，只因本人读书太少。

于是想起传统戏曲服装的水袖，那是尺长白绸，缝缀在袖口上。舞动起来，好似波翻浪滚，所以名叫水袖。这是传统戏曲服装的专业术语，仅见于舞台上。水袖取名，如果出自波浪联想，何不径直呼曰波袖、浪袖，而曰水袖？所以我猜想，或许是帨袖。帨音 shuì，与挩音同。帨是名词，指用于拭擦的佩巾；挩是动词，指用佩巾拭擦。两字之间明显存在关联。帨为佩巾，见《礼记·内则》。《内则》规定，家人进餐，儿子侍候父母，媳妇侍候公婆，都要"左佩纷帨"。郑玄注云："纷帨，拭物之佩巾也。"按纷即帉，巾之大者。此处帉帨复词，单言之就是帨。帨巾佩在左胸，以备饭桌上递给父母公婆拭手用。这与蜀中堂倌抹桌帕和拭手毛巾搭在左肩，以备顾客不时之需，何其相似。

这个帨巾还出现在《诗经·召南·野有死麕》里。那是一首写村姑被男子追缠的诗。男子动作粗鲁，村姑提醒他说："舒而脱脱兮，无感我帨兮。"意思是说："慢点吧，别动我佩巾哟！"也就是拒绝男子触及胸部。帨在这里仍是左胸佩巾，正对着男子那好动的右手。

帨之古制，今无可考。看其用途，近似手巾，男女皆用。前数十年西装绅士例备手巾，折叠成长方形，插在左胸袋内，露出尾端。我还见过幼儿园小乖乖左胸前都佩着小手巾。那些阿姨肯定不知这是“继承传统”。

这个做手巾用的帨，以我揣想，不可能限用于在家中侍候父母公婆吃饭，儿子媳妇各人也可自用。帨佩胸前，必用别针，取下戴上，总不方便。定有聪明人将这张手巾卷成圆筒，缝缀在袖口上，这样用来就方便了。用脏可以拆洗，晾干再缝上去。这个揣想或能解释古代长袖为啥都是两截连缀成的。本体的那一截称为袖，缝缀的那一截称为袪（帨袖）。袪有时又称为袂，音 mèi，所以《说文解字》云：“袪，衣袂也。”屈原《九歌·湘夫人》的“捐余袂兮江中，遗余褋兮澧浦”，此处之袂必定是袪，亦即帨袖。只有缝缀在袖口上的袂才能当场拆下，投入江中，漂送湘君。后世男女互赠手巾传情，与此相似。帨袖本来就是手帕缝在袖口上啊，所以湘夫人要“捐袂江中”了。进而她又脱下内衣（褋），抛向澧水之浦。传情更甚，令人想起《红楼梦》晴雯脱内衣赠贾宝玉。顺便说明，《辞源》袂字下引《九歌·湘夫人》句误褋为襟了。

旧时朋友携手谓之联袂，分手谓之分袂，因袖长也。今人已不可能“联袖”“分袖”，因袖短也。《礼记·内则》说到深衣之制，提供了古代衣袖长度的数据：衣袖本体二尺二寸，帨袖即袪一尺二寸。这两截用针线粗疏缝缀起来，遂成三尺四寸长袖。此乃周尺，短于今尺，也够长了。《左传》晋公子重耳被斩袖，《史记》汉文帝自断袖，都非长袖不可。

《左传·宣公十四年》记宋国华元杀了楚国来使，“楚子闻之，投袂而起”。“投袂”就是川剧舞台上的“甩袖头子”，表示愤怒或不屑，属水袖功。川人说的袖头子即帨袖，古称为袪，有时也叫作袂。

亦有一说，戏曲舞台上男女拭泪水皆用袖头子，故名水袖。窃以为终不及帨袖之典雅且准确也。

怕被人笑不韵

语云：“徐娘半老，风韵犹存。”查《南史·后妃传》，原文但作“徐娘虽老，尚犹多情”。徐娘真有其人，就是梁元帝萧绎的妃子徐氏。这里说的“风韵”较之“多情”内涵更宽泛些，也更不容易说清楚。试着拆开说吧，风指风度，韵指韵味。风与韵皆属于一个人的文化素养，而和今之所谓性魅力不搭界。《世说新语·赏誉》记载，庾亮认为卫永“风韵不及”孙绰。《晋书》说王凝之的夫人谢道韫“风韵高迈”。据此两例可知，风韵超性别，男女皆可用。

复词的风韵用了七百年，又分身为单词的韵。《清波杂志》记北宋旧事说：“六宫称之曰韵。盖时以妇人有标致者为韵。”《侯鲭录》更说：“欧公闲居汝阴时，一妓甚韵。”北宋某个女子显得颇有文化素养，人就说她很韵。这和今之所谓漂亮迥不相侔。漂亮外在，韵内在。漂亮是生成的，韵是养成的。当兹商业社会，女子多以漂亮自炫，甚至宣称自身性感，早忘记韵之为何物了。

你别认为北宋女子才韵，须知那时男子也韵。男子若能诵东坡诗，别人同样说他很韵。反之，“士大夫不能诵坡诗者，便自觉气索，而人或谓之不韵”（引自《曲洧旧闻》）。多好的风尚啊，怕被人笑不韵。据载，那时首都汴京城内，时髦男女穿文化衫，衫上绣着“韵”字，一如今日T恤印着 I love you 和 Kiss me。

韵字原义是谐美的乐音，用在诗中，专指诗歌语言中的音乐成分。赞美人韵，便是用听觉说视觉，事属修辞范畴，今人谓之通感。

冒与帽的关系

古人看重帽子。“冠虽敝，不以加于履。”帽子哪怕破了，总不能给鞋踩。倒过来说，鞋子十分新色，总不能头上戴。上是上，下是下，绝不可以乱套。就是帽子，也有等级制度。哪等人戴哪等帽，不允许僭越。阿 Q 戴毡帽（丰子恺画），还说得过去；若戴假洋鬼子的礼帽，未庄的舆情就要大哗了。

帽子源于御寒之需，殆无疑义。黄河流域冬季酷寒，不戴帽子出门，会冷起病。文明臻进之后，除了御寒，帽子还可显示威仪，兼及赏美。甲骨文的美字，乃大人头上一顶有羽毛装饰的高帽子，就像北美印第安人酋长戴的那种。古代殷人帽子精致，谓之章甫，为孔子所欣赏。宋国有个傻帽，贩运章甫到越国去，心想大赚一笔，哪知“越人短发文身，无所用之”。事载《庄子》，以见宋人之愚。

甲骨文美

帽子历史老，帽字却晚出。《说文解字》没有帽字。《汉书·隽不疑传》有“著黄冒”的记载。这个冒即帽的古写。到了南北朝的《玉篇》才有帽字。此前的冒，按照《说文解字》解释，并非名词的帽，而是一个动词，例如冒犯、冒充、冒昧、冒险、冒矢石、冒风雨、冒天下之大不韪。冒字上半部，幂盖底下二横，这才是帽的象形字，音亦同帽。《说文解字》说：“小儿蛮夷头衣也。”古代中原人士头上戴的名冠、名冕、名帻、名巾，都有严格规范，能讲出一番道理来。小孩戴的，以及少数民族人士戴的，不合中原规范，且说不出一个名堂，只能名之曰帽。文野之分，于兹见矣。野人戴着这种帽子，帽檐低压，遮蔽眼睛（冒字下半部的目），必然冒犯尊长，此即冒也。

神奇动物

交龙变成蛟龙

《周礼》规定，诸侯阅兵，场上竖交龙旗，所谓交龙为旂是也。旗绘二龙，一向上飞，一向下蹿，相互追逐。交龙图案暗示二龙性交，象征阴阳谐和。龙既然分公母，向下蹿的那条就该是母龙了。既有母龙存在，就得另外命名。公龙仍旧叫龙，母龙就叫蛟吧。读者不难明白，命名曰蛟，取交龙意。《周礼》《诗经》《易经》未见蛟字，可知其为后造之字。蛟字最初见于《管子》《庄子》书中，为时已晚。

蛟不像龙，不能上天，只能下水，且为水患。民间传说蛟发洪水，初出只是小虫一条，状似蚯蚓，蠕蠕而动，迅速长大，如鳝，如蛇，如蟒，招来八方野水，涌成一派狂流，淹没屋舍田园，淹死民众牲畜，极其可怕。洪水至，百姓呼：出蛟了！桥冲垮，野老说，他亲眼看见是蛟撞垮的。常理推测，有可能是深山大壑冲出古木撞坍桥梁，而野老看错了。蛟的形状，《山海经》有一条注释："似蛇而四脚，小头细颈，有白瘿。大者数十围。卵如一二石瓮。能吞人。"裴渊《广州记》说法又不同："其长丈余，形广如楯，修颈小头，胸前赭色，背上青斑，胁边若锦。"世上本无蛟，正如没有龙。前面两种水生大型怪物是否存在，难以断言。看那样子，倒有些像传说中的尼斯湖怪，那不就是洋蛟吗？

在下所见，古籍单独提及蛟的不多，多是并称为蛟龙，而以蛟属龙类。先民迷信神兽，造了龙又造蛟，反映出人类自身之无力，科学知识之缺乏。

《周礼》说的交龙，误读变成蛟龙。想来忍不住笑，真是人造神啊！

抑龙扬蛇好

辛巳年近，巳属蛇（巳像蛇形，读音古与蛇同，本来就是蛇字古体），寒舍门联新贴。上联小龙出洞，下联倦鸟归林。俗谓蛇为小龙，以示尊敬。去年龙年，写过一篇抑龙扬凤的文章，也不见有龙种前来挑战。今年（阳历元月）技痒，又想谈蛇。恰好在《今晚报》副刊上读到一篇应景短文，说："封建皇帝以龙自诩，就是源于刘邦的老娘，在梦中与蛟龙交合而生下这位真龙天子。"此说有误，正好供我插嘴。

《史记》上说，刘老娘梦交的乃是神，刘老爹跑去看却是龙。这显然是无赖子发迹后，底下人编造的。神耶？龙耶？故意闪烁其词，渲染其神秘性，好骗愚民。不过倒猜中了刘邦的潜意识，马屁拍得正合孤意。刘家无赖子年轻时羡慕过秦始皇。正是这个暴君，内心以龙自居，确信自己就是山鬼说的祖龙。暴君自语："祖龙者人之先也。"注解《史记》的应劭说："祖者人之先，龙者君之象。"刘邦有样学样，跟着以龙自居。其实早在夏朝，夏后氏就以龙自居了。《史记》上说，夏朝将亡，雌雄二龙从天宫贬下来。孔甲愚蠢，竟把雌龙遗体烹来吃了，等于吃掉夏后氏的图腾，自取灭亡。可知君王与龙一体，这种观念由来久矣。

龙很少做善事。《太平广记》龙部故事甚多，统计起来，大部分是作恶行凶。倒是用科学的眼光看蛇，可以说是颇有益于人类。捕鼠是其首功，谁也不能否认。样子难看，正好提醒我们，千万不要以貌取人。但愿今后写文章的多为蛇说说话。

龙与恐龙化石

作此文时，正值甲申端午。端午龙舟竞渡，可以说是龙的节日。提笔想起龙的传说，考其起源，应该是恐龙化石之发现。近五十年，我国多处发现恐龙化石，已见报道。那么近五千年呢、近一万年呢，难道就没有发现过恐龙化石吗？以理推之，应该多次发现，遗憾的是有关发现记载皆不具体，只说龙骨而已，而不详其形状。《史记·河渠书》载“穿渠得龙骨”，只有这五字。其后还有著作也提到过龙骨，亦不详其形状。揣测起来，古人所谓龙骨应指包括恐龙在内的多种爬虫类化石。记载最详者当推明代的《五杂俎》云：“司徒马恭敏治河日，于淮济间得一龙蜕，长数十尺，鳞爪髻角毕具，其骨坚白如玉。”可注意者“长数十尺”，非恐龙不可。

恐龙化石不见肉身，唯存骨架，长颈长脊长尾，长到数丈，古人睹此长身怪物，猜想其存活时的形状。于是构成龙的意象，由此产生龙的传说。这般巨大尺码的爬虫类动物，远远超出古人的常识范围，他们感到难以理解，便把此物神化。《说文解字》释龙：“鳞虫之长，能幽能明，能细能巨，能短能长，春分而登天，秋分而潜渊。”直到我幼年，还听大人说，某年涨洪水时，有龙穴地而出，小如蚯蚓，得水而长，寸而尺，尺而丈，乃至十丈百丈，蜿蜒入江入海，神奇之至。

前几年新发现，辽宁阜新查海地区遗址中有用红褐色石块堆塑的龙形物，距今已有八千年之久了。揣测起来，吾国先民万年以前已经有了龙的意象。那时地表浅层存留着的恐龙化石比现在多，容易发现。先民质朴，意象必有现实依据，不会无中生有。

换一角度看龙

哪一门自然科学最古老？当然是天文学，前人早已说过。天文学能古老到几千年前？尚无答案。我想答案应该有了，那就是至少六千年前。

客曰：咦，你别乱说哟。司马迁著《史记·天官书》不过两千年前。

《尚书·尧典》记四中星，就算此篇不是战国时的著作，果然真是帝尧之典，也才四千三百年嘛。怎么一下就跳到了六千年前？你有啥根据呀？

根据是1987年6月河南濮阳西水坡考古发掘出来的一座墓葬，亦即著名的M45号墓葬，葬品已见东宫苍龙七宿与西宫白虎七宿之端倪。请详述之。墓主男性壮年，身长一米八四，仰卧，头南足北。其北，墓主双脚正对用蚌壳和小孩胫骨摆塑成的北斗星。其东，亦即墓主之右，用蚌壳摆塑一龙。其西，亦即墓主之左，用蚌壳摆塑一虎。此外，墓主四周还散布着零星蚌壳，表示满天繁星。蚌壳摆塑的那条龙，长一米七八，高零点六七米，形态似鳄，昂头挺胸，耸身曳尾，做爬行状。用C-14测定，距今已有6460±135年，被专家们称誉为“中华第一龙”。消息发布，轰动全国。报刊文章围绕此一重大发现，多认为可由此探求中华文明之起源，以及龙之起源与龙文化之丰富内涵。

窃以为宜先说墓主双脚正对着的北斗星图。蚌壳摆塑北斗之魁呈三角形，稍有异于今人常见之四方形。若问原因，也很简单，六千年前古人所见斗魁就是那个模样。须知一切恒星并非真恒，都在运行不止。积年既久，就变样了。脚对北斗表示墓主地位很高。《史记·天官书》云：“斗为帝车，运于中央，临制四乡。”墓主乘北斗星，必须是大酋长（远古的帝）。墓主右旁的龙是龙星图，左旁的虎是虎星图。

事关天象，不在乎“第一龙”之宣传（为啥不宣传“第一虎”）。二十八宿中的苍龙七宿，角、亢、氐、房、心、尾、箕，夏夜见于南天。去掉角宿和箕宿，中间五宿连缀成图像，古希腊人眼里是蝎，古中国人眼里是鳄（最早的龙）。这五宿最为农耕民族所熟悉。《国语》说“农祥晨正”指其中的房宿而言，事涉春耕。《诗经·豳风·七月》说“七月流火”指其中的心宿而言，事涉秋收。仰观这五宿的连缀，小孩也会看出它像爬行动物。至于像什么，就和观察者的文化有关系了。吾国先民惧鳄，它要吃人吃畜，斗不过它，就崇拜它。仰观那五宿，觉得它像鳄（也就是龙）。后世苍龙七宿之说由此缘起。大酋长死了，灵魂升天，乘北斗星，右傍龙星，左傍虎星，遨游星空，照看人世。这就是 M45 号墓葬所见天文图像的语言。其间并无鼓吹龙伟大的意思，所说的是天象，是星座。

配合爱国主义教育，宜多宣传祖先在科学上的贡献，不宜搞龙崇拜。濮阳地瘠民贫，招徕旅游，借龙生财，当然有理。只是专家和文化人在必要的凑趣之余，也应多作高水准的纯学术的探讨才是。要传承的是文化，非龙崇拜。

庄周笔下之龙

旧时李姓人家，堂上悬匾，多书“犹龙世泽”四字。此乃标榜老子。老子姓李，大圣人也，所以李姓人家多认他做始祖。“犹龙”一词，算是典故，出自《史记·老子传》。据载，孔子见老子，出来赞叹说：“其犹龙耶！”意谓老子修养极深，似龙变化叵测。《史记》所载，原出《庄子·天运》。《天运》篇尾，孔子见老子，大吹仁义，碰钉子后，哑闷三日，叹曰：“吾乃今于是乎见龙！”亦谓老子见识高超，变化无常，犹龙之可大可小，可飞可潜，可显可隐。非实指其为龙，譬喻而已。先秦典籍，比某人为龙者，自《庄子》始。《庄子》书中又两次说圣人“尸居而龙见”，端坐入定，忽显龙形。事涉神秘，又不像譬喻了。但在书中别处却明白说，龙乃仙人坐骑。乘龙遨游四海，好比乘坐现代波音飞机，龙不过是交通工具罢了。稍晚于庄周的屈原说“驾飞龙兮翩翩”，亦坐骑耳。道家宣传黄帝殡天，也是骑龙去的。古人想象龙为坐骑，所以《尔雅》说“马八尺为龙”。龙毕竟属牲畜，但具神性，异于牛马而已。是庄周第一个比圣人为龙的。此乃文学譬喻，个人创作，并非当时民俗有此观念存在。弄清楚这点，我看很重要。

古者政教合一，皇帝兼做圣人。秦始皇被呼为“祖龙”，意即头号圣人。汉继秦后，刘邦无赖，也充圣人，编造神话，说他爸爸梦中看见龙交配他妈妈，怀孕后，生下他。他当然是小龙，完全不顾虑他妈的名誉。从此以后，代代帝王以龙自拟。庄周比圣人为龙，谓其见识高超，变化无常。后世拟帝王为龙，谓其具有神性，权威可怖。前后不同若此。庄周泉下有知，定当悔恨。

有趣的是，孔子明喻老子是龙，楚狂暗指孔子是凤。《庄子·人间世》篇尾，楚国狂人接舆跑到孔子门前唱歌：

“凤兮凤兮，何如德之衰也！”何如的“如”就是尔汝的“汝”。呼凤兮而汝之，孔子便是凤了。你看，一老一孔、一道一儒、一龙一凤，配得多巧！闻一多说中国文化就是龙凤文化，极准确。凤有文采（纹彩），比于孔子儒家学派，谁曰不宜。历代帝王不取象于凤而取象于龙者何？威怖较之赏美，毕竟更具实用价值。

辛亥革命推翻三千年帝制后，再无政治野心家敢以龙自拟，否则必遭国人声讨。末代皇帝溥仪都换脑筋，不相信自己是一条龙，而以做一个自食其力的劳动者为荣。

凤皇变成凤凰

传说尧时有巨鸟名大风，为害甚烈。尧命后羿射杀大风，以安百姓。那时未造凤字，风就是凤，大风就是大凤。《淮南子·本经》载“缴大风于青丘之泽”。缴在此不音jiǎo而音zhuó，义为用系绳的箭射，亦即弋射。后世造了凤字，风就另履新职，成为吹风的风。古人迷信，凤鸟飞翔，造成风灾。到了周朝，凤鸟始被认作祥瑞之鸟，所以孔子叹曰：“凤鸟不至，河不出图，吾已矣乎！”凤鸟由灾害的制造者演变成文明的象征者，被尊称为凤皇，意即百鸟之王，正如龙称龙王。《诗经·大雅·卷阿》有“凤皇于飞”和“凤皇鸣矣”，《尚书·益稷》有“凤皇来仪”，《春秋·元命苞》有“火离为凤皇”，都是凤的尊称。所以，凤皇之名，只是一鸟，非含二鸟。东汉毛苌说：“雄曰凤，雌曰皇。”说错了。皇本三皇，五帝前的酋长，是人，哪能是鸟呢？强分雌雄，终久要造出一个凰字来，专指雌凤。《说文解字》无凰，可知凰字应该是东汉以后才造的。屈原《离骚》《涉江》《怀沙》《远游》诸篇虽有凤凰，那是后化版本妄改，当初都作凤皇，或作凤鸟。

要驳倒我，可举司马相如弹一曲《凤求凰》向卓文君求爱，那不是东汉以前吗？我说，那是后代《乐府诗集》琴歌题解之说，非信史也，不足据也。《史记·司马相如列传》确实写到“为鼓一再行”“以琴心挑之”，意即弹了一两支曲子向卓文君求爱。仅此而已，并未道及曲名。《凤求凰》不但是晚出的，而且是专门给司马相如量身缝制的，无非踵事增华，戏说而已，哪能当真。

九头鸟与舆鬼星

有大恐怖从天而降，古人忧之，神话生焉。传说巨鸟名叫大风，害苦百姓，是其一例。后来文明臻进，大风鸟演变为凤，为鹏，不再恐怖。留下残余恐怖，这就是九头鸟。忆予儿时，暮春狂风之夜，长辈便警告说：“天上过九头鸟啦！”侧听侦听，夜空似有咿呀之声，凄惨可怕。今日想来，应是雁鸣，何惧之有。

南宋周密《齐东野语》说，九头鸟身圆如簸箕，十头环列。后有一头被狗咬掉，滴血不止。血滴人家屋上，必有灾祸。夜闻其鸣，就要立刻吹灯嗾狗，使其快快飞过。九头九颈，各生两翅，共十八翼。飞时各向一方，互不配合，以至颈翅撕裂，滴血更多。更早些，《岭表异录》说，此鸟飞入人家，收摄生人魂气，要人的命。《玄中记》说，还要抓走小孩，养为其子。

九头鸟古书上名鬼车。鬼言其恶性，车言其圆身。予曾习中国古代天文学，推测南宫七宿中的鬼宿，亦即舆鬼五星，就是鬼车。舆，车也。舆鬼倒过来，就是鬼车了。舆鬼五星在巨蟹座，四星成四角形，中间一星即鬼星团，又名积尸气。四星围着一星，联想到九头鸟。天上星象反映人间故事，由此可知九头鸟传说之古老。

南朝《荆楚岁时记》说，每年正月初七夜九头鸟最多，届时家家捶打门扇，揪狗耳朵，这样就能轰走妖鸟，减轻灾祸。看来此鸟与楚国有关系。湖北人请原谅，我不认为你们是九头鸟。舆鬼五星既然在南宫七宿内，其传说的源头或应在古代的楚国吧。

九头鸟与台风

前说帝尧（距今四千三百年了）命令神箭手后羿射杀大风鸟，以救风灾，而安百姓。事见《淮南子》。四千三百岁应是这个神话的起码年龄。说起码是因为很可能在尧以前，亦即有历史记载前，大风鸟的恐怖意象早已存在。

远古人类畏惧风灾，特别是我国东南沿海一带，强台风海上来，损禾稼、毁房屋、伤人畜，委实可怕。那时的人哪有科学知识，都把台风妖怪化了，相信是一只大风鸟在作祟。其意象极恐怖，那就是传说的九头鸟，又名九头虫。凤的原始意象既不文雅，更不美丽，乃是九头环生在肉饼上，滴血不止，鸣声凄厉，形状凶恶。屈原《天问》的“雄虺九首”是其尊容的另一种描写。《鲁语》中的防风氏也是它。防风即庞凤，就是大风鸟，被禹诛杀了。古无凤字，风就是凤，前已说过。

现在说台风了。台风的台与台海无关系。台风一词，乃英文 typhoon 的音译。有人解释说，大字古音 dài，typhoon 就是大风，不该写作台风。但亦须知，typhoon 一词出自古希腊神话中的百头妖物 Typhoeus，其来亦甚远古，不好说那是从汉语的大风一词译过去的。奇怪的是百头妖物让人联想到九头鸟（虫），而都和风有关系。最好的解释是原始人，地中海沿岸的也好，亚洲、非洲、美洲的也好，在观念上他们彼此相似，可能是不谋而合，也可能是同出一源。地中海那边曾相信飓风出自百头妖物，我们这边曾相信大风与九头鸟有关系，都折射出先民对风灾的畏惧。

麒麟是哪一种兽

龙凤之外，还有麒麟，困惑了古代的读书人。直到近代科学彰明，神话雾散之后，吾人方才清醒，世间原无此物，所谓麒麟，除讹传外，多系他物误认罢了。

麒麟最早见于《诗经》，单名曰麟，说是仁兽，象征吉祥，天子圣明，麟才出现于郊原上。《孔子家语》记载，鲁哀公十四年（公元前481年）春，叔孙氏的车夫去大野砍柴，捕获一头似獐而又有角的动物，打断了它的左前足，用车载了回去。叔孙氏请孔子来鉴定。孔子说："是麟哪！怎落到这地步！"说着就哭。子贡问老师哭什么。孔子说："明王在位，才有麟来。现在来得不是时候，被人杀伤，令我痛心。"《孔丛子》补充说，孔子此时唱歌："唐虞世兮麟凤游。今非其时来何求？麟兮麟兮我心忧。"因此发愤，著《春秋》以传世。

东汉《说文解字》的麟"马身牛尾肉角"，其大小与形状皆不似獐。后世又说像鹿，独角，满身麟甲，还有说"大鹿曰麟"的。言人人殊，不知信谁才是。明朝永乐十二年（1414年），榜葛剌国（今孟加拉国）献一麒麟，事见郎瑛《七修类稿》。谢肇淛《五杂俎》记载，这头麒麟被画成画，由永乐皇帝赏赐诸大臣，"余尝于一故家得见之。其身全似鹿，但颈甚长，可三四尺，所谓麋身牛尾马蹄者近之，与今俗所画迥不类也"。究其实，此非麟，乃长颈鹿。如果麟就是长颈鹿，《孔子家语》就该写明长颈才是。此画赐诸大臣，终于扫清神话迷雾，等于宣布世间本无麒麟。旧时人家门上多画所谓麒麟，狮头短颈矮脚，身被鳞甲，全不似长颈鹿。龙凤能飞天，避开追究。麟不能飞走，终究会被戳穿神话，一笑了之。

说文解字

古音趣闻

明末清初学术大师顾炎武，江苏昆山人，《日知录》作者，深研音韵学，夜宿友人家，晨睡被摇醒。友人叮咛说："厅芒了。"顾炎武听不懂。友人说："你喜爱讲古音，怎不知天读厅，明读芒？"顾炎武乃大笑。事见陈康祺《郎潜纪闻三笔》。

读者会问："古人讲话没有留下录音，你怎知天读厅，明读芒？"问得有理。我们确实无法聆听古人讲话的语音。但是古人留下押脚韵的诗歌，从韵脚上仍能侦听出某个字的古音来。以下两段四言诗引自《诗经》，请分说之。

"绸缪束薪，三星在天。今夕何夕，见此良人。"按照格律要求，天须和薪、人押韵，所以非读厅音不可。由此而知西周时天读厅。

"东方未明，颠倒衣裳。颠之倒之，自公召之。"按照格律要求，明须和裳押韵，所以非读芒音不可。由此而知西周时明读芒。顺便指出，倒须和召押韵，可知古无找字，召即找也。但也略有分别，召用口而找用手，仅此而已。

一次讲座，谈到古音无卷舌的 ér，儿字应读倪（ní）音。听众质疑，问我何以知之。一时窘迫，多亏吾蜀花蕊夫人现场救我。野史有载，赵匡胤问："蜀何以降？"花蕊口占一首答之。诗曰："君王城上竖降旗，妾在深宫那得知。十四万人齐解甲，竟无一个是男儿。"五代十国时，儿若音 ér，就失韵了。由此而知五代十国时儿读倪。再说这个倪字，从人儿声（儿是兒的简化字）。儿是声符，而倪音 ní。由此推断，儿非读倪音不可。何况蜀人至今称男儿为男 ní，女儿为女 ní 更是铁证。

老聃的口音

我们能听见两千四百年前老聃讲话的口音吗？当然不能听见，这还用问？

于是读者追问："既然不能听见，你凭啥说某字古音读某音呢？记得你说过，天明二字古音读'厅芒'，是吗？"

确实如此，天明二字古音"厅芒"，证据在两千五百年前的《诗经》中。多亏老祖宗写诗要押韵，留下韵脚，让我们侦察出某些字的古音。若是他们当初像我们今天这样写诗不押韵，那我们就永远不了解某些字的读音有古今之变了。《诗经》有上下句云："绸缪束薪，三星在天。"天要读厅，才押脚韵。又有上下句云："东方未明，颠倒衣裳。"明要读芒，才押脚韵。就这样侦察出古音来，很容易。

老聃不写诗，但写了道德五千言，此书即《老子》，是长篇韵文，多有脚韵，偶有腰韵，我们仍可从中侦察出古音来。《老子》的古音同《诗经》的古音大多能吻合，由此而知那就是当时的普通话读音了。且从《老子》篇中摘句如下，一一说明。

句云："挫其锐，解其纷。和其光，同其尘。湛兮似若存。吾不知谁之子象帝之先。"纷、尘、存、先押韵，可知先古音申（shēn）。

句云："揣而锐之，不可长保。金玉满堂，莫之能守。富贵而骄，自遗其咎。功成名遂身退，天之道。"保、守、咎、道押韵，可知守古音嫂（sǎo），咎古音轿（jiào）。

句云："执古之道，以御今之有，能知古始，是谓道纪。"有、始、纪押韵，可知有古音苡（yǐ）。

句云："名亦既有，夫亦将知止。知止所以不殆，譬道之在天下，犹川谷之与江海。"有、止、殆、海押韵，可知海古音洗（xǐ）。

句云："豫兮若冬涉川，犹兮若畏四邻。"川、邻押韵，可知川古音春（chūn）。

句云："得与亡，孰病？"亡、病押韵，可知病古音棒（bàng）。

句云："修之家，其德乃余。"家、余押韵，可知家古音姑（gū）。

老聃如果复活，说"上海人"，我们听成"上喜人"。说"四川人"，我们听成"细春人"。说"先生太保守"，我们听成"申生太保嫂"。说"有病回家去"，我们听成"苡棒回姑去"。这可爱的老头儿，岂不逗我们大笑。其实《周易》《诗经》《庄子》都有以上这些古音。这老头儿是当时的极品高知，他讲的是春秋战国时期的普通话，口音不土。不过据说他是今河南省东部鹿邑县人，此处当时属于宋国，地瘠民贫。从那里出来，或许不免带一点土音。例如《老子》书中三次见到韵脚上的母字，断定读米（mǐ）。母读米音，就是土音。周朝天下，母字的官方音读 mǔ（与今音同）。证据是宗庙祭祀的《诗经·大雅·思齐》首二句云："思齐大任，文王之母。思媚周姜，京室之妇。"母、妇押韵。可知母同今音，这是官音。

老聃的母读 mǐ 恐亦属于当时民间通读。《诗经·魏风·陟岵》句中屺、母押韵，母也读土音 mǐ。《诗经·鄘风·蝃蝀》句中雨、母押韵，母又读官音 mǔ 了。可见民间读音也不统一。

令人吃惊的是千年前从中原南迁的客家人，他们谨守古音，"宁卖祖宗田，不卖祖宗言"，至今称母为阿米（mǐ），与老聃同。英语妈妈叫 mammy，即妈咪，也带 mǐ 音。古今一脉，四海一体，岂虚言哉。

仓颉的诙谐

蜀人嘲谑某人“流清口水”，喻指他对某事物怀藏着非分的羡慕之情。这原指对食物的垂涎，后扩展而用之。羡慕的羡，繁体乃三点水，简化成两点了。次，是涎（清口水）的古字。望着一只羊，大流清口水，这便是羡字。古人食品不丰，吃肉匪易，所以望羊而涎。仓颉由此构思，造出羡字，够诙谐了。更有趣的是吾人扩展用，望着美女，望着高官，都可以用动词的羡表示爱慕，将人羊化了，而不自知哟。

古人盯着一碗佳肴，流清口水，便难免偷嘴了。不但古人，我们小时候守在锅灶旁也偷过嘴。仓颉眼中，这便是盗。盗字上面原来也是次，下面的那个皿就是碗的古字。可知最初所谓盗者只是偷食，扩展之为暗中伸手乱拿东西。陈平“盗嫂”，不过偷情。白娘子“盗仙草”，亦不过偷灵芝。今之盗墓、盗版、盗用，犹存盗字本义。盗非贼也。贼字从戈，则声，是形声字。贼持戈以戕人，不流什么清口水也。今蜀人呼小偷为贼，文书通作窃贼，此则古今语义之变也。

说到窃贼的窃，亦颇有趣。窃的繁体作竊，上面是穴，下面左旁是米，右旁的作声符用。从穴从米，是说穴墙偷米，此即窃字本义。今之窃贼如果知悉窃字本义，一定会笑仓颉土老头没见识，当抗议说：“要偷偷珠宝，偷金银，偷古董，偷巨款，偷汽车，偷米干啥？！钢筋混凝土的厚墙，你以为打个洞就那样容易吗？！”

仓颉的智慧

假设仓颉确有其人，首造文字，是中华文明的头号发明家。某些字容易造，例如日月鱼鸟，象形，画个符号便成。拿鸟来说，鸟的古文，一瞥即知是鸟。今虽简化，犹存鸟形，其喙其头其眼其颈其身其尾其脚尚可指认。但是鸟类繁庶，还须造形声字，例如鹅鸭鸠鸽鸦等，以区分之。我举的这鸦字是晚造的，从前篆文是乌。鸟无眼，就是乌。你会问："难道乌鸦没有眼睛？"问得好。容我缓答吧。

想起吾儿小时，晨指屋脊呼我："爸！快看，一只黑鸟！"我笑了，是乌鸦。三国孙权有乌衣军，驻扎在乌衣营，此即后来金陵城乌衣巷之所在。乌鸦一身黑羽毛，眼睛都是黑的，望之似无目焉。仓颉以其艺术家的直观印象造了乌字，既简洁，且有趣。这是形象思维，是绕过科学的智慧，妙极。

还有一个鹤字，起初没有右旁之鸟，只有左旁单独存在。为何幂盖下面一隹（鸟短尾者曰隹）便是鹤呢？设想古代有人捕得白鹤一只，临时关入竹编鸡笼，与鸡为伍。鸡们安居在笼，感觉良好，或梳翅翎，或捉腋虱，或瞑或唱，或啄或扒。唯有那只白鹤，高脚杆不得不下矮桩，长颈子不得不缩短项，感觉难受，悲天地之逼窄，恨鸡友之排挤，思青松之高巢，想碧霄之远翥，差点弄憋气了。恰恰此时，见那仓颉走来，白鹤便伸头颈到鸡笼的外面，仰天痛叫一声。仓颉先惊后喜，拊髀雀跃，大声宣言："哈哈，幂盖下面一隹，探出头来，不就造出鹤字了吗？"

小圆圈就是圆字

“有人在一本古老的希腊文的祈祷书中某一页的夹缝里，用如今肉眼已无法辨认的墨水，画了一个中心带点的小圆圈。从上下文看，这显然是随手画下的一个圆。当科学家盯着在紫外线照射下拍摄的这一页书的照片时，他们知道，自己正在创造历史。他们意识到，这是阿基米德用来表示圆的符号——现代社会从未发现，也从未听说过的符号。”（引自《参考消息》2001 年 7 月 9 日第 9 版）

早在阿基米德之前，仓颉夫子（但愿确有此人）已画了一个小圆圈，用来表示圆了。这个小圆圈就是最早的圆字，犹存于员字内和肙字内，见于《说文解字》。且说员字，从贝，口声。怪了，口声怎能读员？这不是口，是小圆圈。金文的员，上面的口就是小圆圈。更早些，甲骨文的员，上面又是小方形了。这是因为刀刻甲骨文，方易圆难，所以舍难求易，变圆成方。再说肙字，从肉，口声。这里的口当然也是小圆圈了。小圆圈用作声符，可知其为圆之古字。员字义为物数。古以海贝为货币，需计数。计数不说个，而说员。上画一小圆圈，下画一贝，表示贝币一员，员字就这样造出来。员本为贝数，引申为人数。人若干员，官若干员，谓之人员和官员。

员为贝币单位，最早如此。后来交通发达，海贝大量输入中原，造成通货膨胀，贝币贬值，不以员为单位，而以朋为单位。十贝为一朋。《诗经》有“锡我百朋”，也就是千员贝币。今之人民币单位为元，承袭旧法币单位的圆。圆又是从员那里变来的。所谓传统，这就是了。

〇的质疑

六年前龚明德告知我，正圆的〇已经上了《新华字典》。我查《新华字典》，如果有〇，应在部首目录一画内吧，但是没有。龚明德说："你查拼音 líng 吧。"果然一查就到，还占头条。阿拉伯数字零是直立的椭圆，作 0。汉字的零是正圆，作〇。两个零的用途不同，前者用于阿拉伯数目序列，后者用于汉字数目序列。例如 2004 年用椭圆的 0，二〇〇四年用正圆的〇。

〇像汉字吗？曾经像。甲骨文员字上面是小圆圈，那是圆字初形。员乃形声字，从贝圆声。到篆文里，小圆圈变扁了。到隶书里，又变长方，与口相似。此后两千年来，汉字绝无正圆结构，亦无圆弧笔画，所以我很诧异，觉得这个〇不宜作为汉字进入《新华字典》。汉字任一笔画，都有起笔收笔。简单到一和乙，前者左起右收，后者上起下收，皆不允许逆向行笔。〇则无法确定何处起笔何处收笔，字形根本不见起收痕迹，也不知行笔顺钟向还是逆钟向。汉字数万，唯有这个正圆不守规矩，教人看了生疑。在下为人作字，落款只写二零零零年或二千年，坚决不写二〇〇〇年。那看起来就像在开玩笑，美感都给三个正圆破坏了。

何况〇与 0 易互混。顺手翻开《新民晚报》2003 年 12 月 25 日第 28 版左上角标题"二 00 三年回顾与二 00 四年展望"用扁圆的阿拉伯数字 0 横置，代替四个正圆的〇，想亦出自审美意识。与此同时，收到中国作家协会寄来的贺年片，猴子画得有趣，上面却错成"2 〇〇 4"了。蜀谚云："当做不做，豆腐放醋。"此之谓也。

你我他之语法源

远古人类，互相呼唤。应一声哦，就是我了。应一声唔，就是吾了。应一声哟，就是予和余了。应一声唵，就是俺了。若在英格兰，应一声嗳，就是英语的大写 I 了。最初只是应声，有音无字。后来用于第一人称，表示自我，仍旧有音无字。再后来有文书了，才去借来我字吾字予字余字俺字，以充当之。我字当初被造出来，乃指戈类武器之一种，刃有锯齿，用于锯割。久借不还，本义迷失。看见我字，你只想起你自己，绝不会想起武器。

至于第二人称的你，人旁是后加的，古代通用尔字。以音求之，尔就是二。我是一，你就是二了。据说古无 er 声，尔音你。那好办，二也可以音你。与你同音的霓，副虹，就是虹下面的第二道虹。与你音近的丽，原指一对鹿，像双鹿之形。还有俪，伉俪，一对夫妻，亦含二义。《尔雅》老先生读“你雅”。此书副贰《诗经》之后，故名。副贰，又作附丽。丽有附着义，“日月丽于天”是也。我为主，你就为副了，你还是二。一物附着一物，一加一就等于二了。

他，今用于第三人称。古无他，只有佗。其义为负荷，其俗字为驮。你我二人之外的第三者，好比额外负驮，所以称为佗。佗由篆文而隶书，改写成他字。《周易》上说，一人在路上走，就会找到一友，成二。三人在路上走，就会发生纠纷，损害一人。这便是真正的排他了。这个经验教训，或许是由两性关系中推导出来的。用于一般社交关系，可能片面。偶见新潮论文使用“他者”一词。唉，不就是“他人”吗，多事。

丽者二也

汉字也有简化得很好的，如丽字。丽字这样写，既是简化，又是复古。我虽保守，也很欣赏这样简化。丽的甲骨文简单，画了两只鹿子。后造的篆文在下面又添画一只笔画复杂的鹿子，不但没有必要，而且添乱，让读者误解三鹿为丽。远古时代，文盲也能认识甲骨文丽字，一瞥即知为二鹿也。有角有头有颈有身有尾，有两条腿（从侧看只能见两条腿），一只鹿在前，一只鹿在后，向左走去。可以猜想，丽字之造，源于集体狩猎需要。侦察员入丛林，发现一只鹿，就报告队长："鹿！"发现一对鹿，就报告队长："丽！"怕队长听不懂，还用手在头上比画表示鹿角。丽音 lì，从前二也音 lì。丽二音同，丽就是二。画一前一后两只鹿子，和画一短一长两条棍子一样，都表示数目的一双，所异者一繁一简而已。

丽的繁体

古时候送礼品，两张鹿皮或麂皮或其他珍兽之皮，都叫俪皮。送礼品成双对，这种观念维持到今。夫妇称伉俪，也是成双对。俪乃丽之俗字。丽同美组合成美丽一词，反映出华人自古以来欣赏空间结构上的左右平衡之美。大到故宫，小到窝棚，雅到骈文律诗对联，俗到贺喜四言八句，乃至中山服有四个衣袋，扇耳光须左右开弓，莫不如此。对称观念之强，胜过古希腊的"黄金分割"。

篆文

丽与二同。二因一而产生，一是正，二就是副了，所以旧时副职称为副贰。古人相信太阳月亮都附着天穹上，所以说"日月丽于天"。丽在此为动词，附也。单独存在为一，有所遭遇为二，所以飞机失事为罹难，屈原遭忧为离骚，罹与离音义皆同于丽也。

甲骨文

浑沌不开窍

北人说窍门，蜀人说卯窍，知识白领闻而鄙之，以为伧谈俗语，不知出自《庄子》。内篇第七《应帝王》说浑沌身为“中央之帝”，就是中土国的国王，长相奇特，没有七窍，不能视听食息。南北二海之帝，一名儵，一名忽，前握凿，后挥锤，试给浑沌开窍。一日凿开一窍，凿了七日，七窍都开了，浑沌却死了。这个神话告诉我们，糊涂生，清醒死。这也许太悲观了。

且说这个窍字，上形下声。篆文穴像洞穴之形。可知窍即孔洞，窍门即洞口。卯亦孔洞，卯即窍也。卯窍为同义复词，例如树木、房屋、土地、波涛之类。北人说“开动脑筋找窍门”，蜀人笑笨人“不懂卯窍”，皆因有窍便通，不开窍便糊涂如浑沌。正是由于无窍，庄子才给他开玩笑取名为浑沌呢。可知这个神话，什么“中央之帝”，纯属漆园杜撰。旧时骂人昏蛋，今曰浑蛋，皆浑沌之音转。

挼面擀成薄皮，切成正方，边宽两寸，包以肉馅，左右向中抄拢，状如交抄双臂，蜀人名曰抄手。外省或名包面，北京叫馄饨，广州叫云吞。以音求之，亦即馄饨。此物无窍（有窍岂不露馅），故名浑沌，写成馄饨。

从前乡曲之士，见闻局限，头脑闭塞，被人谑呼冬烘先生，实与天寒烤火无关。我看亦应以音求之，恐怕是浑沌倒用吧。浑沌倒过来是 dùnhún 二音，容易转成 dōnghōng，写出来就成冬烘了。

实在说来，脑筋不开窍的好人居多。笨是笨，心肠好。人们内心笑他浑沌，口头上说他好，“浑厚”或者“敦厚”。这不过是浑沌拆开用，变沌为敦罢了。

由浑沌而糊涂

浑沌二字既然都有三点水，可知原用于形容液态物质之浊暗而不清明者。旧时《幼学琼林》开篇云：“浑沌初开，乾坤始奠。气之轻清上浮者为天，气之重浊下凝者为地。”以宇宙之初为一团浑沌，又从形容液态物质扩大到气态物质了。《庄子》以不开窍为浑沌，乃引申义，自不用说。

这 húndùn 一音容易转化成 hútú，所谓双声对转是也。于是浑沌可以变成糊涂（蜀人旧时音 húdú），用于形容吾人脑海之浊暗而不清明者。糊涂为叠韵联绵词，义寄声中，二字不可拆开来讲。拆开来讲，糊为粘贴，涂为搽抹，皆动词也，实与脑海之浊暗而不清明者无关。

北人食粥，稠浓者叫糊涂。冬晨喝一大碗，暖胃热身，并不使人头脑糊涂。你看，这糊涂又回到浑沌一词的原义上去了，不过形容词已作名词用。糊涂又名糊糊，但不能叫涂涂，不知何故。

糊糊涂涂算是自我克隆，类例甚多。糊里糊涂却是蜀人误用，应用“弗虑弗图”，出自《诗经·小雅·雨无正》首章之“旻天疾威，弗虑弗图。舍彼有罪，既伏其辜。若此无罪，沦胥以铺”。周幽王时，重用小人，苛虐百姓，天下黑暗，有贤大夫作此诗抗议之。不敢直指昏君，只好骂冷酷的老天爷又凶又狠，你不想想现状（弗虑），你不想想未来（弗图），有罪的你宽赦，无罪的你严惩。蜀雅士言“弗虑弗图”，流播民间变成俗语，误写成了“糊里糊涂”。类似还有蹉跎成了糟蹋，匍匐成了扑爬，扬跋成了洋盘，和而流成了活二流，等等。

豳字的困惑

《诗经 · 豳风 · 七月》很多人都读过。被报刊文字普遍误用的“七月流火”便是此诗首句。本指秋凉，误作酷暑。曾有拙文纠正，奈何秋风驴耳，其谁听之。罢，罢。且说这个豳字，三千年前国名，在今陕西旬邑一带，旧称邠州，今称彬州，豳音 bīn，与邠同。可能是考虑到豳邠二字难认，所以改用常见的彬字，免得叫错地名。

就是这个豳字，一千九百年前，给正在著《说文解字》的许慎出难题，使他困惑不解。按许慎的主张，文是单元，不可分解，例如日月人女这四个文，而字则是文的组合，例如昭朗仁好这四个字。是文，他就加以说明；是字，他就加以分解。《说文解字》就是说明单位的文，分解组合的字。豳由山豕豕三个文组合成字。一山二豕，这样造字，想表达啥意思？为啥此字读 bīn？许慎回答不了。又假设二豕组合成“豩”字，与山再组合。可是查遍经典，并无“豩”字。他是五经博士，深知假说难以服人，所以这样解豳：“从山，从豩。阙。”阙者缺也，缺解释也。不妄立说，不强作解，这是负责任的大家作风，令我景仰。

并的甲骨文

事过一千九百年后，我今请求试解。窃以为“豩”乃当时豳国人造的字，不被中原接受，所以未入典籍，就像广东人造了冇，北方人造了甭，不为学术著作所接受一样。豩音 bīn，是豳字的声符。仿照《说文解字》体例，拟解释曰：“豳，从山，豩声。补巾切。”

篆文

请看并字古写，或能启发我们。二人足下最初一横，后来二横，表示互相联系，就是合并的并。二三友人凑份聚餐，蜀人称打并伙。由人及物，车驾二马曰骈。引而申之，俪偶四六之文，谓之骈文。小麦粉粒千千万万揉成块，就叫饼了。回到人吧，男女二人如此这般，从前上海人就叫轧姘头。宋儒朱熹导读《诗经》，指情诗为“淫奔”而痛斥之。奔是借字，以音求之，即今姘字。又有所谓私奔，不过是绕开婚姻礼仪，私自相姘而已，非奔跑也。

二人互相联系也好，合并也好，乃是往好处说。往坏处说，二人斗狠打架，宣称“老子同你拼了”。拼是后造字，最初就是并。《水浒传》同伙械斗谓之“火并”。找到这条思路，回头看那二豕组合成的“豩”字，三千年前在豳国造出来，我猜想是用两头野猪斗狠打架来会意拼命的拼。如此说来，可能就是拼的古字呢。在豳字只起声符作用，pīn与 bīn 今音异，古可通。豳初为山名，所以字从山。后来以山名国，乃有豳国，可知此字历史悠久。

在下试说，不敢强求读者首肯。但愿读后觉得行文曲折，就像看侦探片那样有趣，添助于脑筋的急转弯，笔者就满意了。

尺字的来历

半个世纪以前，老家门墙古槐五株，浓阴密布。树上时有蚕状小虫，长寸，缒丝而下，悬系空中，俗呼为寸子虫。查昆虫谱，得知学名尺蠖，最早见于《周易·系辞》："尺蠖之屈，以求信也。"此虫爬行，动作有趣，行拱背缩短，后放平伸长，一缩一伸，向前爬去。由是可知，俗名应该是伸子虫，作寸者误。至于学名也是古名，为什么叫尺蠖（明明只有一寸长啊），清代郝懿行《尔雅义疏·释虫》说："其行先屈后伸，如人布手知尺之状，故名尺蠖。"何谓布手知尺？容我细细道来。

请抬左手，虎口向下，拇指食指尽力张开，其余三指紧紧蜷曲。你看，眼前正是一个尺字。蜀人说，这就是一卡。作卡字从俗，原字应作尺，古音该读 kǎ。吾蜀丘陵地区有讲湖广话的，吃饭说成 kǎ 饭，可以旁证尺能读 kǎ。用这一卡去量长度，便是五寸。周尺一尺，合今五寸，蜀人张开虎口，用指头量长度，随口报数一卡、两卡、三卡……就是周制一尺、两尺、三尺……周称丈夫，身长一丈，即今之五尺，也就是身高一米七罢了。这样卡量长度，由近及远，正似尺蠖爬行，所以虫用尺字取名。多亏这个虫名，保存着先民的观察经验和联想方式，还让我们找到了最老的那把尺子，就在我们手上。古人所谓"近取诸身，远取诸物"，岂欺我哉。

女性手小，一卡之长比周制一尺短，就叫一咫（0.8尺）。后世以咫尺形容短，而忘掉了女手。我们的尺从手上来，英文的尺从脚上来，一脚之长便是一英尺（foot）。原来他们也是"近取诸身"，此则异中之同是也。

说买卖

今人皆说买卖。例如，做买卖，买卖公平，买卖婚姻，买空卖空，莫不是买在前，卖在后。古人则不然，他们说卖买。卖买作为复词使用，早者见于先秦典籍《周礼》，晚者见于《汉书》和《急就篇》。由卖买而买卖，古今之变如此，亦颇有趣。不过此种变化纯属偶然，其间并无什么微言大义。民之初也，以物易物，谓之交易，见于《易经》，不叫买卖。后来发明货币，作为交易媒介，才分买方卖方。

买与卖必定是同时发生的，本无先后可言。不过买卖这两个字，想来该是先造买字，后造卖字。看字形就明白，卖字是以买字为基础造出来的，当然买字先造。

买的甲骨文

从甲骨文起，到繁体字止，三千多年来，试看买字繁体，外貌有些变化，结构丝毫未动，都是上面一个“网”字，下面一个“贝”字。为什么“网贝”就是买呢？有一个说法是买东西就要拎着网篮，带着钱贝，买字繁体上网下贝。这是以今拟古，只算笑话，凑趣罢了。我看网在这里，若会其意，当以取物作为解释。取物付了钱贝，就是买字繁体。至于卖字繁体，古文字里没有。没有卖，只有鬻，音yù，意思就是卖。《墨子》有买鬻，亦即买卖也。比买字晚了几百年，造成卖字。看卖字的篆文，上面是个出字，下面是个买字。《说文解字》：“卖，出物货也。从出，从买。”出物而货之，也就是卖了。篆文到楷书，出简化成士。卖字繁体就是上士下买，已变形而难解矣。

商铜器铭

战国盟书

战国陶文

繁体

篆文卖

卖言为读之误

客垂询说："卖言为读，造字难解。学生读书的读，应该是买言嘛，交学费买老师言嘛。我看这个读字，应该改订音义，当作教书的教字用。教书不就是卖言嘛。"

在下长叹一声，心想："这次绕不过了，非敬答不可了。"乃说如下。尚祈读者耐烦，容我禀来。

原来读书的读，以及续、赎、渎、椟、犊、牍、黩，右边的那个卖，在篆文里不是买卖的卖，而是另一个字，形音义皆不同。篆文太繁，简成隶书，再简成繁体字，又简成简化字，合二异为一同，都成卖字。形虽简了，音不能简。所以卖字除了 mài 音，还有 xù 音（续），又有 shú 音（赎），以及 dú 音（渎椟犊牍黩）。由是观之，读书的读，从言卖声（音 dú），和买卖没关系。卖言为读，实属误解。

如果大学一年级，学一点古汉字常识，那就好了。20 世纪 40 年代，我读初中一年级，国文老师教我们清代王筠《字学蒙求》，算是国学初步。至今思之，感激不已。我读《字学蒙求》之时，大文豪陈独秀刚写成《小学识字教本》，撒手弃世。宣传共产主义的陈先生，死前最后一部著作竟是这本古汉字常识的教科书。这里的"小学"指的是清代乾嘉以来的朴学（包括考据之学、训诂之学、文字之学、音韵之学）。先哲遗惠，教我实多。不经"小学"启蒙，如何进入国学？不受国学训练，如何继承中华文化，取精用宏？退一步说，多识几个字，少闹些笑话，也有好处。何况师道尊严，传道授业，以卖言说之，不亦低贬乎。

打与挞的关系

早在北宋中期，击打的打已经滥用。欧阳修《归田录》嘲笑说，“举世君子小人皆同其谬者”唯有这个打字。现代仍然如此。用得对的有打铁、打麦、打桩、打鸟、打狗、打鼓、打字之类。用得滥的太多了，例如打针、打水、打酒、打鱼、打牌、打包、打诨、打屁、打鼾、打伞、打分、打滑、打谜、打烊、打扮、打扫、打量、打坐、打听、打算、打从、打折扣、打毛衣、打草稿、打电话、打前站、打赤脚、打单身、打瞌睡、打记号、打比方、打喷嚏、打诳语、打招呼、打照面之类。然而，欧阳修所说“皆同其谬者”不是指滥用。他说，查遍字书，绝无音 dǎ 的打。《广韵》有打，《说文解字》新附也有，但都音 dǐng，不音 dǎ。《增广贤文》说：“屋漏更遭连年雨，行船又遇打头风。”此打读顶，谓遇逆风，音 dǐng。蜀人至今谓掷物以击人曰打，音 dǐng。本来嘛，打字从手丁声，怎能读 dǎ 音呢。《说文解字》新附打字，其义为击，徐铉曰，都挺切。可以推定，北宋早期打字仍旧读 dǐng，尚未讹读成今之 dǎ 音也。

如此说来，杜甫诗句“枣熟从人打”和金昌绪诗句“打起黄莺儿”者应该音 dǐng。前句是说邻儿潜来掷物击枣，后句是说闺妇出来掷物驱莺。

那么，今读 dǎ 音的打又是怎样来的？我想是从《尚书·益稷》鞭挞的挞那里来的。挞音 tà，与 dǎ 近，繁体笔画十五，北宋乃借笔画少的打字代用。久借不还，打就读成 dǎ，使“举世君子小人皆同其谬”了。

丁为蜻蜓说

吾蜀旧时儿歌："丁丁猫，六爪爪，哥哥回来打嫂嫂。嫂嫂气得床边坐，坐死娃娃惹大祸。"丁丁猫，蜻蜓也。飞虫，六脚，捕蚊如猫捕鼠，故以猫名。本名蜓，常见有青红黄三种色的。青蜓俗作蜻蜓，正如胡蝶俗作蝴蝶，不通也通了。蜓是形声字，从虫廷声。篆文丁是象形字，有头有尾，双翅后掠，正像蜻蜓晾翅停歇之形。蜀人呼蜻蜓为丁丁，即蜓蜓。丁字后来用于甲乙丙丁十干序列，本义遂埋没了，不得不造一个蜓字顶替。

甲骨文里，丁字多见，或俯瞰只画钉头，或旁看添画钉尾，其实都是钉字的老祖宗，与蜻蜓不相干。后来混淆了，不易讲清楚。蜻蜓之蜓，有作虫旁一个亭的，似乎暗示字中藏着一个丁字，也就是有一只蜻蜓在那里嘛。

篆文丁

《说文解字》说丁字像万物壮实之形，又像心脏之形，都未着到边际，显然错了。我们应该原谅许慎，在他那个时代，学者们没有读到过甲骨文，所知有限，难免臆说。那些刻有文字的龟甲和牛骨还在安阳小屯地下埋着，到他那个时代，已经历时一千多年，还要再埋一千八百年之久，才能够被发现。长夜无灯火，大家都瞎说。但是，东汉毕竟出了一个许慎，他用科学方法分类，把九千多个汉字排成序列，一一拆成零件，解说给后人听。他尽量保存传承的资料，例如这个篆文丁字，哪怕字形与他的解说不一致，也要保存。幸好留下来了，让我们从字形认出那是一只蜻蜓，另创新解。

公元100年，许慎着手编著《说文解字》，到2000年，已有一千九百周年。我追思，我仰慕，书此作纪念吧。

从蒲陶到葡萄

听说在争谁最早酿成了葡萄酒，觉得好笑，因为很可能发明权不属人类，而属猿猴。曾见记载，猴子拾得烂熟水果，堆置石凹，日久自然酿成果酒，群聚啜饮，陶醉而乐。试想，如果堆置在凹内的是野葡萄，那不就是葡萄酒吗？人类酿葡萄酒，最早见于古埃及石刻图像，已有四五千年之久。经西亚、中亚而西域，传入中国，仅两千年。《史记·大宛列传》记张骞通西域，说大宛国一带“以蒲陶为酒，富人藏酒至万余石，久者数十岁不败”。又说汉使引入蒲陶种子，遍植宫苑。此事《汉书·西域传》也记载，亦作蒲陶二字。可见最初译音取名并非今之葡萄二字。《说文解字》没有葡字，尚未造出。萄字有，乃草名，与今葡萄无关。后《玉篇》始有蒲萄一名，不再作蒲陶了。陶变萄，后世译植物名加个草头，仿此。

至于葡萄酒在中国酿造，那就还要晚些。《唐书》载，唐太宗时始得酿造技术，加以改进，酿出八种中国葡萄酒来，不再依赖西域进贡。唐宋两代，译名仍作蒲萄，如李颀的“年年战骨埋荒外，空见蒲萄入汉家”和王翰的“蒲萄美酒夜光杯”，又如苏轼的《满江红·寄朱寿昌》“江汉西来，高楼下蒲萄深碧”皆不作葡萄字。中国社科院文研所编、人民文学出版社 1978 年版的《唐诗选》作“葡萄美酒夜光杯”，错了。以鄙人之所见，要到元末明初陶宗仪的《辍耕录》中方才出现葡萄之今译名。唐代葡字尚未造出，只有蒲萄或蒲桃，哪来葡萄。

朕就是咱

荧屏无聊，爆炒皇帝，朕字也跟着僵尸复活了。皇帝自称朕，始于秦始皇二十六年（公元前 221 年）。那年秦灭六国大功告成，一统天下，规定“天子自称曰朕”，以显示其至尊无比的权威地位。此前，不论贵贱，人人皆可称朕。尧帝时农家子舜之弟，单名象，设计杀兄夺产，宣布说：“干戈，朕。琴，朕。弤，朕。二嫂，使治朕栖。”事见《孟子》。屈原《离骚》说：“朕皇考曰伯庸。”又说：“回朕车以复路。”都能做证。

天子之所以自称朕，据奸臣赵高说：“天子所以贵者，但以闻声，群臣莫得见其面，故号曰朕。”秦二世听信赵高的愚弄，不再坐朝廷见群臣，日夜躲在深宫游玩，让赵高掌大权。原来“朕”这个字的本义是船缝，可组装成朕兆一词（兆是龟甲裂纹）。群臣卑微，不配面见天子，只能远闻其声，见到一点朕兆而已。赵高讲的虽然是朕字的本义，但是古人以朕代我，却与船缝无关，只是借用朕字的读音罢了。一句说穿，朕就是咱 zán。咱字晚出，问世未到千年。咱字从自，自是鼻子的象形字。人言及自我时，傲然自指其鼻，岂无因哉。

在下猜想，咱字本来读 zá（现今尚有不少人这样读），读成 zán 乃傲称。试看“你”敬称“您”nín，“他”敬称“怹”tān，可知加尾音 n，便成敬意。同样原理，咱 zá 为平称，加尾音 n，读 zán，便自敬成傲称。朕古音应近 zān，作为自我代称，因有自傲意味，所以被目中无百姓的头号暴君看上了，拿来作自称用。清朝皇帝行文称朕，口语则未必。荧屏上口口声声称朕，想当然耳。

释臭

吾人颈部以上，拿四川话来说，头不能叫头子（土匪头子），脸不能叫脸子（川戏脸谱），面不能叫面子（脸面），嘴不能叫嘴子（香烟嘴子），口不能叫口子（街巷口子），眼不能叫眼子（小孔洞），耳不能叫耳子（黑木耳），唯独鼻可以叫鼻子，岂不怪哉。

所以想起自这个字。篆文自字，画一只鼻。原来自就是鼻。强人夸谈自己，往往傲然指鼻。川人吵架，最可笑者，自指其鼻，大吼一声："老子不得怕你！"可知鼻乃自我象征。据说胚胎初成，鼻先显现，所以始祖称为鼻祖。鼻即自，自即鼻。先有自字。鼻为后造之字，从自畀声。如此说来，鼻子或许应该写成鼻自？面部器官命名，单称曰鼻，复称曰鼻自，也说得过去吧？

自既是鼻，臭就是狗鼻子。本义是狗用鼻辨别气味，音xiù。后来加个口旁，成了嗅字。其实加口毫无道理，因为嗅只用鼻，不必用口。奈何吾人把气叫作气味，已将口尝之味混同于鼻闻之气了，又何必责怪加口的嗅呢？推测起来，后人加口成嗅，拿去作动词用，而让臭专门作名词用，移指气味。或许是这样吧？最早出现于《诗经》和《周易》内的臭，如"无声无臭""胡臭亶时""其臭如兰"都作气味解，而且音xiù。杜诗警句云："朱门酒肉臭，路有冻死骨。"臭亦气味。用现在的话说，就是富贵豪门酒香肉香。有说豪门酒肉山积而坏，都发臭了。这恐怕讲不通。酒积陈年更香，哪会发臭。肉多，可腌可熏可腊可酱，也不至于坏臭。

晚于《诗经》《周易》的《礼记·郊特牲》章内，七次出现臭字，无一例外，仍然作气味解，仍然音xiù。到了汉代，著书的人觉得臭字在经典中偏指气味之好闻者，而那些难闻的气味就不好用臭字，所以新造一个殠字，音chòu，专指太难闻的气味。《汉书·杨王孙传》说帝尧的墓葬不深埋，“下不乱泉，上不泄殠”而已。《汉书》用殠字，《说文解字》跟着收进去，云：“殠，腐气也。从歺臭声，尺救切。”到南北朝《玉篇》还收这个殠字，可知仍然用于文书。不过民间又造出殠的俗字来，作臰。此字表示鼻子闻到了死亡的气息，那就是腐恶之气了。后来这个殠字以及臰字又被废置，回到臭字。从前臭字音 xiù，作气味解，不管好闻的难闻的都包揽了。现今好闻的移交给香字，太难闻的留给臭字。半个世纪前反右派斗争，右派分子必须斗臭（或曰搞臭），音 chòu。臭字面目更加恶化，人见之而掩鼻。只是化学课说空气“无色无臭”，臭不能读成 chòu，还残留一点古老的记忆。

释凶

20世纪50年代文字改革之前，凶兇二字各立门户，各具内涵，不得互相混淆。在古书“凶”与“兇”或可互通使用。但在近代文书，二字泾渭分明，混淆不得。该用凶而误用兇，或该用兇而误用凶，就要被人嘲笑写别字了。概括言之，事涉犯罪杀人，须用兇字，例如兇杀、兇犯、兇手、兇焰、元兇、正兇、帮兇、行兇；事涉大不吉祥，则用凶字，例如凶兆、凶年（荒年）、凶闻（噩耗）、凶人（恶人）、凶事（丧事）、凶服（孝服），以及《礼记·曲礼》的凶器。此凶器乃指丧葬的用具。棺木就是头号凶器。至于犯罪杀人所用器物，刀枪棍绳之类，那是兇器，非凶器也。简化字一宣布，兇字判处死刑，遗属转投凶字门下效力，致使凶字内涵膨胀，一个门牌两户人家，很难和谐起来。窃以为文字语词之演变，宜循自然法则，不宜政令裁决。随便杀一个字，轻易灭一个词，将给后人阅读古籍增添困扰，终不利于文化传承。

回头再说凶字，《周易》用得最多，皆指大不吉祥。凶字拆开来看，两个部分。下面是坎的象形字。坎就是坑，音转。蜀谚云：“上了多少坡，就要下多少坎。”坎之可怕者为崖下的深壑，好玩者为校园之沙坑。古人畏惧失足坠崖，所以在坎中画个叉。此叉就是五字，其原义为禁止，不是三加二的五。最初的五就是后来的毋。大人制止小孩、猫狗恐吓人类，都要发出此声。画个叉给临高崖者示警，便是会意字的凶了。由此引申出吉凶之义来。顺便说说吉字。上面士兵，下面嘴巴。古代吃饭乃大问题，真是一饭难求，所以“吃粮投军”就是吉了。此说出自四川文史馆故馆长刘孟伉先生。

释皂

草木的“草”，三千年前甲骨文例作“艸”，当时尚无“草”这个字。后来篆文造出“草”字，专指皂斗。先秦典籍都借作“艸”字用。只有《考工记》解释草工说，那是“设色之工”，亦即染匠，算是赞同草为皂斗之说。皂斗是栎树的籽实，通称橡子，蜀人叫青杩子，荒年拾来充饥。《庄子》狙公用橡子饲猴群，朝三升，暮四升，是为“朝三暮四”。皂斗卵形有壳，壳顶部尖。古人用皂斗壳底部提取染料，专染黑色。皂衣、皂巾、皂丝、皂靴、皂盖都是黑色。有一种鵰，羽毛黑色，谓之皂鵰。是非莫辨，“不能分别皂白”，最早见于《诗经·大雅·桑柔》之郑玄笺注，可知其来久矣。

甲骨文艸

栎树的籽实名皂斗，又单名皂。段玉裁说“皂”是俗字，似不知古文“皂”之存在。请看古文“皂”字，完全象形。皂壳顶部有尖，倒过来从底部插入半截火柴做柄，两指捻转，旋转成小陀螺。皂壳底部有托，可供提取黑色染料。壳内小圆点表示其中有内容（含有淀粉可食）。《说文解字》漏收“皂”字，以草代皂。忽略了古文“皂”的存在，遂以皂为俗字。

古文皂

旧时用于洗濯污垢的皂荚，或名皂角。皂荚老熟，其色变黑，故以皂名。皂荚捣碎，溶于水起泡沫而滑腻，所以又名肥皂荚，简称肥皂。今以油脂与氢氧化钠溶液煮制之 soap 译为肥皂，借古名也。皂荚树有两种。另一种枝上无刺而荚短，产于陕南及长江流域者，亦名肥皂荚，亦简称肥皂。王安石洗脸，拒绝用澡豆。澡豆又是皂荚的别名。此外，菩提树的籽实，通称无患子，壳肉膏润，洗濯头发与丝绸有光泽，名叫肥珠子或肥皂果，亦简称肥皂。soap 舶来，蜀人呼洋碱和胰子，今则通称肥皂矣。

说彗

少时国文课，讲章太炎《书十九路军御日本事》。文说驱逐日寇“若从灶上扫除焉”。老师姓曾，长袍马褂，红结平顶瓜皮帽，双鼻梁棉鞋，成都尊经书院毕业的，最欣赏这个比喻句，认为是千古未见的奇喻，并为之补足云“若炊妇之从灶上扫除不洁焉”。六十年过去了，全文只剩下这个比喻句我还记得。昨夜偶翻《史记·李斯列传》，赫然惊见文内有“由灶上骚除”一句，原来是从李斯嘴里说出来的，章太炎掠人美，骗曾老师一生。

旧时厨灶砖砌，抹泥上灰抿平，双眼灶膛，置大铁锅两口。灶台面积宽广，免不了滴些汤水、落些菜渣、撒些饭粒，餐后必扫除之，厨娘事也。扫除工具有二，一为高粱脱粒后的秸须扎制的小扫帚，一为竹签扎制的刷把。灶上扫除工具，以及地上扫除工具，皆属彗类。彗，《说文解字》以“扫竹”解释之，就是用细荆竹扎制的大扫把，直立高过人头。蜀人谓之叉头扫把，因荆竹多细枝分叉也。刘邦当皇帝，其父“拥彗”恭候他，拿的就该是这种大扫把。年轻时晨早起，用这种大扫把扫操场，扫声甚响，有扰同志们的清梦，惹人不快。

彗星就是用这种大扫把取名的。现代诗人不学，有作慧星的，不知民间之所以叫扫把星也。彗，自古以来音 suì。四川清音《断桥》唱词有“三月清明节彗扫坟墓”句，唱的就是 suì 音。到了《新华字典》，可能是考虑到服从大多数吧，宣布改读 huì 音，保留旧读 suì 音。如果港台地区不接受 huì 音，那怎么办？也要一国两音吗？小时候不识穗 suì，误读 huì，脸红知耻。如此看来，都不必了。

说族

当初造出这个“族”字，《说文解字》说，专指“矢锋”，就是套在箭杆前端的致命的锐器。此物有石制的、有骨制的，后来又有青铜制的，再后来才有铁制的，皆具杀伤猛力。弓箭是原始人学会取火后的又一重大发明。箭族的精良化使狩猎收获量不断增长。更多量的动物蛋白质又使原始人更加孔武有力，从而猎得更大型的野兽。狩猎之外，弓箭同时用来作战。两军对阵，弓箭手布置在第一线最前沿。史书有“矢如飞蝗”的记载，真是恐怖。狩猎也好，作战也好，需要多种不同类型的箭族，各有各的用途。《周礼》记载就有八种不同类型的箭族：枉矢、絜矢、杀矢、鍭矢、矰矢、茀矢、恒矢、庳矢。各类型的差异主要在“矢锋”上，就是在箭族上。同一类型的族，必须放在一起，用起来才方便。《左传》有言：“非我族类，其心必异。”这个说法，据我愚想，或许源于箭族型制不同各归其类。心在这里乃指“矢锋”。在《诗经》里存此一例，那就是心不指人心，指棘针。闻一多《诗经通义》有此说，不引了。正是由于“矢锋”型制各不相同，箭族才分出多种类型来。

箭族分类的观念借用于人群分类，便出现了家族、宗族、氏族、羽族、水族、族人、族居等说法。不得已，只好又造一个镞字，从此箭族写成箭镞，腾出族字专用于人群的划分，乃至于生物群的划分。但是族字右下角的矢字，毕竟留下尾巴，让人追查出“矢锋”的历史。

“非我族类，其心必异”这个说法恐怕不对。革命年代都说人以阶级划分，不管什么家族、宗族、民族、国族，只要阶级同，其心也必同。所以有“全世界无产者联合起来”之号召，又有无产阶级国际主义用来批判资产阶级民族主义。早就批过了嘛，何必我来多嘴。

是嫑不是鸡

同性恋是老问题了。《史记·佞幸列传》载，汉高祖爱籍孺（姓籍的小子），同床共枕。汉文帝爱邓通，赐以铜山，使之铸钱，富甲天下。邓通，今四川乐山人，在宫中撑游船，“无技能”，“谨其身以媚上”，陪睡而已。还有汉武帝与韩嫣“相爱”。韩嫣属双性爱，又同宫女通奸。韩嫣被赐死后，李夫人的哥哥音乐家李延年补上来，“与上卧起”。司马迁总结说，哪怕再过三千年，老问题还在。

明代《万历野获编·补遗》载，“闽人酷重男色”，相恋者互称为契兄弟，“年过而立，尚寝处如伉俪”。兄到弟家来做娇客，其父母善待之若女婿。还有契父子，壮夫买少年，认作儿子，“与讲衾裯之好”。说是此风来自海盗，因海船不允许纳妇人，故以男宠代用。这种现象分析，难中肯綮。后来的太平军并非海盗，亦多捕士绅家清秀少年，强迫随军，供战士性需求。可知彼辈本来就有奸男之嗜欲也。

明代同性恋若涉及诉讼，称为嫑奸。《野获编》作者嘉兴沈德符说：“嫑字不见韵书，盖闽人所自撰。”此字音 jī，同畸。《新华字典》畸字释云“不规则的，不正常的”。嫑奸即不规则不正常的通奸。按照《说文解字》之例，嫑字应解剖为从女，畸省声。嫑上的田便是畸字省略，表示此字音义同畸。还可另有解剖：男字头，女字身。旧时有男做女态卖淫者，成都人称他为嫑子，也有叫狎娃或狎子的。嫑至少已用五百年了。今人无知，通作“鸡奸”，诿过家禽，太可笑了。至于成都人骂人为虾子或虾娃，谓供人狎玩者，显然应作狎字才对。

铐字探源

川西平原，农耕多用水牛，拉车则用黄牛。黄牛性驯，水牛性犟。水牛犟而猛者，用角抵触人，能戳破肚腹，要命。曾在乡下见一水牛，两只尖角斜伸左右，角上缠戴横木三尺，若妇发之横戴长簪，状甚诡异。询问方知，这是预防措施，使其没法戳人。嘿哟，真聪明，这办法。忽然想起《说文解字》："告。牛触人，角著横木，所以告人也。从口，从牛。《易》曰：僮牛之告。"说的就是在下所睹，竟与东汉许慎写的一个样，其间相距一千七百年了。

这个告字竟起源于牛之戳人，可知布告、广告、忠告、警告、告识、告诉、告发、告状诸词皆具农耕文化色彩。书面行文说"公开宣告"，蜀人口语说"打鸣叫响"。牛角缠戴横木，便是一种不用文字的公开宣告，也是一种不发语声的打鸣叫响。牛不会警告谁，所以这个告字的口不是牛之口，而是人之口（虽然不发声），是牛主人警告路人小心避让。至于《周易》所说僮牛，注疏皆言就是童牛，小牛。小牛角尚未成，怎样戳人？在下以为僮应该读若撞，意即抵触，也就是戳撞嘛。"僮牛之告"，牛撞人，则告之。应该这样译，我认为。

告字本为动词，作名词为角告——此告就是桎梏的梏。在牛角为告，在人手为梏。古之梏为手械，木制。现代警用手械，钢制，所以又造出铐字来。可以说，梏铐为古今字，而其语源在牛角上。

浅说侠字

贾岛《剑客》诗：“十年磨一剑，霜刃未曾试。今日把示君，谁有不平事？”武侠就是这个样子，手提三尺利剑，技痒痒地向你打听，谁受到了不公平的待遇，他去帮忙复仇，杀个落花流水。

武侠都是帮干忙不收费的。他们行侠仗义，敢在朝廷刑律之外，替弱小者痛惩坏蛋，罔顾国法，所以韩非说“侠以武犯禁”，视之为蠹虫。法家憎恨武侠，固不足怪。侠，或曰任侠。《汉书·季布传》：“为任侠有名。”唐代颜师古注曰：“任谓使其气力。侠之言挟也，以权力侠辅人也。”这里的侠辅作动词使用，义即从旁帮助他人。以武力从旁帮助他人者，谓之武侠。

夹的繁体

金庸先生曾在广州中山大学演讲说：“在古文字中，‘侠’字是两个大人和两个小人互相搀扶。”此说不确。确定的说法见《说文解字》，侠字“从人夹声”，是形声字，非会意字。从人指侠字的人旁，夹声指侠字的读音。古文字中，甲骨文和金文，皆无侠字，只有夹字。夹字原是两个人一左一右扶持着一个大（大也是人）。被扶持者病了伤了醉了随你去想。从旁扶持是夹字的本义。引申开来，剑柄系两片木夹持剑尾，所以叫铗。腮帮系两片肉夹护口腔，所以叫颊。江峡系两边山夹逼江面，所以叫峡。侠字的夹是声符，但也参与从旁帮助他人的意义。

篆文

战国陶文

金文

武侠起源于先秦的墨家，最初具有崇高的理想。汉代演变为民间的豪强。清代演变为反清的袍哥。民国演变为青帮洪帮乃至黑帮。现代演变为成人的童话，供人娱暇。

甲骨文

疝与山之关系

怪哉，右腹股沟之上，为何凸起一丘，半个乒乓球大？这是啥呀？初疑肿瘤，暗自惊恐。食指按之，立即潜散。不按，又凸起来。夜眠仰卧，摸摸又不见了。真是“敌立我起，敌卧我潜”，小球与我同时作息。到底是啥瘼病，因为靠近隐私部位，不便就教于人。三个月后，居然长到鸭蛋大了。幸好不痛，只是行走久了，觉得腹内牵扯微疼。就怕再长大，便请教医生。医生告知，这是腹股沟疝，小施手术即可平复，我放心了。

医生川籍，疝 shàn 读成 shuàn，音读讹了。疝应与山同音，前者去声而后者阴平声。《说文解字》有疝，山是声符，所晏切。可知确实读 shàn，不但医生，可能川人都读讹了，口头说成“涮气”。外省人笑川人认字认半边。疝字若认半边，反而对了。

从语源角度讲，山之为言升也。平地升起大丘，所以叫山。人飞升，就叫仙。下谤上，就叫讪。腹股沟畔，小小肥沃平原，忽然升起一丘，那不就是疝吗？山是疝的表音符号，但其功用不仅表音，兼且参与意义。所谓形声字，其声符有纯表音的，也有兼参义的。例如杨字繁体楊，右旁声符告诉我们此字读 yǎng，同时暗示这种树木枝柯上扬。

回头交代贱恙。入院开刀，小小平原之上犁开浅浅一条耕畴，置入一块薄片，长七厘米，宽四厘米，压在腹腔外壁，将那不听话而崛起的小肠镇住，使之老实听话，规规矩矩平卧，不得拱起膝头再搞造山运动。十日拆线，功德圆满，又能健步，迅走如常。只是那块薄片太贵，德国进口，要一千八百元。我的天啊！

兮字的读音

20 世纪 70 年代之末，内地上映香港古装巨片《屈原》（根据郭沫若话剧《屈原》改编），引起热潮。那些年的观众，“饥者易为食，渴者易为饮”，只要稍具艺术性的影片，都会激赏不置。影片中有屈原《橘颂》全文，作为歌词，谱成曲调，女声吟唱，绵曼悦耳。那时我在故乡县文化馆供职，听罢深受感动。略觉诧异者，歌词十八个兮字本该读 xī 音，都改读作“啊”。兮读作啊，闻一多创其说。盖亦持之有故。不过当今《新华字典》仍读 xī 音，释曰：“古汉语助词，相当于现代的啊或呀。”所谓相当于乃指其作用，非谓等同于啊或呀。妄改兮字读音，在下期期以为不可。《诗经》《楚辞》那么多兮，岂能轻易改读？

可以设想古代楚国兮读 ā 音，说那就是今之啊字。但你拿不出过硬的证据，终归是假说。我却能证明早在宋代前兮字读 xī 音，容说如下。据《旧五代史·康福传》记载，康福生病，坐拥锦衾，有幕僚来问安，念了一句“锦衾烂兮”。康福生气质问：“我虽然生在边疆，也算唐朝的人哪。怎能骂我烂奚！”本是笑话一则，嘲弄康福出身武夫，不知那句引自《诗经》，意在赞美锦缎被褥漂亮，并不是什么“破烂的奚奴”。这则笑话可作铁证，证明兮奚二字同音，皆读 xī 而不读 ā。何况还有《说文解字》用“语所稽也”一句释兮字，稽兮二字叠韵，这是许慎常用的叠韵释字法，亦可间接证明兮字音 xī。更何况兮字注音“胡鸡切”，亦即胡字的声母拼鸡字的韵母，反切音拼出来仍然是 xī 音啊。话说回来，如果为了便于吟唱，在影片中权且改读作“啊”，那我也不反对。

齐白石考烤字

忆余 1956 年游学北京城，学友杨兄导往什刹海烤肉季餐厅。厅堂内“烤肉季”大字三，齐白石题，直书四尺宣纸，装框陈列。记得大字旁边，还有数行小字跋语，俨然一段考据文字，显示出老先生迂执的学究气，难得，可爱。大意是说，查字书无烤字，有熇字。但是这个熇字，据他研究，不读烤音，不是烤的古字。可见烤是俗字，不典雅。他用这个烤字，都是不得已也。

确实不错，《周易》上的“家人熇熇”和《诗经》上的“多将熇熇”都是形容词，炽烈状，音 hè，同动词的烤音相去甚远。老先生可能是查的《说文解字》，所以闯入死胡同了。如果去查《集韵》，就有一线出路。

《集韵》认为熇与焅是一字，义同煏，就是用火烘煏，煏干，煏熟。如此说来，熇与焅有可能兼任烤的古字。南宋《梦粱录》卷十六列出菜肴就有“焅腰子”和“焅鸡”。那时烤字尚未出世，所以使用焅字。《辞源》因此给熇字增设第二义：同烤字，音读 kǎo。有了这第二义，也就没有必要再收入焅字了。《辞源》无焅其故在此。

甲骨文烄

但我认为熇兼任烤的古字，只能算临时代理。焅字更没有来由，纯粹是造出来凑热闹的，虽然已存在至少七百年。烤的古字本来就有，在《说文解字》内，其字作烄。只是许慎解释为“交木然”，意即交架木柴燃烧，不甚明白。倒是在古老的甲骨文里，这个烄字简直就是一幅画：下面火在燃烧，上面一人交架双腿，烤出汗滴。一看便明白，人正在烤火。我敢说，这就是三千年前的烤字。

满语之孑遗

北京文化故都，历史遗迹触目皆是。小巷谓之胡同，据今人考证说，胡同为蒙古语水井音译。若然，这便是元朝的蒙语孑遗了。窃有疑者，胡同恐或汉语，即《说文解字》之巷（篆文为左右两个“邑”字夹着一个“共”字），其义为“里中道”。巷古音 hòng，与讧音同，缓读之为胡同，正如飙缓读之为扶摇。《尔雅》说“扶摇谓之飙”，我也可以说“胡同谓之巷（hòng）”。况且《说文解字》早有衖字，义为“通街”，亦即甬道，段玉裁说就是胡同。罢罢，我扯远了。

回说我所在的成都，经历清朝二百六十多年，坊间鲜有满语孑遗，唯大慈寺南门之笔帖式街名一例耳。笔帖式为何物？望文生义，以为此街曾卖笔墨字帖。后读《阅微草堂笔记》，见清朝官职有笔帖式，音读若博特士，职掌衙署文件翻译缮写，为满语读书人音译。天哪，令我愧，令我喜。后又听人说，成都人所嗜糕点萨其马也是满语。这个萨其马，曾经与鸡蛋糕和米花糖鼎足而三，名声甚响，旧以冻青树街协盛隆老字号所制为最佳。嗟夫，想彼皇清圣朝，扬州十日，嘉定三屠，康雍政绩，乾嘉学术，道光割地，慈禧游苑，黄海覆师，鄂渚亡国，两百多年漫长的统治啊，而今斜阳影里，只留下一个瘦瘠的笔帖式，坐在街前吃一块甜脆的萨其马，真有点像在开玩笑。

篆文巷

语词瘩瘢指正

瘩子小说，语言粗暴，什么“老子偏不尿她”“人人都不尿他”，白纸黑字，匪特辱人，亦自辱也。笔下猖披如此，污我汉语，以逞其放荡无检之快意，兼捞其惊众骇俗之名声，人间竟何世耶！

生一阵闷气，又冷静下来。怒伤肝，何苦呢？且仔细研究这个动词尿，很快就明白了。瘩子不学无术，字写错了。他口头的这个字，我想应该是料，而不应该是尿。尿音niào，带鼻音。他恶意侮弄人，鼻子里哼出声音来，“不料她”就讹作“不尿她”了。

双声复词料理，拆开来讲，料即理也，理即料也。不料她也就是不理她。这个动词本来不错。幸好你不理她。

蜀语不理、不睬、不理睬、不理视，皆常用。若考之，亦古语。《鹖冠子·王鈇》云：“逆言过耳，兵甲相李。”北宋陆佃注曰：“李如李官之李。李者治也。”今人说治理，可知李即理，“兵甲相李”就是要兵戎相见了。果如此，倒不如互相不理的好。

北人兴说不瞅不睬，正眼都不瞧她（或他），以及古人所说眷顾，似皆着重于目光之投射，终不如这个理字内涵之丰富。攻书叫理书，清账叫理账，不过问叫置之不理，其所指涉皆不局限于眼睛之照看。当然，丰富的内涵都是语词在发展过程中逐渐衍生的。若原其始，理的初义只是玉石纹理，料的初义亦仅限于量米而已。

名正言顺

什么是什么

读小学的国语课本，见到“什么”二字，不知是啥东西，蜀童感到困惑。日月星，牛马人，都具象，很好懂。唯有这个什么，已出象外，弄不明白。上中学读英语，学会拼音，忽悟得什和么的古音拼起来就是川话的啥，心头疙瘩才解开了。今老矣，又困惑：“这个啥又是啥？”

原来啥就是蛇！

《说文解字》有它字，就是蛇字，音 shé，食遮切。它字篆文像毒蛇的三角形头部和直立的颈部。许慎特别说明：“上古草居患它，故相问无它乎。”意思是说远古先民生活在丛莽间，蛇咬为患，所以相互问候：“没蛇吧？”迨至文明初启，斩劈蒿莱，上宇下栋，移居堂室，蛇患远离，问候话留下来，暗变成“没啥吧？”，今人仍然这样问候。例如甲跌倒了，乙去扶起，问道：“你没啥吧？”甲摆手笑，答道：“没啥！”若是北方人，便答：“没什么！”蜀人以龙为老大，以蛇为老二，称为梭老二。什和么的今音拼成梭声，仍然是蛇。冷兵器的梭镖即蛇矛，斯可证也！语音考古可补充田野考古之不足，未可忽视。

篆文它

普天之下的蛇都发出嗞嗞声。“其名自呼”，所以叫蛇。蛇在英语是 snake。试急读之，竟和汉语的蛇完全相同。你听，这两种远距离的语言，蛇这个词都带着嗞嗞声。可知“其名自呼”的命名法，不论欧亚，古人都懂。还有一件有趣的事，便是蜀人称大蛇为梭棒（本作蛇蟒二字），同英语的大蛇 serpent 的读音几乎相同。又，倒转来便成了今人说的蟒蛇一词了。

螽贼就是蚂蚱

在下蜀人，不识蝗虫。报载今夏蝗灾，飞蝗自白洋淀扑向北京，来势迅猛。重灾区虫密聚每平方米约四千只，可怕。昔年读《诗经》，未发现蝗字，却三见“螽贼”，判断必是蝗。但是诗《毛传》与《郑笺》都说“食根曰螽，食节曰贼”，分明是两种不同的害虫，令我好生困惑。后来想到双声对转，螽贼就是蚂蚱，亦即蝗虫。民间叫蚂蚱，《诗经》叫螽贼；蚂蚱是口语表音，螽贼是雅言表意。所谓一种食根，一种食节，或系想象之词。蝗灾所及，不但根节皆吃，连叶子都啃光。不过蚂蚱是何模样，仍未见过。

前日电视非洲蝗灾特写镜头，终于看清模样。原来蚂蚱就是蜀人都认识的蚱蚂儿，顺过来倒过去都是它啊，这可怕的蝗虫。蚱蚂儿中有一种名叫油蚱蚂儿的，身绿嘴红，专吃水稻。旧时秋收，拌桶置放田间，现割现打。城中儿童就去城外田间捉油蚱蚂儿，草茎贯串，提回灶下，热灰覆盖。很快微闻灰下噗噗有声，油香冲鼻，便提起来，一口一只，享受美味。昔读《圣经》，知悉耶稣基督传教断粮，饥食蝗虫，好生诧异。现在才晓得，值不得诧异，在下小时候早就吃过了。油蚱蚂儿自带烹油，煎熟自身，贡献蜀童。

查阅《辞海》弄清楚了。蝗科昆虫在我国有四百余种之多，为害甚烈的有飞蝗、稻蝗、意大利蝗、竹蝗、棉蝗这五种。如此说来，我吃的是稻蝗，扑向北京的是飞蝗，并非一种。蜀地还有一种蚱蜢，蜀人叫弹蹦子，善弹跳也，不食水稻，溪边茅草丛中常见，亦属蝗科。蚱蜢二音拼读成 zhōng，就是《诗经》咏到的螽，英文叫 grasshopper（草跳者）。

荔枝取名猜想

闲翻一本英汉词典，偶见 litchi 就是荔枝，以为荔枝之名正如葡萄、苜蓿、柠檬，乃是音译。想想觉得不对。荔枝出产我国闽粤以及川滇，并非西域引进，异于葡萄、苜蓿。欧陆气候寒冷，更不可能出产荔枝。何况早在西晋左思《吴都赋》就有荔枝了。不对，更早些在西汉司马相如《上林赋》就有了，字作离支。此物应是吾国原产，传到欧陆才译成 litchi 的。

荔枝或离支之取名，李时珍《本草纲目》有二说。一说摘果“必以刀斧劙取其枝”，劙音同荔；另一说其果“若离本枝，一日变色，三日变味”，故名。二说俱嫌勉强牵合，难惬我心。犹记“文革”前读扬雄《方言》，似有双生子叫厘孳的记载，正好拿来解释荔枝取名，因为此物果实成双结对而生。荔枝或离支之名，皆从厘孳来。

可惜我的影印刻本《方言》早被抄没，无法引用。忽想起嘉兴市秀州书局，亟去一函索购。儒贩范笑我帮大忙，复印一册，邮寄惠我，感激莫名。急忙翻查，找到原文：“陈楚之间，凡人兽乳而双产，谓之厘孳。秦晋之间谓之连子。自关而东，赵魏之间谓之孪生。”证据到手，对镜欢颜。

厘孳一词需要注释。孳好懂，就是生。厘音同俪，双也。丽之古文，乃画双鹿。成双结对，古人认为很美，引出美丽一义。《方言》中厘应作俪，俪孳也就是双生了。《本草纲目》中也提到荔枝果的双生，说：“其子喜双实。”又说：“其实双结。”《辞海》中荔枝条文，漏说果实双生这一特点。幸好插图反映实况，画了一对双生之果。

犬狗之辨

孔子解说古文犬字："视犬之字，如画狗也。"他认为犬与狗指的是同一物，犬即狗也，狗即犬也。《庄子·天下》引名家学派命题曰"狗非犬"。战国名家研究事物概念，认为概念要有大小之分，大概念包含着小概念。犬，包含着野犬和家犬在内。家犬即狗。狗属于犬，不等于犬，故"狗非犬"。至多也只能说"狗乃犬之一种"，毕竟不能与犬画上等号。

《尔雅·释畜》也说狗乃犬之一种，但与犬之或野或家没有关系。其说云："未成豪，狗。"犬之幼者，尚未生长出刚强的豪毛，名之为狗，正如幼马之名驹也。

比《尔雅》晚出的东汉许慎《说文解字》别创新说。许慎认为狗是大概念，包含着小概念的犬。一、它们统称为狗。二、"狗之有悬蹄者"又称为犬。"悬蹄"旧解有说跑得风快，仿佛蹄爪悬空似的。此解恐难成立。确切的解释是犬的前肢肘下附有已退化的残趾，就叫"悬蹄"。王世襄教授就是这样说的。

想起1919年，青年教师胡适著《中国哲学史大纲》，曾在书中图解以上二说。特录如下（见图），以添趣味。

许慎"悬蹄"之说，较之前贤犬狗不分，家犬为狗、幼犬为狗诸说，更能令人信服。许慎似有科学头脑，能从进化过程考察狗与犬之不同，认为狗分两类。其一类肘后无残趾，另一类肘后有残趾（特称为犬）。依许慎的意思，先有狗名，后有犬名。如果甲骨文提前到东汉发现，他一定会修正其说。因为甲骨文有狼字，有犬字，而无狗字（郭沫若疑甲骨文有狗字）。比甲骨文晚数百年，《周易》《诗经》仍无狗字。可知许慎弄颠倒了，应该是先有犬名，后有狗名。犬是大概念，狗是小概念。犬，包含着狗在内。犬之无"悬

犬狗之辨

蹄”者又称为狗。狗无“悬蹄”是由于在进化过程中逐渐消隐，看不见了。

依《尔雅》说：“狗，犬也。”

依《说文》说：“犬，狗也。”

犬是从狼演变成的。全世界四百多种犬都属狼的后代。大约一万两千年前，在北非和西亚地区，人类驯化培育出家犬来。野犬可能是欧陆的狼、北非的豺、北美的郊狼等动物的后代。它们最初像狼一样成群觅食，常来先民村落，找些食余弃物。日久形成依赖，从而亲近人类。其温驯者被人收留，代代选择培育，野犬遂成家犬。其中又有一些更温驯者“悬蹄”完全消隐了的，用来看家，执行孔子说的“叩气吠以守”的任务，被人特称为狗。所以说，狗属于犬类。其名后出。

现代动物学犬科包含着狼和狐在内。狼和狐亦有“悬蹄”。狗无“悬蹄”，许慎据此定义。不过今人不兴这样分了，似已习惯混犬狗为一物，而于宠犬，蜀人特呼狗狗，如母呼儿乖乖，以示爱意。

瓦合与瓦解

瓦有二义。一为屋瓦，此本义也。一为瓦器（陶器），此衍义也。

《诗经》说的女婴“弄瓦”，乃玩陶制陀螺（今塑料制）。成语“宁为玉碎，不为瓦全”以及《尚书大传·周传》说的商纣军国“瓦裂”都以瓦器为喻。瓦合与瓦解则不然，乃以屋瓦为喻。其间分别，《辞源》失察，有待厘清。

请说屋瓦一义。在下有幸，曾在农场劳作，升屋布瓦，也算夫子自道“多能鄙事”，知悉瓦与人同，亦有两性之别。牝瓦稍小，仰置于两木椽之间，小头向下，大头向上，由下置上，直抵屋顶，形成瓦沟，所以又名仰瓦和沟瓦。牡瓦稍大，俯盖于两瓦沟之间，大头向下，小头向上，由下盖上，直抵屋顶，形成瓦脊，所以又名覆瓦和盖瓦。牡瓦覆在牝瓦之上，前者俯而后者仰，古人觉得好像交配，于是有了“瓦合”之说。合谓两性互相交合。瓦合既非有机结合，所以容易拆散。《汉书·郦食其传》郦生说刘邦“起瓦合之卒，收散乱之兵，不满万人”，正谓其队伍易散伙。于是又有了“瓦解”之说。解谓解除交合关系。瓦解一词首见于《史记·淮南王安传》之“百姓离心瓦解”。

宋代称妓院为“瓦舍”。《水浒传》说浮浪子弟“每日家三瓦两舍”。南宋人著《梦粱录》说：“瓦舍者，谓其（指嫖客）来时瓦合，去时瓦解之义，易聚易散也。”这个解释具权威性。《辞源》释瓦合为“瓦器破而相合”，释瓦解为“瓦片碎裂”，义同“瓦裂”，皆以瓦器为喻，终觉未妥。若改以屋瓦为喻，似更妥帖些。旧时瓦器，缸钵坛碗，破了补好，同样坚固，岂是临时凑合而易裂散之瓦合吗？

云山雾罩之误

曾经做过手工砖坯，码在场上，怕雨淋坏，覆以草帘。砖工不叫草帘，而叫茅扇。久之始悟，扇字错了，应是茅苫。《说文解字》云：“苫，盖也。”徐锴说：“编茅也。”编织茅草盖物，苫字作动词用，音 shàn。苫若作名词用，音 shān，就是茅草帘子。吾蜀旧时盖屋用的茅草，都叫山草。显然山字又错了，应是苫草。这个字用处窄，除了古代孝子居丧“枕块寝苫”一用之外，罕见他用，所以容易写别字错成扇，或错成山。

报刊文字常见成语“云山雾罩”，形容事态晦暗，真相难明。窃以为山字也错了，该作苫字才对。山有雾罩，谓之云山。云山后面又加雾罩，岂不多事。可知“云山雾罩”不通，理应休息。若作对联，上联云苫雾罩，下联雪压霜摧。只是苫要读 shān，平仄方能成对。云和雾对雪和霜，看似能对起。其实是水对水，恐怕对起也不工。若拿土去对，下联土掩尘封；若拿火去对，下联火熛烟熏；若拿金去对，下联锯剖刀分；若拿木去对，下联棍打枪挑；若拿肉去对，下联背痛腰酸。总之，下联可以上百。这种文字游戏，唯有汉字能玩。旧时作诗填词，先学这种游戏。

有趣的是上联云苫雾罩又可以拆开成为云苫与雾罩这两个词组，亦自成对。下联亦然，背痛对腰酸，棍打对枪挑，锯剖对刀分，火熛对烟熏，土掩对尘封。含有两个词组的四字成语多能拆开成对，例如风吹雨打、人强马壮、鬼哭神号、酒酣饭饱、街谈巷议、鸡飞狗跳、口授心传、翻江倒海、枪打炮轰、煽风点火等。熟悉这类词组结构，就不会误作“云山雾罩”了。

云原来就是雾

儿时爱看堂兄养的鸽群，晨翔暮翥，高飞贴云。站在院中仰眺，睛随鸽转，忘乎其境，目为之酸，颈为之僵，但见天空那群闪光之点，慢慢移动，忽然移入一朵白云，竟隐没不见了。这时候才憬悟，云，蓝霄上的那些云，原来是实体，而非平面的图像啊。云，太高太高了，不是人间之物，所以有仙性。儿童都幻想过，纵身飞入白云，鸟瞰大野长河，倦了飞回，降落自家的庭院中，那该多美。《庄子》仙人乘云，可能出自儿童幻想。唐诗有“云中鸡犬刘安过，月里笙歌炀帝归”句，余光中诗有乘晚云回长安句，皆美丽似梦境，令我入迷。

活到半百，有幸去庐山看云了。距离山麓还远着呢，便望见白云笼罩山顶，披到半山腰来。客车百旋而上，到了牯岭，但见满街大雾，不见云在何处。有顷思之，独自暗笑，明白了所谓云原来就是雾啊！雾中藏有霏霏微雨，因风扑面而至，欲湿不湿，到润而止。这时候想起苏轼诗一首：“庐山烟雨浙江潮，未到千般恨不消。到得还来无别事，庐山烟雨浙江潮。”庐山烟雨不就是霏霏雨雾嘛，如斯而已，而已。

浙江潮我尚未看过，便不想去看了。挤一身臭汗看来的大潮，溅点滴到衣上，原来就是水嘛。此理一推便得，何必到现场去。世间许多说得非常热闹的事物，一朝目睹身历，也就“无别事”，确实不怎样。当兹包装时代，热闹事物更多，如天花之乱坠，落地化为乌有。最好远远保持距离，用想象把它们保养着，留一分美感吧！

跟斗应作羹斗

人走路不小心，脚被绊而跌倒，额头触地，这就叫栽跟斗。塞北江南，沿海内陆，文化水准不论高低，都懂得什么叫栽跟斗，何须我来饶舌。不过，我饶舌的原因是我弄不懂栽跟斗三个字。跟者脚后跟也，古谓之踵。脚后跟与计量的斗（dǒu，不读斗争的斗），有啥关系？又怎样栽？有何事实作为依据，把栽跟斗三个字组合成短语呢？

说者或称，斗字用错了，应该用头字。栽跟头也就是头脚上下易位，倒栽跟头。此说勉强缀合，终未惬意。头字为何误读 dǒu 音，且又误写成斗，说不出道理来，所以很难服人。窃以为跟斗本应作羹斗。后人不明白羹斗是何物，误写成跟斗了，详说如下。

《说文解字》：“魁，羹斗也。”段玉裁注：“抒羹之勺也。羹，汁也。”羹斗就是今之汤勺。两千年过去了，餐具的名称也跟着变了。箸叫筷，皿叫碗，羹斗叫汤勺，蜀人叫汤瓢。羹斗头部盛汤，大而深，柄部执手，细而长，可谓头重脚轻者矣，所以无法直立，立则必倒。人跌倒，头触地，如羹斗之倾倒，这就叫栽羹斗。栽谓头触地也。凡是植物，莫不脚根栽地，而头向上。今头触地，所以说是倒栽。杂技有翻跟斗，头向下翻转一百八十度，字亦应作羹斗。探求词源，作点考证，似有必要。

然而错久成俗，不正确的也正确了。真要按照考证结果，一一纠谬，那就纠不胜纠，惹烦群众，得罪多数，吃力不讨好了。《新华字典》从俗从众，字作跟斗，不作羹斗，亦算是“圣之时者也”。我作这番考证，不过是读书人技痒而已。

茵席本一物

“绿草茵茵”这回是在发行量逾百万的《参考消息》上看见的。多年见惯了茵字的误用，从中学生到名作家莫不同闹笑话，早已不复触目惊心，冷眼闲看而已。甚矣哉，字学之濒亡也。连祖国的语言都不爱，谈何爱国。且收起牢愁语，姑防肠断，说点正经事情，提醒“绿草茵茵”的错爱者。

绿 yīnyīn 本不错，民间就有此说。不过应是莹莹二字，绝不能是茵茵二字。莹莹原用于形容玉之润泽含光。绿莹莹者，绿得发亮也，形容绿之甚。注意，茵绝对是名词。有一物名茵，那就是草席。草如绿茵，或绿茵似的草，乃至绿草如茵，或茵似的绿草，皆可通。唯有绿草茵茵，或绿茵茵的草，绝不可通。

古文席

古文因

篆文因

设想最初的因

要说清楚茵字，就得先说席字。席字古文如图，若要写成今体，该是一个厂，里面一个因。厂在这里不是工厂的厂，而是石字省略下面的口，作为声符，表示此字读音近石。厂里面的那个因，该是茵席的象形字。茵字原无草头，草头是后加的。因字古文如图，里面不是一个大字，而是竹席上的编纹。后来写成篆文，为了笔画书写方便，就简并成大字了。因字既是竹席，加草头显然是草席（茵），加革旁显然是皮席（鞇），加衣旁就是垫椅铺床的褥席（裀）。一个“因”字做根，连类引出多字，妙不可言。

回想从前我在四川省文联农场，白日苦作夜读书。有好同志见我在啃《说文解字》，就劝喻说：“汉字都快要废除了，你还学古汉字做啥。”我感谢善意的提醒，笑答：“我爱。”日月不居，快四十年了，思之如昨日。

不焚种树书

20 世纪 60 年代，竟有文章说秦始皇提倡植树造林，功不可没。立论的根据是焚书不焚“种树之书”。那个年代稍有历史常识的人，多在待罪之棚，无人敢指明根据之荒谬。时过境迁，也就忘了。哪知三十多年后又有电影《英雄》给秦始皇翻案，让我又想起了这件事，不妨说说。

事见《史记·秦始皇本纪》。李斯奏本说，“史官非秦纪皆烧之”。这是焚毁六国国史，只留秦国史。还说要焚毁“诗书百家语”，计有《诗经》和《尚书》以及诸子百家语，而儒家语首当其冲。不烧的仅有“医药卜筮种树之书”。秦始皇批准了，雷厉风行。限期三十天，查出来厉惩。

这里的“种树”，种是播种，树是栽插，皆农稼事，不是什么植树造林。《诗经》的树字，如“焉得谖草，言树之背”“将仲子兮，无逾我里，无折我树杞”“荏染柔木，君子树之”，正如《孟子》中的“五亩之宅，树之以桑”，都相当于动词的栽。看篆文树，正是手持幼苗栽插之形，乃象意也。木本植物名之曰树，那时也有这样用的，但不普遍。

篆文树

秦始皇没兴趣关怀生态环境。筑长城、修驰道大砍大伐，就不说了。游洞庭湖，遇风阻渡，“始皇大怒，使刑徒三千人皆伐湘山树，赭其山”。修阿房宫，“乃泻蜀荆地材皆至”。杜牧《阿房宫赋》：“蜀山兀，阿房出。”四川的山都砍成光头了，不是编造，乃据《史记》而言。种草栽树的事，也有过一回吧。那是在他的坟墓上，据《史记》载，“树草木以象山”。奈何草木不亲和他，如今光秃秃一个土馒头，卖观光钱。

蠚麻与张献忠

毒虫刺痛肌肤，川人不说螫（shì）而说蠚（hē）。早在战国时代，《山海经》就有这个蠚字了。说是昆仑之丘有一种鸟，尾下有刺若蜂，“蠚兽则死，蠚木则枯”。川中有草，名曰蠚麻。北宋张邦基《墨庄漫录》云：“川峡间有一种恶草，罗生于野，虽人家庭砌亦有之，如此间之蒿蓬也。土人呼为荨麻。其枝叶拂人肌肉，即成疮炮（疱），浸淫溃烂，久不能愈。”宋朝川峡四路，后简称为四川。张邦基未入川，听人谈到荨麻（荨在这里读 qián，不读 xún）。此草在四川今呼为蠚麻。蠚麻，草本，生在墙角、林边、瓦砾场中、垃圾堆上。根部抽出蔓茎，匍匐地面延伸。蔓茎和叶片有螫毛，触之痛楚不堪，立即红肿。叶对生，有齿牙或分裂。我国有十六种，川黔常见的有裂叶荨麻，又呼蛇麻，叶掌状浅裂，裂片有刻缺或齿牙。蔓皮纤维可搓绳，故以麻名之。小孩野地玩，往往被蠚哭。

川人口头传说，此草与张献忠屠蜀有关系。说是张献忠在延安府当狱卒，出差四川，道路泻腹，野地顺手摘蠚麻叶，当作厕筹使用，痛得跳起来吼。怒曰：“四川的草都这样恶毒，何况人！”所以后来造反，由陕到豫，自鄂入川，唯在川中大肆屠杀云云。此说未免太小儿科，当不得真。明末的那一场浩劫，实缘于朝廷之腐败无能。持续十年之大旱又为浩劫铺了路，尤其不可忽视。大旱缘于气候异常，气候异常又缘于太阳黑子之增，亦天命也。川人遭屠杀百分之九十（包括饥饿疾病而死），恐怖记忆代代相传。唯对于张献忠之嗜杀，很难理解，乃编出蠚麻螫肛门的故事以解释。这也算是戏说吧，当今戏说成风了。

飞蛾儿是绋维

北方叫架子车，四川叫架架（音 jiá）车，两轮在左右，双杠在中间，一人拉。20 世纪中期，内陆城乡多用之。那时我常拉车，拉米拉煤拉蔬菜，拉沙拉石拉建材，还要拉粪肥。载重数百斤，我尚能胜任。若载千斤以上，就要由上面派人来协助。来人系绳于右边车轴端，从旁助力拉之，名曰拉飞蛾儿。若太重了，就要再派人来拉左边的飞蛾儿。协助我拉过飞蛾儿的有编辑、作家、画家、音乐家、神话学家，人才济济，够办一个综合性的文艺刊物。

飞蛾儿之名，富有诗意，逗人联想。据当时专业的拉车者说，因其左右展开如蛾儿双翅飞，故名。我知此说荒唐不经，奈何又查不出一个可靠的解释。一事不知，儒者之耻，久系心间，不敢忘记。前不久看见《礼记·檀弓》的一段文字说："吊于葬者必执引，若从柩及圹皆执绋。"柩车前头拉绳曰引。棺柩左右系曰绋。绋是挽棺绳，缒棺下葬用。《礼记·曲礼》说："助葬必执绋。"吊客们在柩车的两边手握着挽棺绳，跟着灵车缓行，表示出力，直抵墓地。今人举办丧事，花圈落款"某人哀挽"，表示他执了绋，出了力，算是黑色幽默，绋音 fú 转为 fēi，误写成飞。用弗表声的字，如沸如费，读成 fèi，亦音转也。

飞蛾儿，飞应该是绋。蛾儿又该是啥呢？是维，带个儿音。川腔儿化，豆芽儿，蒜苗儿，慢点儿，轻点儿，奶妈儿，小妹儿。维是系物的大绳，见《辞海》。维被川腔儿化，遂迷失了本字，误作蛾儿。吾人口语常有鄙俗不堪之词，考证下去，多出古代典籍之内，令人失笑。

最早的纸币

成都外东，府河东岸，有一条椒子街，我原以为那条街卖椒子。椒，古代专指味麻的花椒。花椒今名，古名椒花，不叫椒子。辣椒传入中国很晚，又名海椒，也不叫椒子。辣椒的籽实，或可名椒子，但从不单卖。读《建炎以来朝野杂记·四川钱引》后，知悉1024年1月12日（北宋仁宗天圣元年十一月戊午日）成都始设专管纸币印刷、发行、流通、兑换诸事务的官署，名曰交子务，纸币那时就叫交子，方才憬悟：原来交子务那时就设在这条街上，街名应是交子，而非椒子，音同字异，写别字了。

中国货币史上，纸币诞生在这条街，真该擂鼓三通，大书一笔，昭示天下。人类社会经济活动，由铜币而纸币，堪称文明一跃。前此数十年，张咏镇守四川时，通行铁钱，民间嫌重，不便贸易，已经兴用交子。交是纸币单位，一交折合铁钱一千。但是皆由私家富豪发行，日久弊窦丛生，交子贬值，七折使用，信誉大损。到1024年，官府才收回发行权，改由公家掌管，始设置交子务，遂开了纸币的新纪元。

《诗》云："靡不有初，鲜克有终。"交子正如此也。起初尚好，后来用兵，大量印行，造成通货膨胀，交子大贬其值，二点五折使用。混不下去，最后宣布作废，改为发行钱引，换个名称而已。后来钱引又滥印滥发，等于官方公开掠夺民间财富。千年前的情形竟与20世纪40年代一模一样。过来人该记得，当时纸币也是滥印滥发，几年名称一换，法币啦，关金券啦，金圆券啦，如走马灯，终于政权崩溃。

阑尾酒与烂尾楼

修建楼房，计划不周，上马再说，快竣工了，或资金告罄，或节外生枝，迟迟不能落成，放在那里，风吹雨打，动辄经年，川人谓之烂尾楼，登载于报章，熟稔于众口。求实而言，只是收尾工程停顿下来，并非垮塌破碎，不该称之为“烂”。字用错了，应该是阑尾楼。

先说阑字，本是名词栏杆。栏杆总是设置在范围的终边上，所以阑就有了终端和将尽的意思。例如“夜阑”是夜将尽了，“酒阑”是宴要终了。又例如“春意阑珊”“意兴阑珊”和“灯火阑珊”三个阑珊都是偏义复词，用不着拆开讲，其意思与阑同，也就是将尽了。吾人盲肠位于小肠终端，亦可视之为阑。盲肠下的蚓突（一根七厘米长的细管）就像一条尾巴，所以叫作阑尾。阑尾炎误叫作盲肠炎，其实发炎者蚓突也，非盲肠也。前人已为此纠正过多次，然而“众不可户说”，口亦难乍改，罪仍归盲肠。

唐代士人宴饮，巡酒到末座，谓之婪尾酒。白居易诗也作“蓝尾”。婪蓝都是借字，本字为阑。宴要终了，大家为那末座客人干一杯吧，这就是阑尾酒。

春将尽，芍药开，所以此花又有婪尾春的雅名。婪虽然是借字，但你制止不了它衍生出新意，让人说它贪恋春天，迟迟不肯放春天走。本来嘛，婪字的本义是贪婪，用在花上，恶德倒变成美德了。人总是原谅好看的东西。

楼房收尾工程停顿，有所等待，暂时留下阑尾，这就是阑尾楼。这样称呼不具贬义。如果老是扯皮拖拉，赖着不动，那就是婪尾楼。用婪字的本义以刺之，谁曰不宜。

里脊应是膂脊

五十年前，在一家山西菜馆里，见菜牌上写着“醋熘里脊”，心中存疑，不知是啥。端上桌一尝，原来是猪肉，切成小碎块，油炸过，甜酸味，很好吃。问何以名里脊，不得答。后听人说，猪背脊骨里面的肉，简称里脊。我仍有疑，因为当时汉字尚未简化，若是里面的里，就应该写繁体的裏，而那菜牌上写的是里啊！

人中年后，在本单位农场养猪，多次协助杀猪剖猪，虚心请教，方看明白。所谓里脊肉不在脊骨内（骨内哪来肉），而在脊梁骨的下面和左右两边，长长的一绺，很嫩的瘦肉，大概是生来保护脊梁骨的吧。实体解剖看了，不过何以名里脊，还是不明白。昨日温习《诗经》，见《小雅·北山》的“旅力方刚，经营四方”句下朱熹解说“旅与膂同”，乃恍然大悟。所谓里脊应该是膂脊啊，俗人写了别字，导致郢书燕说。膂就是脊骨，膂脊一回事。单言之曰膂又曰脊，复言之曰膂脊。“醋熘膂脊”菜名，省掉了结尾的一个肉字。

《说文解字》认为膂的象形字就是吕。吾成人有脊椎二十六块，连成脊梁。吕只画了两块脊椎。繁体的吕，中间有一纵线连接上下。简体嫌那一画烦琐，致使脊梁断裂，成了二口，再也看不出像何物之形。山西西部有山连绵四百公里，取名吕梁，就是因为像脊梁骨。要让大家明白，不妨写成膂梁，意思就是脊梁。回头再说膂脊错成里脊，不但不通，音也给读讹了。膂音读 lǚ，不能读 lǐ（里）。

Soy是菽的音译

旧时贫家很少肉食，动物蛋白质摄入量不足，全靠植物蛋白质作补充。华夏民族体质虽不够强壮，但也并非孱弱，这得感恩于植物蛋白质的主要提供者——大豆。通常大豆指称黄豆，兼及青豆、黑豆。大豆原产中国，至今各地均有种植，东北三省尤多。《齐民要术》详说种大豆法。古人所谓五谷，包括大豆在内。大豆以多种加工形态进入膳食，例如豆腐、豆腐干、豆腐皮、豆腐乳、豆豉、豆渣、豆粉、豆花、豆浆、豆汁、豆油，以及酱油。

豆这个字，原为盛食物的一种高脚容器，象形。下面一横是容器底座。两点是高足，支撑着容器。上面一横是器盖。《尔雅》说"瓦豆谓之登"。豆登都是食物容器。秦汉以前，大豆不叫豆而叫菽。《诗经·小雅·小宛》："中原有菽，小民采之。"后来借用容器的豆，菽遂隐没了，仅存于雅言，豆腐叫菽乳，豆豉叫幽菽。《说文解字》有尗，是菽的本字，像豆萌生之形，中横是地面，下是根，两点是根瘤，上是茎，顶戴二芽瓣。尗同菽，音shū。原产中国的大豆，传入欧洲，英语叫soy，读音犹近shū，猜想是菽音译。soy既是大豆，又是酱油（酱油也是大豆做的）。大豆传入欧洲，可能很早，所以英语soy近菽音。茶也是这样，英语叫tea，正是荼的音译。荼是古名。东汉减去一笔，改变读音，名之曰茶。

大豆在《尔雅》名戎菽。戎指山戎。齐桓公伐山戎，其地在今东北。东北大豆产量高，品质优。戎菽之名，暗示可能原产东北，后入中原。纵如此，亦算中国原产。

梓树和桧树

旧时书稿拿去雕版，谓之付梓。梓树落叶乔木，属紫葳科。荚果细长，做豇豆状。吾乡不识梓，俗名豇豆树，木质绵密柔软，易于雕刻，最宜刻书雕版。近代铅字排印之书，早就不雕版了，老前辈的作者在后记里仍用付梓一词，使人困惑。而更使人困惑的是“付之剞劂”。查字典才晓得剞劂者雕刀也。真是雅得烦人，合该下放劳动。

旧时梓树多栽培为行道树遮阴用。宅前栽梓，宅后栽桑，所以故园故乡以桑梓为代称。梓材除雕版外，用途尚广，如制乐器、造家具、做棺木（棺木雅称“梓宫”）、修房子（木匠雅称“梓人”）。补说一句，刻书雕版也用枣木、梨木，所以坏书出版，人说“祸及枣梨”。

宋朝有直学士姓秦名梓，以梓树为嘉名。其弟秦桧，历史上的汉奸，杀岳飞的主谋，可能也是以桧树为嘉名。如果真是这样，秦桧的桧就应该读桧树的桧，音 guì。桧树（即圆柏）高龄，活数百年。插条繁殖，长得又快。木材浅黄褐色，也有红褐色的，其色悦目，且有芳香。木质又细致又坚实，宜造家具和工艺品。用桧树作嘉名，可以说好得很。不过历来都说秦桧的桧音 huì，不是桧树的桧。音 huì 的桧见于《左传·成公二年》的“棺有翰桧”句。正文的注释说，棺盖上的绘画谓之桧。桧在这里音 huì，显然是绘字的借代。谁也不会在棺盖上取名字，自讨不吉利。倒有可能此人太臭，后人认为他没资格比附于嘉树，只配依傍棺盖，所以叫他秦 huì。这是我的胡猜乱想，拿不出证据来。还有一点，秦桧字会之，这个会音 huì。民间去掉之字，叫他秦 huì。多年之后，人遂误认为桧音 huì 了吧？

贝加尔即北海

古人造字“近取诸身”。吾人身上的口、齿、舌、鼻、目、眉、耳、项、心、手乃至男性生殖器都有象形字。背，显然是无法象形的，便画两人背对着背，也就是北，让你领会这是背字。这种造字方法就叫会意。北字最早就是背字。华北平原房屋向南采光取暖，背朝之方就是北方。后来北字借去专指方向，所以又造一个背字。北字今读 běi 而古读 bèi（背）。贝字亦读 bèi，与古北音同。前人由此推断，今俄国东西伯利亚南部的贝加尔湖就是汉代苏武牧羊的北海。贝即北，表音也。

苏武手持节杖，代表汉家朝廷，远使漠北，被匈奴国王扣押十九年，罚做苦役，牧羊北海，仍然拒绝投降，事见《汉书》。我读小学祭孔，歌生要合唱两首歌，其一为岳飞《满江红》，另一为无名氏《苏武牧羊》。时值抗日战争，意在高扬爱国激情。今之中俄两国，划界工作已经结束。贝加尔湖属俄而不属中，应无疑义。但是，北海之名确系我国所取。事涉民族史实，不可假装忘记。

贝加尔在俄文怎样拼，我不知。在英文为 Baikal。bai 是北的音译，前人已说。而 kal 据我看应该是海的英译。海字今读 hǎi 而古读 gǎi，有成都东郊客家话做证。众所周知，客家话保留着中原古音。海椒的海，客家读 gǎi，正是古音。海椒，他们说出来就成“该椒”了。kal 正是 gǎi 音之转。试看同样以亥为声符之咳、该二字，前者读 ké 而后者读 gāi，便知 k 和 g 二组可互转了。涉及语音学，详说颇沉闷，我就不说了。

三姑六婆解

前篇话及道婆，盖指道姑中之迷信职业者，以有别于正派的道姑。这样区分，不使良莠混同，在今日有必要。若在古代，就很难说，不易区分开来。士大夫家，门上多书“僧道无缘”，和尚尼姑，道士道姑，一律严拒。明代朱柏庐《治家格言》云：“三姑六婆，实淫盗之媒。”元代陶宗仪《南村辍耕录》解说：“三姑者，尼姑、道姑、卦姑也。六婆者，牙婆、媒婆、师婆、虔婆、药婆、稳婆也。”时移世变，今日须再解之，方能一一明白。

尼姑、道姑，一居佛寺，一居道观，人皆知之。卦姑给人算命，排生辰八字推流年，预卜吉凶，或拆字，或解签，或看相，皆收费，属迷信职业者。今各寺庙门外，以及旅游景点，此辈活跃如夏夜的蟑螂，读者想必见过。三姑既解，请解六婆，分说如下。

牙婆就是古代的人贩子。富贵人家娶姬妾、置歌女、雇厨娘、买婢妮，都找牙婆承办。牙婆是这方面的经纪人，近似合和二姓之好的媒婆。《水浒传》王婆自夸：“老身为头是做媒，又会做牙婆。”媒婆虽坏，毕竟不如牙婆那样伤天害理。师婆就是女巫，下阴观花、装神弄鬼、骗人财钱、误人性命。虔婆就是妓院女老板。药婆给人堕胎，往往乱下猛药。至于稳婆给人接生，兼验女尸，应有益于社会。《南村辍耕录》说三姑六婆皆“致奸盗”，宜疏远之，“如避蛇蝎”，必须这样，家宅才得清净。这种说法未免一刀切了。士大夫家拘守礼法，谨慎过迂。以上九种妇女，自今日以观之，卦姑应取缔，牙婆该惩治，师婆要禁止，虔婆须法办，药婆宜打击，稳婆可管理，而尼姑与道姑就应该当作宗教人士，平等视之。

李逵杀虎有蓝本

《水浒传》写斗虎凡三回。一是武松打虎，二是李逵杀四虎，三是解家兄弟猎虎，文笔皆甚生动，而情节各相异，绝无蹈袭之弊。传说施耐庵写武松打虎，下笔蹇涩，便关了门，提棒打狗，从实际体验找细节描写，所以人虎之间一往一来、一剪一扑、一招一式，都写得极具体。若然，那李逵杀四虎，施耐庵下笔前，又该怎样去“实际体验”呢？他必须提刀去杀四狗吗？

须知诗人“坐驰可以役万景”，小说家同样的脑屏可以演百戏。那支生花妙笔比棒比刀厉害多了。不过，顷读南宋洪迈《夷坚志》，才发现李逵杀四虎故事有蓝本，并非施耐庵个人的匠心创作。《夷坚志》载有“舒民杀四虎”的故事，说是绍兴二十六年（1156年）舒州境内某山村“有妇人为虎衔去，其夫不胜愤，独携刀往探虎穴”。“初，寻迹至虎穴。虎牝牡皆不在。有二子戏厓窦下，即杀之，而隐其中以俟。少顷，望牝者衔一人至，倒身入穴，不知人藏其中也。吾急持尾，断其一足。虎弃所衔人，踉跄而窜。徐出视之，果吾妻也，死矣。虎曳足行数十步，堕涧中。吾复入窦伺牡者。俄（牡者）咆跃而至，亦以尾先入。又如前法杀之。妻冤已报，无憾矣。”这段文字与《水浒传》第四十三回《黑旋风沂岭杀四虎》比较，相同者三：一、先杀二小虎在穴外。二、潜身穴内，戮杀倒退入穴之母虎。三、虎负伤，堕崖死。所不同者一死妻一死娘，而《水浒传》描写更具有细节的丰富性和趣味性罢了。施耐庵应该感谢洪迈，是吧？

二郎腿的解释

架腿而坐，跷一脚，谓之二郎腿。不但川省有此说法，外省也有。这是二郎神的坐姿。鄙人故乡川主庙正殿上所塑二郎神像，以及吾蜀都江堰二王庙旧时二郎神像，皆如此状。二郎其人，传说是秦时郡守李冰的次子，助其父凿离堆，斩蛟除害，死后封二郎神。《封神演义》有二郎神杨戬，由传说而小说，更荒诞不经了。

蜀中旧有孽龙神话，与水有关。以音求之，二郎就是孽龙。二，古音 ni，与孽（niè）近。郎龙双声对转。孽龙原为水害，被夏禹王收服，协助治水有功，享祀为神。在屈原《天问》里就是应龙。应龙以尾画地成河，导洪入海。“应龙何画，河海何历？”问的就是此事。这类远古神话，被儒家改造成有教育意义的人伦故事，龙变郎，孽变二，归到郡守李冰名下做了次子。李冰是战国秦昭王时人，事见《史记》。在李冰以前的两千年前，龙治水的神话就有了。夏禹王自身就是一条龙（史学家顾颉刚说“禹是一条虫”），活在神话里。

二郎神的坐姿绝对不合儒家规矩。所谓跷二郎腿，用专业术语说，应是禹步。相传禹治洪水，尽力沟洫，十年不入家门，患得偏枯之病（偏瘫），一腿僵死，成了跛子。少时曾见巫师作法，一脚跳行，一脚跷起，谓之禹步，就是在模拟禹。都江堰的二郎神像塑成坐姿，右腿架搁左腿之上，也是在模拟禹。20 世纪 80 年代，改塑成立姿，手持锹铲，二郎腿也不见了，神秘之感丧失殆尽。旧塑留着远古神话尾巴，表明我们从何处来，也算尊重古文化吧。改塑成修水利的民工，使二郎腿一词失据，后人难以考索，实在不值。

丧家狗二说

先从丧字说起，够麻烦了。汉代学者许慎认为，丧字是由哭亡二字组装而成，哭亡为丧。可是看看丧字繁体，上面看不出像哭字，下面看不出像亡字。又看篆文，两个口若移到顶上面去，哭字就明显了，下面也确实是个亡字。再看金文，比篆文早，怎么又不像哭亡二字了。再看三千四百年前最老的甲骨文，绝无什么哭亡二字，分明是一棵桑四个口，同噩字很相似。原来最初造这丧字，四口表示众家属哭死者，桑只表音，读 sāng，而不读 sàng，丧失的丧。后来甲骨文被岁月埋没，世间无人知晓曾有这种文字存在，才用哭亡二字新造丧事的丧字。晋代著《搜神记》的干宝说："桑者，丧也。"蜀中至今仍有"门前不栽桑"的说法，或系三千四百年前甲骨文丧字留下的记忆。

丧的繁体

丧家狗一词见《史记·孔子世家》。据说孔子游郑国，大街上与弟子走散了，独自一人站在东门发呆。郑人告知子贡："东门有人……累累若丧家之狗。"子贡去找，果然找到孔子。子贡转达原话。孔子听了，笑曰："谓似丧家之狗，然哉然哉。"这里的丧字仍然是办丧事的丧，读 sāng 吗？抑或是后来的丧失的丧，读 sàng 呢？如果读 sāng，"丧家之狗"就是办丧事家的狗。三国时魏国的王肃说："丧家之狗，主人哀荒，不见饮食，故累然而不得意。孔子生于乱世，道不得行，故累然不得志之貌也。"意思是说，家中办丧事，主人整天哭哀哀的，一心伤悼死者，不暇饲狗。狗挨饿，疲羸没精神，感到很失落。孔老先生西游郑国，弟子走失，自己迷路，如蟹断了六脚，十分可怜。别人说他满眼凄惶，面有饿狗表情，也真够损。孔老先生听了，不以为辱，反而欣然。这种涵养，这种反身观照的趣味，让人觉得夫子为人可爱。在下赞同此说。

篆文

金文

如果读 sàng，“丧家之狗”就是丧失主家的狗。昔年鲁迅骂梁实秋是“丧家的资本家的乏走狗”，丧读 sàng，丧失也。杜甫早就这样用过。《杜工部草堂诗笺》第二十之《将适吴楚留别章使君》云：“昔如纵壑鱼，今如丧家狗。”比喻无所归依。与纵壑之鱼相对偶，丧家之狗的丧必须是动词读 sàng。读者明察，我未说过鲁迅把成语用错了。

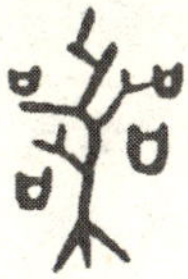

甲骨文

忆我幼年祖父病亡，家中办丧事，道场做七日。门前拥挤，院中喧阗。吊客不绝，鱼贯而入，鸦噪而出。守门黄狗平时见客就吠，终日虎踞门口。此时不知该吠谁和不该吠谁，迷惑不安。加以锣鼓轰鸣，爆竹震耳，使它恐惧，不得不弃守了自己的岗位，躲入后院僻处狗窝，满眼凄惶。这才是丧家之狗的真相。儿童最能体会狗的心情。王肃只说主人忘饲，生理上的饥饿罢了，根本没有搔到痒处。

孙行者对胡适之

据说陈寅恪出题，上联是“孙行者”，求下联。下联应是“胡适之”。对得好，绝了。说来这不过是文字游戏而已，但是能考查出应试者的国学常识水准，正所谓窥一斑而知全豹。按照游戏规则，词性相同，平仄相异，方可成对。者对之，虚词对虚词，仄声对平声，遵守了规则。行对适，动词对动词，平声对仄声，也不成问题。行是动词，读者容易明白。适是动词，稍需举例，如“适用”和“适口”，又如“少无适俗韵”和“君向长安余适越”。特别是“适越”，出自《庄子》的“宋人资章甫而适诸越”，适的意思就是去到（某地），不但与行词性相同，而且事体相类，可以说是对得很好。孙对胡，平声对平声，岂不犯了规了？不算是犯规，对联容许句首一字不顾平仄。妙的是拿胡去对孙，实在是谐谑。胡孙是猴子的别名，宋代早已这样叫了。苏轼《仇池笔记》云：“人言弄胡孙，不知为胡孙所弄。其言颇有理。”胡适旧名胡适之，提倡白话文以后，自斩文言文之字尾巴，表示决裂。下联偏又复其旧名，亦调侃也。

近来见有异说，称下联应是“祖冲之”。据说上联的行，放在那里读 xìng，仄声，只有平声的冲能够对上。此说不敢苟同。行作名词使用，如《论语》的“听其言而观其行”，方可读 xìng。行者，即行脚僧，所谓云游和尚，行显然是动词，读平声没有错。祖冲之，字文远。名与字，相呼应。冲为形容词，冲淡、冲和、冲虚、冲寂、冲静、冲漠诸词可作旁证。冲有作动词使用者，乃冲之借字罢了。《说文解字》的冲，置于一群形容词内，哪能是动词呢？

林徽因的名字

已故多年的前辈女作家林徽因先生，原名徽音。徽音一名，想系长辈给她取的。从前生男育女，长辈赐以嘉名，多从四书五经翻找字眼，挺讲究的。旧时吾蜀军阀之出身行伍者，如邓锡侯、刘文辉两位先生，他们的名与字，居然也是从《周易》里取的。林家书香门第，生个小姐，取名徽音，哪能没有根据。徽音这两个字联组成一个词，最早见于《诗经·大雅·思齐》第二章之首句："大姒嗣徽音，则百斯男。"林徽音的名字，估计是从这里取的。

《思齐》这首诗赞美周文王，顺便也赞美了周文王的后妃，也就是大太太，名叫大姒。大姒读作太姒。诗句说，太姒"继承了美好的德行"，所以生了一百个男。嗣者，继承也。徽音者，美好的德行也。

此事甚可怪异。谁不知妇女育龄阶段有限制，这位大太太怎能生一百个，且都是儿！更何况生多生少，乃取决于夫妻双方生理状况，与妻的"美好的德行"有何相干。这诗句的说法可信吗？

《左传》载，周文王嫡出的二儿子周武王下面共有八个同母弟弟。加上大儿子伯邑考和周武王自己，也才十个儿呀，哪来"百男"。诗句的注疏说："大姒思贤不妒，进叙众妾，则能生此百数之男。"原来竟是这样，大太太不但不吃醋，还安排一大群小太太有序地去服侍周文王他老人家，于是生了百男之多。这就是大太太"美好的德行"。推想林小姐小时候名徽音，并不知悉这"美好的德行"是如此之可笑。迨至成人，读了《诗经》，乃恍然大悟，遂改名为徽因了，也不好说明非改不可的理由。

古月胡之类

旧时成都盐市口有一家甜食店，三合泥最有名，水晶糕也不错。门悬金字匾，隶书古月胡。最初开业老板姓胡，川人口音不正，胡符二姓都读 fú 音。为了区别开，一称古月胡，一称竹头符。古月胡做招牌，通俗好记，就没人问一声：“古代的月亮和姓胡的有啥关系呀？”

原来篆文胡字右旁不是月亮的月字，而是一条猪腿，亦即肉字。肉字作偏旁用，如肌脂肥肺肝脾肠胃肾脸胸肚肛臂臀等，为了书写方便，都被简化成月字了。胡字从肉，古声，是指黄牛颈下肉垂。水鸟名鹈，见《诗经》之“维鹈在梁”，其颈下有肉垂状的嗉囊，所以俗呼鹈胡，胡又写成“鹕”字。这样看来，若要服从文字学的常识，胡字拆成古月，那就错了。

今人有拆姓为名者，如罗（羅）四维、雷雨田、成刀戈、余未人、夏百友、申由甲、贾西贝、覃西早，全弄错了。罗乃罗网，上面是网简化，非四。雷字下面三个球形闪电象形，俗呼滚地雷者是也，其古文为一大一小的两个同心圆，非田。成字左旁弯拐是丁变形，非刀。余字上面非人，下面非未，其整体不能拆，乃蟾蜍之象形。夏非百友合成，贾非西贝合成，覃非西早合成，怕读者烦，不解说了。申字上看亦非由，下看亦非甲，本系枝状闪电象形，其整体不能拆。也有拆姓为名而并未弄错的，作家舒舍予（老舍）和张长弓这两人而已。

张益德是何人

民国时期四川军阀中有邓锡侯，出身行伍。传说他文化低。但是他的大名锡侯表字晋康，你却不敢小看。此名此字，大有来头，竟出自《易经·晋卦》头一句：“晋，康侯用锡马蕃庶。”你看，名和字尽在此句中，你敢笑他文化低吗？鲁迅说，阿Q如果名桂，就该字月亭了。由此可知旧时通行名与字相呼应，例如冉耕字伯牛，孟轲字子舆，关羽字云长，周瑜字公瑾，便是耕呼牛应，轲呼舆应，羽呼云应，瑜呼瑾应。简言之，名字之间有相关性。

去岁初冬，陪余光中教授游成都武侯祠，见张飞殿悬有解说木牌，公然写的是“张飞字益德”，令我大惊。谁不知道“燕人张翼德”呀，怎么又钻出个张益德！指给余光中看，他也说写错了。我说：“飞与翼相呼应才对嘛。”坚信是写错了。过了几日，内心生疑，窃有不安，便去查《三国志》关张赵马黄传。天哪，史书上是益德，非翼德！不怕见笑，坦白说吧，我未读过《三国志》，无知于我乃必然，不错才怪。幸好我为人“责任心”不强，未跑去找武侯祠管理处提意见，得以免致歪嘴婆娘照镜子——当面丢丑。

《三国演义》上是翼德，那是小说。确实，翼字才通。虽通，小说不可为据。《三国志》是历史，不可妄改。可能张飞当时就是用的益德。名字互相呼应，容有例外。

武大郎诨名考

今本各版《水浒传》第二十四回的正文都写到武大郎“面目丑陋”“生得短矮”，被人起个诨名，叫作“三寸丁谷树皮”。这诨名何所指，我至今读不懂。是有一种植物名叫丁谷树吧？吾蜀旧传曲艺唱词《武十回》有句云：“丁谷树皮三寸长。”那种树皮特别丑吗？特别短吗？丑得短得就像武大郎吗？这恐怕讲不通。我看总得有个解释才好。猛想起繁体字排印本，少时读过，那个谷字作繁体的“穀”字。这个穀字被简化成山谷的谷字了。这本是五穀的穀字啊，就这样阴悄悄下岗了，令人惋惜。

这个“穀”字，在繁体字排印本上，据我推测，是个错字，所谓“手民误植”。正字应该是“穀”，从木而不从禾。穀即穀树，俗作构树，落叶乔木，果实色红。穀树皮的纤维可造纸，名穀皮纸。穀，川音读gòu，与构音同。武大郎的诨名应该是“三寸丁穀树皮”。三寸丁，丁钉古今字，亦即三寸钉，形容身材矮矬如钉，脸部扁缩如钉头，正合原文“生得短矮”“面目丑陋”二句所写。穀树因被割取穀浆（贴佛金用），致使树皮皲裂皱褶，疤痕累累，就像武大郎身上和脸上粗糙的皮肤。三寸丁与穀树皮乃是两码事，不可以误读为“丁谷树”。世间亦无名丁谷之树也。今本和古本《金瓶梅词话》第一回的正文，潘金莲云：“我家那身不满尺的丁树，三分似人，七分似鬼。”这里的“丁树”正是误读的结果。由此可知《金瓶梅》的作者亦未读懂武大郎的诨名，害得潘金莲也误读。

阿Q姓氏猜想

姓，秉承自自家的祖先，不可随便改易。旧时人家崇敬自家的姓，所以初次见面先须请问贵姓。国人问姓，洋人问名。国人呼老张叫小李，洋人唤保罗喊约翰。姓之于旧时的中国人，如命根子，一朝割断，姓丢失了，便难以立足于社会了。顷阅某报随笔副刊《阿Q为何要姓赵》一文，引起我的兴趣。据作者说，阿Q酒后郑重宣布自己姓赵，无非是想高攀赵太爷认本家，意在借光而已。这样诠释也通。但是我看还有别的诠释，不妨想得更复杂些。

鲁迅不写阿Q姓啥，故意留下疑案。《阿Q正传》文中，阿Q本人不能说明自己姓啥，我看不是由于头脑昏聩所致，恐有隐情在焉。一、他可能是弃婴被外人养大的，查不出姓。二、或许自幼而孤，流落到未庄来，忘却故乡在哪，没法去查。以上两种可能，缘于赤贫生活境遇。旧时这类悲剧随处有之，洵可悯也。今之年轻读者，一般纨绔膏粱，容易忽略这两方面。阿Q不知自己姓啥，内心必定痛苦。身家无考，来路不明，依托失据，在未庄遭白眼受凌辱那是必然的了。不过，或许还有第三种可能，就是阿Q心知自己姓赵，但不敢说（私生子嘛，生父是赵太爷家的人）。酗酒壮胆说了，原想借此肯定自己身份。赵家害怕丑事暴露，辱没门风，便打阿Q，意在封口。若然，悲剧就更深了一层。

两处桃花源

湘西桃花源门联：“红树青山，斜阳古道；桃花流水，福地洞天。”意象丰腴，语气从容，洵佳联也。不知作者是谁。上联当系“红树青溪”，出自王维诗《桃源行》的“坐看红树不知远，行尽青溪忽值人”句。但考虑到下联已有“流水”，故改“青溪”为“青山”，以免重复。下联“福地洞天”道教口吻，所谓三十六洞天七十二福地皆为神仙幽居之所，见《云笈七签》。那样美的灵境，本来是陶渊明的遗产，道士跑来攫取，手伸得太长了。《桃花源记》写得清楚，那里住的全是农夫，并无一个神仙，更无道士。

近二十年，旅游热闹，名景卖钱。原属川东（现属重庆市）酉阳地区的二酉洞开发了另一处桃花源招徕游客。此地同湘西桃花源一样，晋时亦属武陵郡地，所以也有理由对号入座，说《桃花源记》写的就是我们这里。奈何湘西的资格老，唐宋以来已有碑记做证，川东的履历浅，刚刚炒热，在竞争中处于劣势。劣势就包装吧，请我撰写门联：“无影无踪，渔郎路志；有根有据，陶令文章。”上联用了《桃花源记》“便扶向路，处处志之”原文，说渔郎沿路做的标志不见了。下联说这里的景点在《桃花源记》文章中可以一一对应，不假。意思尚可，艺术太差。意象干瘪，语气急促，真是拙联也。下联显露出争辩的鄙态，欲取胜而反招败矣。

争个啥哟？大哥二哥，都差不多。若比先后，当然是湘西的占先，川东的落后。若比真假，那就对不起了，都是假的。陶渊明是大文学家，具想象力，能从无中生出有来。两处桃花源都是照着葫芦画瓢，只能比较谁画得更像而已。

雌伏对雄起

公鸡懒，不孵蛋。孵蛋者皆母鸡。孵蛋母鸡在《淮南子》书上谓之伏鸡。“伏鸡搏狸”可见“不量其力”，句见此书《说林》篇内。狸是山猫，又名豹猫，比家猫大多了，凶猛亦远胜之。鸡本来就不是狸的对手，跑去搏斗，只能送死。母鸡弱，更不行。伏鸡尤其弱，毫无战斗力，羽毛乱蓬蓬，伏窝不敢出。你伸竹竿进窝探探，它只会咯咯咯一阵叫，叫公鸡来救命。我养过许多鸡，“实践”过，出“真知”。总而言之，伏鸡最可怜了。

伏鸡有时候被称为伏雌，见较《淮南子》晚出的《乐府诗集》所载《琴歌三首》。歌曰：“百里奚，五羊皮。忆别时，烹伏雌，炊扊扅。今日富贵忘我为？”

伏雌一词，如果倒转，变成雌伏，孵蛋母鸡也跟着变成了母鸡孵蛋，或已无蛋可孵，还在窝中赖抱。有这样用的吗？有。《后汉书·赵典传》中赵温说：“大丈夫当雄飞，安能雌伏！”雄飞之壮观与雌伏之可怜正好对比。雌伏对雄飞，谁曰不宜。不过我认为，雌伏对雄起，更佳。雌雄二字之连用，亦如起伏二字之连用，所以，雌伏对雄起，恐怕更妙些。

雌伏一词千多年前就在书上写着，似乎在那里等着配对偶。直到今日，终于等来我们成都足球迷的一声吼叫：“雄起！”这是汉语历史上的一个佳话，证明这种语言能够打通古今千年之隔，有惊人的活力。雄起虽然是口语，但也可以视之为文言，正与雌伏之为文言相同。雄起其实不俗，堪称吾蜀雅言，或应收入辞书。辩解既毕，且仿照《声律启蒙》来一段韵文：“强对弱，悲对喜。雌伏对雄起。胜败对输赢，套边对沉底。用力冲，使劲挤。高尚对卑鄙。判我犯规则，找你说道理。流氓肇事翻栏杆，球迷伤心捶座椅。放势加油，金牌全国同争。收赛鸣笛，臭汗各家自洗。”

古人科研

周礼所谓六梦

《周礼·春官·占梦》乃吾国最早的释梦之作，分梦为六。第一正梦，查无外因，正常而梦。第二噩梦，受惊被扰，不安而梦。第三思梦，因怀念某人而梦。第四寤梦，因谈说某事而梦。第五喜梦，欢乐而梦。第六惧梦，害怕而梦。柏拉图说：梦是一种感情的产物。这可以概括喜梦和惧梦。亚里士多德说：梦是一种持续到睡眠状态中的思想。这可以概括思梦和寤梦。可知中西之说大体相同。

周王设有占梦之官，专职占卜王梦是吉是凶。每年腊月下旬，占梦之官研究王梦，推断吉凶。梦若吉祥，宣告群臣，公堂庆贺。梦若凶恶，出差四方，把梦送掉。梦官还要研究群臣的梦，发现吉梦，敬献周王，归美于老人家。周王收受吉梦，还要拜谢一番。读者勿笑，这些皆是那个时代的思想工作和宣传工作，很严肃的。

占梦亦有一套专业学术，无非阴阳五行、干支时辰、象数征兆，多属迷信。后世解梦，谓之圆梦，又攀扯上文字游戏，鄙陋不学，十分可笑。下引《晋书》记载两条。张茂梦见大象，占梦人说：大象即大兽，也就是太守。你要当太守了。郦范梦见阴毛暴长，占梦人说：脐下毫盛，齐国下面豪杰众多。你要调到山东去当官了。

梦的本质，晋代有《梦书》说，那是人睡熟后，灵魂出游，受阴气和阳气的交感，有吉有凶，可以预见祸福。又说，贤者和智者在梦中预见自己的过失，可以及早改正。此说须有一个前提，就是必得假设另有一个神秘世界存在（愚民谓之阴间）。这是有神论了，我不信。

梦是一种画谜

诚如弗洛伊德《释梦》所云：梦其实就是这么一种画谜。只是我们祖先却没有把握住真正的释梦方法，而误把画谜当作一张艺术作品加以鉴赏，也因此，才会认为梦是毫无意义，一文不值的。《梦书》所载，夏桀王梦疾风坏其宫，殷纣王梦大雷击其手，画出暴君内心恐惧，怕遭天谴。《史记》所载，孔子死前梦坐奠两柱之间，画出圣人念念不忘自己是商民族的后裔，负有传承文明之责。秦始皇梦与海神斗，画出暴君生性狂妄。《蜀记》载，关羽年衰，攻打樊城，梦猪咬脚，画出胆怯，果然被杀。这些画面鲜活的谜都很好猜。

梦是画谜，而画必具形象。一切形象又来源于生活中的视觉印象，于是问题来了：盲人也做梦吗？

最先触及这个问题的是乐令，事见《世说新语》。乐令认为，梦源于想，想源于因（因指所见）。无因则无想，无想则无梦。没有听说过谁梦见乘车入鼠穴，舂蒜啃铁杵。没有这样的因，没有这样的想，也就没有这样的梦。唐代段成式《酉阳杂俎》说：“夫瞽者无梦，则知梦者习也。”习谓见惯。瞽者目盲，一无所见，所以无梦。

但是我猜想盲人也做梦。正常人的梦是画谜，有形象可想。盲人的梦应是声谜，该有声像可想。声音通过盲人的听觉器官印入大脑，留下声像，在潜意识中酝酿着，也能制造出梦来。如果不是天生而盲，也曾多有所见，那他的梦也会残存形象。须知做梦乃是大脑工作内容之一，不可或缺。猫狗都要做梦，何况人呢。《酉阳杂俎》又说：“驺皂百夕无一梦。”那是对马夫牛仔的偏见。

屈原与夏夜星象

夜读《天问》，惊见理性和知性之光耀眼，乃知屈原绝非那些装疯卖傻感性泛滥之徒，心生景仰。《天问》对神话和历史全盘怀疑，从宇宙发生论到山海荒诞经，从夏禹王崛起到商纣王失国，一一挑战问之。这博学的诗人，他还熟悉天文星象。《天问》出现角宿一词，知他认得周天二十八宿，不是星盲。写《抽思》时流放汉北（今襄阳市北岸）。其句曰："望孟夏之短夜兮，何晦明之若岁。惟郢路之辽远兮，魂一夕而九逝。曾不知路之曲直兮，南指月与列星。"那个孟夏中旬月夜，屈原梦见南逃郢都，魂迷路了，全靠南天星座辨识方向。若是星盲，能在梦中识别夏夜南天诸星座吗？

那个夜晚他应该看见哪些星座呢？他没有说，但我们仍能够查个水落石出。孟夏农历五月，今之阳历六月。由于天文岁差，星空已西移三十度天区，正是阳历七月星象——这就是他做梦看见，我们今日也能看见的南天诸星座了。说准确些，屈原在流放地，即在襄阳北纬三十二度地面，那个夜晚，面向南天（郢都在正南方四百里外），初昏看见天蝎星座，深夜看见人马星座，半夜看见摩羯星座，凌晨看见宝瓶星座。当然，屈原所见那些星星另有不同的组合象，他称之为房宿、心宿、尾宿、箕宿、斗宿、牛宿、女宿、虚宿、危宿，皆灿然可观也。

今之写新诗的多属星盲，不但分不清北极星和北斗星，且也分不清行星与恒星，仅识大救星耳。可叹可叹。

天下的中央

《庄子·天下》中，惠施怪论之一："我知天下之中央，燕之北越之南是也。"燕国之北，也就是北方的北方，暗指地球北极。越国之南，也就是南方的南方，暗指地球南极。人到北极仰望星空，但见以天顶为圆心，满天星星皆做周期为二十四小时的顺时针方向的圆周运动，如旋伞篷一般。伞柄之下当然是天下的中央了。同样道理，人到南极仰望星空，所见亦是如此。地球上唯有北极和南极可以被称为天下的中央。惠施一定坚信地是球体，而且绕轴自转，所以才做如此猜想。

惠施的猜想没有人响应，被视为怪论。当时权威说法，地像方桌面，天像圆锅盖，盖在方桌面上。照此模型，桌面正中就是天下的中央了。据《水经》说，这个中央在中国西北方，距嵩山五万里，是一座山，高一万一千里，名叫昆仑，正是"地之中也"。《神异经》曰："昆仑有铜柱焉，其高入天，所谓天柱是也。(铜柱)围三十里，圆周如削。下有回屋，仙人九府所居。"天柱的作用是支撑起圆天盖，盖上嵌着星星。《河图》曰："昆仑，天中柱，气上通天。"昆仑山下是昆仑墟，《山海经》说那里有青河、白河、黄河、黑河、赤水、弱水环绕，凡人休想到达，只有神仙聚居那里。神仙可以缘着天柱上天宫去，拜见天帝。天帝也可以缘着天柱降落昆仑山，顾视众生。直到唐代，王勃《滕王阁序》还说"天柱高而北辰远"，深信不疑。

必待近代西学东渐，有了地理科学之后，昆仑真相方才大白，数千年之迷思(myth)方才打破。回头看惠施的怪论，如玉出璞，光辉可爱。他是醒得太早，所以不被人理解吧？

林间日影筛金

大树浓荫，日光透叶隙而落地，皆作圆形，若金币然。仰看叶隙，隙孔并非圆形，这就怪了。隙孔既不圆（多作三角形），为何透过隙孔而落地的光斑，个个皆圆？小时候不思考这个问题，也不认为这是一个问题。满十岁那年看日偏食，在老家柚树下，先是阳光明亮如常，柚树浓荫下的光斑皆圆。食始，光斑由圆而缺，缺口由小而大。食甚，光斑由半圆形而镰刀形，而蛾眉形。此时阴风忽起，仿佛夜晚乍至，树鸟为之惊飞，家狗为之狂吠。几分钟后，日食结束，太阳复圆，光斑也跟着复圆了。至此憬悟，光斑原是太阳投影，所以平时皆圆，而与树荫叶隙形状无关。树荫下如此，屋下亦如此。昔年平房瓦屋，日光透瓦隙而落地，亦圆形也。

若是在竹林里，情形应有不同。推想起来，竹叶间的隙孔更小些，又有风的扰乱，所以光斑多琐碎不成形。韩愈《城南联句》一诗孟郊出句云："竹影金琐碎"，写得实在准确。沈括《梦溪笔谈》纠正说："所谓金琐碎者，乃日光耳，非竹影也。"细思之，纠正得有道理。竹影乃是阴影，岂能"金琐碎"耶？只有竹林下的日影方能形容为金琐碎。

吾蜀青城山，得天下之幽，林间阴暗，圆光斑不多见。偶入低矮林间，树叶不密，遍地金币灿然，令我会心一笑，造出"树影筛金"一句。觉得筛字甚妙，又想造个对句，自己考考自己。想了许多，皆不工整。林间蝉声噪耳，就像在给我"递点子"，便造了个"蝉声戛玉"，刚好对起。戛，刮磨也。我从未戛过玉，想象那声音如同指甲刮玻璃，听了难受者，正是蝉声也。

所谓宇宙之声

欧洲文艺复兴以前，是所谓黑暗的中世纪，盛行宗教迷信，致使天文学开倒车。那时普遍信仰天空为透明的水晶穹盖，满天星都嵌在水晶穹盖上面。这个水晶穹盖旋转不停，所以夜晚看见群星运行，东升西落。水晶穹盖旋转，当然有轴，自天而降，插在大地中央的神山上。如此巨型结构，转动起来当然有声，那就是最美妙悦耳的宇宙之声了。怪哉，为啥听不见哪？天文学家说，凡人无灵耳，哪能听得见。须待夜深人静，人地俱寂之后，枕上瞑目聆听，方能有幸闻此天籁。少时我听见过，似乎是用心灵听的。那一缕遥远的美妙之声，单调持续，若有若无。真要睁开眼睛，起床来听，又消失了。此事太缥缈，不好对人说，唯自家知之。

追及中年以后，那一缕声音听得更清楚。特别是在失眠之夜，一闭目就听见。后来终于真相大白，哪有什么美妙之声，这是耳鸣！原来中世纪的天文学家所听见的，就是他老先生自己的耳鸣啊。

《说文解字》："聊，耳鸣也。"今人说"耳朵闹"。聊在这里就是晚出的闹字。古曰聊，今曰闹。刘向《九叹·远逝》："耳聊啾而惝慌。"王逸注："聊啾，耳鸣也。"啾在这里就是晚出的叫字。古曰聊啾，今曰闹叫。惝慌即怅惘。人衰老了，心情怅惘，耳朵闹叫。少时静夜所闻美妙之声，实为体弱早衰之先兆啊！朋友安慰说："你听见的是你自己的血流声，不必紧张。"我翻《辞海》，查到耳鸣词条。释云："由于听觉器官病变所产生的异常声音感觉。"毕竟是"病变"，岂可不留心。

大海的尾闾

百川东流到海，滔滔不舍昼夜，如果海底无排泄孔，海水岂不愈涨愈高，最终淹没陆地？古人猜想，一定有排泄孔，漏个不停，以维持海平面的常态。《庄子·秋水》篇内，海神告知河伯，此孔名曰“尾闾”。何谓尾闾？注解《庄子》诸家早已有说。我想另辟蹊径说之。古人命名，推己及物。吾人尾椎骨下有个闾门，职司排泄。海底的排泄孔，所以也命名为尾闾。闾是里弄大门，见之于《说文解字》的门部。闾与直肠终端的肛门互为喻象。

海水漏出尾闾，流到哪里去了？回答不了，就猜想吧。说是尾闾之下，有一大石，呈立方体，每边长四万里，高温炽热。海水漏溅石上，立即汽化，升天为云。此石名曰沃焦，水一沃，就焦了。焦，水尽而干也。

今人调查，发现东太平洋的关岛、菲律宾及我国的台湾三角海区内，真有海底泄孔，亦即尾闾。泄水量大，使海面形成了可怕的大漩涡，二战期间吞没不少美军舰艇，乃至飞机。可知古人提出尾闾之说，或许也有事实根据，并非凭空猜想。应用卫星技术，发现各大洋皆有海底泄孔，不明白那些水漏到哪里去了。同时发现各大洋又有海底喷泉，水温烫热，若煮海然。似乎真有沃焦之石，在海底深层下，给漏入的水加温，烧成沸水，冲喷成泉。海水此处漏入，彼处喷出，形成海底深层下的河川运动，而动力来自地热。强地热的载体也就是沃焦了。

《庄子》书中说到尾闾，《山海经》中说到沃焦，从前的注解者多以神话视之。神话固然有，但又不全是。古人也会观察，不要小看古人。

房星与马

环列天球黄道上的二十八宿，在中国古代的星图上，乃是二十八个星座，和现代天文学黄道十二星座大不相同，千万勿混淆了。古之二十八宿始于苍龙七宿——角、亢、氐、房、心、尾、箕。角是龙的双角。亢是龙的喉咙。氐是龙的两肩。房是龙的胸房。房宿四星纵列一排，夏夜南天见之，属于现代天文学的天蝎星座。房宿的四颗星又被古人想象成拉车的四匹马，故又名天驷星。这样一来，房星就与马扯上关系了。所以纬书《瑞应图》说："马为房星之精。"意即房星下凡变马。此属迷信，自不待言。

李贺《马诗》第四首写得好："此马非凡马，房星本是星。向前敲瘦骨，犹自带铜声。"瘦骨铜声，想象甚奇。理之所无，偏是金句。没意思的是"房星本是星"太詹詹费词。房星是星，正如某人是人，说了等于白说。少时读到这一句，总不免存疑。想了五十年，我敢断言，这句错了。李贺原句应该是"房星是本星"，意即房星是此马的本命星。正因为房星是本命星，所以"此马非凡马"。这样一颠，就通顺了。不但通顺了，上下句亦随之成对偶了。房星对此马，是对非，本星对凡马。五言绝句多用对偶起头，例如"白日依山尽，黄河入海流"，又如"江碧鸟愈白，山青花欲燃"，再如"澹澹长江水，悠悠远客情"。李贺《马诗》第五首的"大漠沙如雪，燕山月似钩"和第七首的"西母酒将阑，东王饭已干"以及第二十首的"重围如燕尾，宝剑似鱼肠"都用对偶起头，可作旁证。不过终属猜想，拿不出铁证来。坊间印本查了四种，皆错。估计《李长吉歌诗》的老刻本就错了。

河图猜想

三千年前，周成王崩，大办丧事。灵堂外面走廊上摆设种种宝物，让吊客开眼界。同美玉放在一起的就有河图，据说是黄河里龙马驮出来的奇珍异宝，上面有图。《周易·系辞》说：“河出图，洛出书，圣人则之。”据说圣人伏羲仿照河图画出八卦。河图盛世涌出，乃是国家祥瑞，所以孔子感叹说：“凤鸟不至，河不出图，吾已矣夫！”显然他老人家从未见过河图是何模样。史学大师顾颉刚说，可能是一种玉，上面有字。究系何物，迄今仍无定论。

洛阳友人梅艺辛说：“那是黄河奇石，有图案的。”1999 年 4 月 29 日下午，他引我到新安县的下孤灯村去看奇石。石上天然图案，各呈日月星辰山川人物鸟兽之象，令我叫绝。奇石都是从黄河里寻觅来的。村民贩石为业，远销海外，各发小财，善哉善哉。说这就是河图，深得我心。遥想三千年前，黄河洪灾之后，必定冲出许多奇石。百姓拾得奇石之绝佳者，献给天子，视为珍宝，藏之府库，谓之河图，不亦宜乎。黄河洪波如万马之奔腾，那就是驮图的龙马了。三千年之隐秘，一朝揭晓，艺辛功莫大焉。观其为人，儒雅谦和，好学深思，创见非偶然也。

图的繁体

篆文

当时我见不少奇石有同心圆图案，猛然想起篆文“图”字，不就是卵石上呈现着同心圆图案吗？先民见奇石上的图案，受到启发，临摹出来，便是绘画。他们把有图案的奇石叫作图，创作了象形的这个“图”字。

同心圆纹石

魁星是何物

魁本来是汤瓢，不是星名。北半球的居民最熟悉的北斗七星，用假想的虚线连缀起来，形似汤瓢，所以把它叫作魁星。《史记·天官书》中，北斗七星又被古代天文学家分成两个部分。盛汤的部分四颗星围成四边形，名魁。执柄的部分三颗星牵成一条线，名杓，杓音 biāo。“杓携龙角，魁枕参首”，是说北斗七星用杓牵引东方苍龙七宿，用魁镇守西方白虎七宿，具有中央统摄之象，伟大非常。道教拜斗，就是礼拜北斗，亦即魁星。明清两代，吾蜀州县莫不有魁星楼，供奉魁星，据说事关本地“文运”。不是指的文学，是说科举考试，魁星保佑本地的读书人级级高中，功名圆满。

魁星又叫奎星。成都有奎星楼街，在少城内。奎星本属白虎七宿，有星十六颗。《史记·天官书》说奎星“为沟渎”管水利，同象征中央的魁星绝无关系。皆因奎魁两字音同，被道教搞混了，误为同一星群。后代孔门士子又见道教纬书中有“奎主文昌”之说，便鼓动州县修建奎星楼，祈祷奎星保佑。士子们只读四书五经，不懂古代天文学，误把魁星当奎星，所以都叫魁星楼。

楼建成了，魁星像怎样塑？心中没谱，就在那个魁字上打主意。左旁鬼字，塑成狰狞鬼头鬼脸，能把小孩吓哭。鬼头左下一撇，塑成此鬼右脚向后撅起。鬼头右下的大弯钩，塑成此鬼左手向前伸出，托起一具量米的斗，而右手高举笔，笔尖指斗。这就是所谓的魁星点斗，表示考卷文章优秀，被点中了。

如此艺术构思，映照出科举制度中读书人头脑之鄙陋可笑。这类文化糟粕，还是不要继承的好。

鬼火的第二说

《正气歌》的“阴房阒鬼火”显然套自杜甫《玉华宫》的“阴房鬼火青”。古人也有不信鬼的，断鬼火为磷火。欧阳修说石曼卿墓地上“走磷飞萤”。走磷便是游荡低空、忽隐忽现、青绿色的磷火。《辞海》的解释为“尸体腐烂时由骨殖分解出来的磷化氢，在空气中会自动燃烧发光，夜间在野地里看到”。如此说来，火是真火。这算是一种说法吧。鬼火到底是啥？愚以为应该有第二说作补充。

昨读明代《天工开物》，作者认为所谓鬼火“乃朽木腹中放出”，朽棺残片雨水浸后，暗夜放出阴火。此说着眼于木，给我启发。昔年锯木成板，住宿工场。夏雨连绵多日，场地潮湿，堆木浸润，都生菌了。一夜睡醒如厕，出门看见横架在马杆上的大木，绿火荧荧，吓得我止步。这是一段未锯完的杉料，长丈径尺，通体发光。已锯下的薄板叠在马杆后面，同样发光。毕竟有些化学常识，立即断定这是磷光，亦即所谓鬼火。上前细看，此火无焰无热，绿光忽明忽暗。伸手抚摩，手亦发光。落在地上的一块碎木，同样发光。拾回室内，点灯视之，便无光了。吹灯又看，仍然发光。这块碎木藏入床下，三夜发光，光递减弱。后干透了，光即全灭。多年后才明白，这是生物发光。有一种能发光的细菌，遇温度和湿度正合适，便在木材上繁殖起来，暗夜显现绿光。从前的人夜见古木发光，指为鬼火，与磷化氢燃烧发光混为一谈。这该是鬼火的第二种说法吧。

太岁头上动土

太阳系的八大行星，木星最大，亮辉不闪，引人注目。木星在黄道上缓缓移行，由西向东，一年一宫，十二年内历遍了黄道十二宫，完成了一周天视位移，回到起点。文天祥《过零丁洋》有“干戈寥落四周星”句，星指木星，是说木星已四周天，干戈扰攘四个十二年了。商代曾用木星纪年。岁这个字，最初就指木星。岁字繁体（歲）从步戌声，步是说这颗星在黄道十二宫缓缓步行，所以字从步。岁星步行一宫，商代谓之一岁，周代谓之一年。这本来是科学，奈何落到民间成了迷信，说是岁星入地，便是太岁。对应着周天十二宫，操作出大地十二方，规定太岁每一年值一方。当年太岁所值之方便是凶方，不可动土。谁敢太岁头上动土，必定遭凶。小时候种瓜豆，长辈不许中庭挖地，害怕挖了凶方，犯着太岁。此种避忌乃“天人合一”的具体运用，道理深沉，动辄要命，有科学常识的都懂不了。

太岁这位凶神居然有模有样。唐代《广异记》记载有三条，《酉阳杂俎》记载有一条，都说某人故意到凶方去挖掘太岁，土中挖出“肉块”一团，有说大如饭锅的，有说大如水瓢的，也有说“状类赤菌”而不像肉块的，这些皆是太岁。据说犯太岁者都全家死绝了，信不信由你。

“状类赤菌”透露出真相来，这太岁竟是土中深藏的一种食用菌。20 世纪 70 年代，吾母居山，曾挖出所谓的鹅蛋菌，便是太岁的小焉者。吃了，味甚腴美。木星在罗马神话为天神朱庇特（Jupiter），何等威风，来到吾土，堕为凶神，钻入地下，成了食品，想起来真可笑。

土洋两迷信

宋徽宗赵佶，戌年生，属狗，下诏禁止天下屠狗。明朝武宗皇帝朱厚照，亥年生，属猪，通告禁止天下杀猪，“如若故违，本犯并连家小，发遣极边卫，永远充军”。这样的大笑话，当时视为十分严肃，动辄要命。

古代纪年用十二支——子、丑、寅、卯、辰、巳、午、未、申、酉、戌、亥。这十二个字符并无深意，只是一字代表一年，十二字代表十二年，十二年一轮回罢了。这种纪年法，源于木星围绕太阳运转，十二年一周期。木星在黄道上缓缓运行，一年一宫，十二年运行完十二宫。子丑寅卯辰巳午未申酉戌亥十二支，正好对应黄道十二宫。十二支不便于妇孺们记忆，换成动物就好记了。子鼠，丑牛，寅虎，卯兔，辰龙，巳蛇，午马，未羊，申猴，酉鸡，戌狗，亥猪。从此有了十二生肖。文盲记住自己属于哪种动物，就能请人推算自己是哪年生，今年多少岁了。为时既久，弄假成真，觉得自身真有狗性猪性羊性猴性，又觉得某粗人果然是猛虎，某伟人果然是神龙，而那个小妹妹真的胆小如鼠。这些都是低级迷信，十分可笑。

更可笑的是现今少年男女忽然关心天文学的黄道十二星座，能背出十二星座的洋名，而且对号入座，说自己哪年生属于哪个星座，应该同哪个星座的人恋爱，应该避开哪个星座的人，凡此种种，稍具自然常识就能一眼看穿，这与半个世纪前愚夫愚妇的迷信生肖一模一样。这是西化呢，还是本土僵尸复活？我说这是伪西化，真土产。建议中学教科书增加天文学常识，讲明木星纪年原理，以及黄道十二星座和中国古代黄道十二宫之关系，还有干支纪年法，借此扫除少年迷信，勿使花朵被虫蛀蚀。

愚昧的灭鼠方法

家鼠为害，自古已然。除害之方，概括为二：一是杀，二是驱。杀，掘杀、药杀、猫杀、夹杀、笼杀、粘杀。驱，灌驱、熏驱、猫驱、符驱、画驱。符驱就是道士画符，贴在家中，纯属迷信。画驱就是买一幅“简州神猫”木版画，挂在家中。简州，今四川简阳市，旧时出产一种黑猫，特别辟鼠。被神化了，版画一纸也辟鼠，亦属迷信。符驱画驱二法的倡导者，可能拿了鼠辈的红包吧。倒是《淮南万毕术》说的“狐目狸脑”舂成糊状，涂抹在鼠洞口，能够驱鼠，或有科学根据。奈何捉狐捉狸比捉鼠难百倍，此法的倡导者未免太黑色幽默了。

成书于北魏的《齐民要术》说到养蚕苦于鼠啮，乃介绍又一法。那就是“取亭部地中土”，水和成泥，“涂屋四角，鼠不食蚕；涂仓簞（囤），鼠不食稻；以塞坎（孔），百日鼠种绝”。此法并非贾思勰发明的，他说出自“杂五行书”。我不了解这是一本书呢还是一类书的名称，所以只打引号，不敢打书号。所谓亭部是啥，须详说之。

秦汉制度，乡下每十里为一亭，设置亭长一人，掌治安和诉讼，算是基层小官，相当于民国时的保长，却又小于今之村主任。亭长下面仅有小卒二人，一个叫亭父，另一个叫亭部。亭父管亭长办公室的锁钥和清扫，就是杂役。亭部管捕盗捉贼，相当于治安员或治保干事。亭长办公室有一间禁闭室，盗贼暂囚于此。取土就是取这间禁闭室地下的泥土。想必是那时候乡下基层捕捉盗贼非常认真，以致严威感应室土，可以用来灭鼠。彼时民心愚昧而又淳朴信任，竟如此之有趣。

钱能飞回来

自从周朝姜太公铸铜钱，就有金钱拜物教了。战国时代《鬼谷子》载，有法术使铜钱用出去了又飞回来。其术不难。你去捉得青蚨虫母，并取其卵，用虫母血涂九九八十一枚钱，用虫卵血涂九九八十一枚钱。然后拿母血钱购物，很快就能飞回卵血钱处。同样，拿卵血钱购物，也能飞回母血钱处。据说青蚨有灵，人若取其虫卵，无论藏在哪里，虫母定能飞来找到。灵虫的血自然有灵，涂在钱上，钱也就具灵性，能飞回来。这就是那个时代的“科学”。晋代《搜神记》载，青蚨虫“形似蝉而稍大，味辛美，可食”，其卵小如蚕蛾之卵，附着在草叶上。据实考之，青蚨正如龙、凤、麒麟，自然界中绝不存在，乃神话耳。青蚨飞钱之术根本不灵，徒见妄想者贪鄙之心而已。

然而此类迷信深入民间，代代不绝。有所谓搬运术，作法念咒，能“俘”来他人之银钱财物，叙述者竟说得煞有介事。忆我劳作于成都北郊时，村中有一扒手，常去天回镇上窃钱。村民传说此人有邪术，说他见人买卖成交，点数钞票之际，他便躲在远处同步点数废纸。待别人点清钞票，放入钱包后，就变成一叠废纸了。而这扒手所点废纸，只在瞬间就变成一沓钞票了。村民说，这就叫“俘钱”。据说镇上派出所也相信他能“俘钱”，所以每有失窃报案，便传他去审问，勒令交出所“俘”之钱，而他也就真交出了。当时村童有小名火娃者，曾指认那扒手给我看，所以印象很深。年华易逝，火娃今已皤然白发做人之祖父矣。回想来那扒手不过艺高而已，实无邪术。

汇款谓之飞钱

青蚨飞钱，诺言骗人，从《鬼谷子》到《淮南子》到《搜神记》却言之凿凿，坚信钱能飞。谁知到了唐代，真的有了飞钱之事。其事不涉神话，只是商业发展所需罢了。我先交底，所谓飞钱一事，乃指汇款而言。

还须从头说起。《周易》:“负且乘，致寇至。”马车上的那位乘客为何包袱背在背上？显然那是金钱，不能放下，害怕被抢。殊不知这样做反而招来强盗，所以《周易》说，这很不吉利，凶。行商携带现金进货，路途风险之大，由此可知。古称商旅，旅者，结成团伙如军旅，以御强盗也。这种严峻状况，要到唐宪宗时，才忽然改变了。京城的行商想了个办法，到外地去进货可以不带现金，轻装上路，将货款交给地方政府驻京办事处，或地方军区驻京办事处，换取券契一纸，上书款额若干，到了那地方，凭券契取款，多方便。汉时尚无汇款之说，皆曰飞钱。这在金融史上，具开创性，堪称大事。既然汇款谓之飞钱，作为汇款单的一纸券契就叫钱飞（也叫飞券）。此名沿用千年，直到 20 世纪 40 年代，蜀地年终济贫，发放小额取钱单据，仍叫钱飞。

到了宋代，京城设置专店，办理汇兑业务，可知商业繁荣超过唐代。

《梦粱录》载，杭州惠民药局前面有两家金银交引铺，一姓沈，一姓张，便是私家经营的汇兑店。这里说的交引，属于有价证券，同时也具汇款单的性质。粮商供应前线粮草，在那里换交引，拿回京城，到金银交引铺去兑现款。这也是飞钱。

古人打仗

说烽火台

幽王宠褒姒，烽火戏诸侯，事见《史记》，贻笑千秋。后人搬上舞台，鉴照代代昏君。那座烽火台就在骊山上，早已不存在。山东烟台，山上旧有一座烟台，即烽火台，用防海寇，或许台址尚在。百年以来，边警都凭电讯传送，烽火遂熄，仅燃在纸上的辞藻中，例如“抗日烽火”之类。后代子孙恐不识烽火为何物，请详说之。此物《说文解字》称为“烽燧”，曰“边有警则举火也”。夜警燃火谓之烽，昼警焚烟谓之燧。烽燧并称，这才准确。

据《李卫公兵法》说，烽台宜建高处，台高五丈，形圆，直径一丈。据《汉书音义》说，台上直竖高柱两根，上架横梁；梁上挂桔槔如秤杆，杆头系重锤，杆尾系铁笼；铁笼内塞柴草，点燃升起，便是烽火；烽火台下，堆积柴草，焚烧冒烟，便是燧烟。沿着路线，台应设置多少，当视地形而异，或十里设一台，或三十里设一台，平原利于远望，有百里设一台者，不等。台长职称烽师，台卒职称烽仔。《旧唐书》载，元和年间，长安郊畿三原、高陵、泾阳、兴平四县，烽台二十八所，人员九百七十五。可知平均每台约三十五人，编制庞大。首都郊畿到边境数千里，台台相望，昼夜值班。境外寇至，边台立即点火，一夜警传万里，正所谓“羽檄起边亭，烽火入咸阳”。看庾阐《扬都赋》注，知三国孙权时，西陵峡日暮点火，三鼓后传到吴都，不过六小时，真快。“一夕可行万里”，容或有之。误举烽燧，贻祸国防，重罪，按晋朝的军法，罚金一斤八两；故意不举，死刑，示众。古制，金版正方，版上凸线，竖三横三，划分为十六格，每格一两，一版便是一斤。旧制一斤十六两，一斤八两即一斤半，折合今之七百五十克。

补说烽燧

烽火台是国防设施，从边境到首都，沿线设置，常年警备。还有行军时短暂设置的，不可能筑台，就从简设岗。行军到某地，暂驻三五日，按照《李卫公兵法》所说，必须在敌军有可能来袭的路线上，沿着左侧，隔以相当距离（一般为三十里），设置烽燧岗位。如有动静，快速转告，夜以烽火，昼以燧烟。举火同时，派人出去游弋侦察。天黑前赶回岗，速吃快餐，急转移到十里外去过夜。这是因为考虑到敌军白日遥见燧烟，黑夜有可能来偷袭。还要在敌军的来路上，左右两旁灌木丛草之中，潜伏探子，侦听动静。发现敌来，五骑以上，十骑以下，烽岗烽火一次，传告下线。待见下线燃火，本岗立即熄火。敌来百骑以上，二百骑以下，燃火二次。五百骑以上、五千骑以下，燃火三次，这算是最紧急的了。火既三燃，烽燧撤岗，急返营部。如果敌骑走了，烽燧班则不必急返，可去山中暂住，相机回到烽燧岗位，继续值勤。

在岗位上，还须密切注目下线方向。如果发现那边没有烽燧接应，便要派人急去口头传告，务使警报通畅。至于山区作战，要在四山各路设置烽燧。再设置一处总烽燧，专接应四山的警报，并急告司令部某山某路有警，好让上级严加防备，及时收牧牲畜，转移别处。

这篇《李卫公兵法》我只见到上述内容，在《太平御览》里，觉得极有价值，特转述之。卫公是谁？可能是唐代的李靖，人称他李卫公，曾在今之四川藏区指挥作战。文内说到“四山”，说到牲畜，颇像藏区环境所见。

攻城车八种

古代攻城用车，计有八种之多。请分述之。

临车，又名楼车、楼橹、行楼、云车、高车。车上建塔楼十余丈，用于俯察城内。亦可在上喊话，射矢，投石。城民苦之，背负门板汲水。城敌惧之，仓储营房暴露。车可居高临下，故名。

冲车，又名撞车。平板四轮，稳置大木。多人推进撞城，门破墙垮。《庄子》说：“梁丽可以冲城。”梁丽即栋梁大木。亦有不用车，以人力从两旁抬大木冲撞者。

棚车。车上以生牛皮蒙盖木棚，人藏棚下，大挖其城墙脚。牛皮木棚可避城上矢石，放心挖吧。

钩车。车上立长柄铁钩，逼而近之，钩搭城楼、城墙。后面长缆系钩，九牛拉之，楼倒墙塌。

虾蟆车。平板车，矮而宽，满载土，上有生牛皮棚，状似巨蛙，故名。百人棚下推车以进，填入城下壕沟。亦可用于载长板搭沟车。

登城车。高车上置跳板，逼近推出，搭墙登城，所谓悬楼云桥是也。又有车上云梯，梯端双轮，滚墙直上，亦登城用。

巢车。车上竖竿，竿端设置滑轮，绳拉小木屋，沿竿升到顶，如今升旗然，亦用于俯察，比临车轻便。又有竿上悬挂桔槔，升吊小木屋，载人登城者，谓之木幔车。唯须用生牛皮做悬幔，以保护小屋不受矢石攻击。

除以上几种车，炮车虽可用于攻城，亦可用于野战，当别说之。屏幕上古装戏少见攻城战的镜头，纵然有，亦未见车攻也。编戏人多无识，知啥车攻；制片人图赚钱，降低成本，只弄些步兵打，骑兵冲，蒙混了事。

炮车与车弩

炮字从前石旁，现在火旁。字既从石，可知是冷兵器，抛射石弹。石旁炮字已被废了，不得已，姑用火旁炮吧。古之石炮通称炮车，又名抛车或发石车。炮者抛也，抛石之器械也。武王伐纣时，三千余年前，就用炮车了。

炮车形制，杜佑《通典》详载。说是大木做成框架，下装六轮。框架左右各立巨柱，柱顶横梁，梁悬杠杆（古称桔槔）。杠杆头端系绳，用人力向下拉。杠杆尾端有兜，内盛大石。杠杆之长短大小，可根据所攻击目标之远近，现场随需置换，杠杆支点之位置，亦可临阵时调整。炮官口令一呼，炮卒多人猛拉头绳向下，于是尾兜迅速翘起，向前抛出大石，射向目标。除了《通典》所载，还有不立巨柱，不悬杠杆，只在框架上装置一具关节可以转动的长臂杆，杆端兜石。框架前立转动滑轮，轮绕以绳。绳尾系着臂杆，绳头用力向后猛拉，也能抛石向前。炮车原有本名，只一个字旝——旗字右下边的其，用繁体的会字换了，音仍读会。奈何简化字不收，自动放弃发明权，可惜。

比炮车厉害的是车弩，还有木弩，皆见《通典》。简说之吧，框架安装巨弩，七箭同时上槽，以轮转的绞车硬拉弦上扳机。七箭之中，中槽之箭最大，箭镞铁刃长七寸，宽五寸；箭杆长三尺，径五寸；箭羽为铁片作。“诸箭齐起，及七百步。所中城垒无不摧陨，楼（车）橹（车）亦颠坠。”至于木弩，弓长丈二，径七寸，亦以绞车上弦。其强力极可怖，据说“大矢一发，声如雷吼”。虽仍为冷兵器，但已有轰声了，此则异于炮车之无声也。而其杀伤力之猛狠，何止倍蓰！

技巧杀人，后来居上，盖自古而然矣。

票就是炮火

车票机票门票，钞票彩票发票，粮票肉票布票，选举投票，劫持绑票，票之为用大矣哉！票是什么，谁不明白，薄薄一片纸嘛。读了《说文解字》你就不明白了，那上面说，票是“火飞”。你看看那篆文，原来票字下半部不是示，而是火。后来篆书变隶书了，火才讹作示的。所谓火飞又是什么？想起童年，县城隍庙大火，那些炽燃的椽子和木片，借风势而腾起，飞上夜空，俗呼作“火老鸦”，飘落谁家屋上，准会引来火灾，煞是吓人。这就是票，字或作熛，也就是《说文解字》说的火飞了。

篆文票

古代战争，投熛烧敌，如射油脂硫黄火箭，如掷焰硝雄黄火雷（《水浒传》轰天雷凌振是专家），皆属利用火飞作战，这应该是炮火的起源吧。熛火即炮火。今之炮字也就是古之熛字，读音可转也。稍有以异者，熛为火自飞，而炮为火被飞而已。被飞就是抛嘛，《诗经》有“摽有梅”之咏，就是抛梅子以求爱嘛。今之抛字也就是古之摽字了。仿古人的腔调，我可以说：“炮之为言，抛也，抛火以杀敌也。”

另有一个石旁砲字，今已被废，乃古代攻城用的发石车，利用杠杆原理，抛大石以砸敌。砲车之制，耸然而高。天际黑云堆垒而高，所以名砲车云，苏轼诗“砲车云起风欲作”是也。火飞为炮，石飞为砲，其理一，皆抛也。

回头说票。今之所谓票者，盖取其轻且薄可飘飞也。所以蜀人呼票曰飞，发救济有钱飞和米飞。至于嫖字，亦取轻薄义耳。

守城战之惨烈

攻方高车逼城，伸出云梯，搭着城堞。车顶敢死队员，身冒矢石，蚁串扑城。守方猛射挂有油葫芦的火箭，点燃高车，火断敢死队员后路，烧死、跌死。诸葛亮围陈仓，“起云梯以临城”，就吃了这个亏。事见《魏略》。

攻方棚车逼城，大挖墙脚，这很可怕。守方急投油脂火炬，曰雉尾炬，点燃棚车，迫使攻方逃命。羊侃守城，就用此法收拾侯景。事见《三国典略》。又有更厉害的，用铁筐盛炭火，加脂块，链系之，城上缒下，烧烤墙脚浅洞之敌，谓之游火。此外，守方还用叉竿叉开，钩竿钩垮，以破坏攻方的云梯。若有敢死队员攀爬城墙，城上用连拐棒打，更毒的用铁汁淋。后世元宵，铁汁洒烧龙舞，少时予亲见之，太可怕了。

铁汁退敌，《宋书》有载。殷琰守豫州，攻方草袋盛土，投填城壕。殷琰下令油葫芦火箭射，引燃草袋。奈何后袋连续投来，火又压熄。壕将填平，部将献谋，乃熔铁汁泼灌。汁沿隙下，火燃猛烈，敌退。险哉。

攻方逼城，堆土成山，便利登城，谓之垒道。开掘地洞，通墙脚下，立柱撑之，掏空基脚，放火烧柱，柱烬城塌，谓之地道。对付垒道，守方可在城内预掘地洞，潜通城外，掏空土山之下，使之难以堆高。对付地道，可掘竖井，火烟熏之。

城破之日，胜者屠杀军民，史不绝书。若是长围不破，城内易子而食，乃至张巡杀爱妾供士兵肉食，同样惨烈。现代也还有如此者。列宁格勒三年围城，饿殍家家，亦有尸食史事在案。“杀人盈城”，争城战也，孟轲控诉。“死者以国”，国即城也，庄周悲泣。

释间谍

《庄子·齐物论》说："大知闲闲，小知间间。"闲闲，散淡貌，不想与人较真的样子。凡悟道者，莫不如此。那些庸劣褊狭的小知正相反，逢人瞪大眼睛，做明察秋毫状。间这个字，《广雅·释诂》："覗（sì）也。"就是窥视。间间连用，就是死死盯紧他人。间在这里音 jiàn，间谍的间，不要读成 jiān 了。间的异体作瞯，多个目旁，点醒这是眼睛动作。《孟子·离娄》末段两次使用这个瞯字，一是齐宣王疑孟子唱高调，实际行为也许猥琐，便派眼线瞯他；一是乞丐之妻疑夫吹牛，便跟踪去瞯他（结果发现其夫讨乞酒食于丘墓间），其义皆为偷窥。

苏轼《范增论》开篇说："汉用陈平计，间疏楚君臣。"间谍的间或许指的是挑拨离间吧？我说不是。间与反间皆属计谋，乃战略和战役之部署，层次高。间谍古称细作，可见层次之低。循名责实，其义止于偷窥而已。

间说毕，请说谍。《说文解字》："谍，军中反间也。"你派细作来偷窥我，我也派细作去偷窥你，这就叫反间。谍就是反间。其实间与反间皆一回事，间即谍，谍即间。《左传》称谍而不称间。晋国抓住秦国派来的细作，称"获秦谍"，谍是名词。若派细作去"谍之"，谍就是动词了。谍字从言，右旁的枼是薄木片，上面写字，就是文件。古无纸张，文件写在木片和竹片上。间与谍若要分，也略有不同。间重在偷窥，说得好听也就是侦察。谍重在偷文件，说得好听也就是做情报工作。这是就字说字，实则不必分，眼手同时用。

间谍工作，先间后谍，首在偷窥。若不先看出一点门道来，拿啥回去报告？

古人当官

春秋舔词

甜言谀人，蜀谓之舔，豫谓之溜，皆指舌头动作。比较起来，溜具多义，不及舔之专表一义，而且更准确些。古文舔字，画长舌伸出来向上翻，可能是舔鼻尖上的饭粒，乃自舔也，非以甜言舔他人也。我今说说两千年前舔人一例，主角是大奸贼宦官赵高。

赵高揽得大权，厌恶胡亥高坐朝廷做皇帝状，实则一个恬懵少年，在那里瞎指挥罢了。赵高心头教训秦二世皇帝说："你小子太嫩了。世界上的事情复杂，你懂个屁！"可是话从口中出来，就修饰得很悦耳了。其言曰："陛下富于春秋，未必尽通诸事。"所谓富于春秋，是说你的未来还有许许多多岁月，让你听了感到舒服。你看那个富字用得多妙，而春秋又让你联想到春花秋月之美。究其实说穿了一钱不值，任一少年人，哪怕小乞丐，都可以说他富于春秋嘛。秦代的赵高创造的舔词，汉代的枚乘拿去舔太子。所作的《七发》云："今时天下安宁，四宇和平，太子方富于年。"唐代李善注曰："凡人之幼者，将来之岁尚多，故曰富也。"

少年皇帝将来老了，又怎样舔？总不能说他"贫于春秋"吧？放心，会有人创造的。老昏虫来日无多了，你就不要再着眼于他的未来。你可以回头，着眼于过去，赞美他已经有许许多多的春秋了，让他觉得自己真有福气，同样感到舒服。舔词就是"陛下春秋鼎盛"，一直用到明清两代。鼎盛二字多么热闹，而且是现在时。仿佛许多春花秋月并未消逝，现在还堆积在他的面前，显得很鼎盛呢。有舌如斯，教人不敢不服。

西瓜坑了儒

秦始皇焚书坑儒。焚书一事，丞相李斯策划，始皇批准执行。坑儒则是始皇一手部署的。先是秘密调查，得悉咸阳儒生有诽谤朝政的，全抓起来，让儒生互相检举揭发，然后定罪，活埋四百六十余人。《史记》上是这样写的。野史另有说法。一部早已失传的书《古文奇字》上说，实起因于文字改革，而与西瓜有关。秦朝改古文为篆书和隶书，咸阳儒生公然说三道四。始皇隐忍，乃派官员去骊山温泉谷秘密种植西瓜。待瓜熟后，诏令七百儒生开会，讨论冬季能否长成西瓜。大多数说不可能的被带到骊山去受教育。待诸儒生入山谷，伏机启动，崖体崩塌，堵死出口，乃从高处填土活埋，无一漏网。此事既有科学实验，又有科学设计，开奥斯威辛“请洗澡”之先河，而谑谐尤过之。颂秦的电视剧漏掉了这一段，未免可惜。

西瓜原产非洲。瓜形浑圆椭圆都有。皮色或翠青或深绿，也有白的黑的花的。瓤色多红，也有黄的白的。敦煌古名瓜州，暗示西瓜来我国先传到此。古籍凡称瓜者，如《论语》之瓜祭，如《左传》之瓜代，如《礼记》之削瓜，如《大戴礼记》之五月乃瓜，如《诗经·七月》之七月食瓜，皆西瓜也。只是西瓜之名很晚，而其传入中国则甚早也。

炎夏食瓜，想起坑儒，岂不大煞风景。明代士人有论及此事的，欢呼坑得好，又说读书人不讨论国家大事，而去争说琐屑无聊之物，合该聚而坑之。我再细查，原来这腐儒级别很高，皆“拜为郎”，非“臭老九”，亦非奥斯威辛之犹太人，根本属于“内部矛盾”。

东陵瓜的品牌

20 世纪 80 年代，从西安去骊山的路上，汽车暂停，瞥见窗外乡村野店，招牌竟是“邵平商店”，心甚异之。猜想此地或名邵平村吧？来不及问，匆匆离去。这个邵平当过秦始皇的财政部长，封东陵侯（东陵在今山东）。秦亡后，“为布衣，贫，种瓜长安城东。瓜美，故世俗谓之东陵瓜”（见《史记·萧相国世家》）。停车的那个村正在“长安城东”，估计是两千年前瓜田的所在地。不用说，此瓜必属西瓜品类。邵平良种瓜传数百年而不绝，所以阮籍诗曰：“昔闻东陵瓜，近在青门外。连畛距阡陌，子母相钩带。”青门就是长安东门。五行理论，五方对应五色，东方青色。诗尾句说大瓜小瓜结在一条蔓上。阮籍到这瓜田来过，目睹如此。东陵侯的品牌效应，于斯可见。

前一篇说骊山温泉谷的西瓜坑了儒生七百多人，令我吊古伤怀，恨秦始皇之酷。谁知就有这样凑巧，东陵瓜的品种竟是从坑儒瓜传下来的，邵平不过是传人而已，非创新品种者也。证据在陆机的《瓜赋》里写得明白：“东陵出于秦谷。”这秦谷不就是秦朝秘密种瓜的温泉谷吗？就是这个品种的瓜，那个暴君可能吃过？！

当今各地都在发掘历史上的名人品牌，也是“古为今用”。吾蜀有刘文彩臭豆腐，以及什么御酒，算有先见之明，合该发财。谁若去发掘西安市东郊邵平瓜遗种，恢复东陵瓜的品牌，进而名之曰坑儒瓜，甚至名之曰始皇瓜，来点轰动效应，不但赚钱，且可承传所谓西瓜文化，岂不美哉？！

陶渊明的南山

这个问题聚讼已久，请清其源。南山一词，源于《诗经》，至少九见，所指各异。有专指终南山的，有专指齐南山的，有专指曹南山的，有泛指南面的山的，不一。专指终南山的，除《小雅·斯干》和《小雅·信南山》外，还有《小雅·天保》的“如南山之寿，不骞不崩”。今人祝嘏，动称“福如东海，寿比南山”，本此。终南山在周朝首都之南，简称南山。

陶渊明《饮酒二十首（其五）》句云：“采菊东篱下，悠然见南山。”说者谓终南山，也不想想远在千里之外，如何能见。驳之者说，陶公隐居庐山北麓，所见南山专指庐山。此说亦可商量。窃以为庐山是大概念，为群山之总名，供外人用，所以司马迁有“登庐山”的记载，而陶公诗文内不见庐山字样。“悠然见”之南山是小概念，乃庐山之局部，古名南障山者。南山即南障山之简称，是山名，不是泛指南面的山。《杂诗十二首·（其七）》句云：“家为逆旅舍，我如当去客。去去欲何之，南山有旧宅。”盖谓陶氏祖茔在南山上。在南山下，陶公还种过豆，见《归园田居（其三）》。南山又名南岭。公元400年，陶公从南京坐船回家去，“阻风于规林”诗中说：“谁言客舟远，近瞻百里余。延目识南岭，空叹将焉如。”可知家在南岭下面。公元401年，同邻居“游斜川”诗序说的“南阜”，我看也是南山。至于“种豆南山下，草盛豆苗稀”的诗句，恐怕是从《报孙会宗书》中诗句“田彼南山，芜秽不治。种一顷豆，落而为萁”，借来暗示朝政糟糕的吧。不过两个南山各指不同，勿混。

人如其字

少时习字临帖，写颜真卿书《瘗鹤铭》[1]，字作桃大。暑期日日研墨走笔，心无旁骛，居然像模像样。后攒钱买揸笔，不看帖，放手写，而字作碗口大，形成所谓颜字体了，肥壮厚实，稳重豪雄。我想象颜鲁公人如其字，是个严肃的胖君子。习字事小，但影响我处世为人，从此拘谨，不敢苟且。回忆少时习字，此乃第一收获。把字写好，倒在其次。

读《唐语林》，知鲁公不但是严肃君子，而且是体操健将。到老年仍“气力壮健如年三四十人”，据说“尝得方士名药服之”。七十五岁那年，受命去蔡州招安叛贼李希烈。临行前对人说：“吾之死，固为贼所杀，必矣。”当场拖来两具藤椅，椅背相向，两手各握椅背，“悬足点空，不至地三二寸，数千百下”。又叫拿竹席来，紧裹其身，“挺立一跃而出”。又两手按床隅，飞身跳越而过，且来回五六次。他说自身强健如此，不可能死于病。于是到蔡州，见到李希烈，严词斥责，数其叛罪。李希烈没脸面做回答，又不敢抽刀威吓他。第二天派贼徒去缢死老英雄，遂其舍生取义之愿。真是人如其字，壮烈千秋。

我成年后，接受革命教育，上班做编辑仍旧用毛笔，字体却暗中移换，不喜颜体之方正凝重，转而张狂起来。中年以后，备尝酸辛，笔下收敛，回归迟重。人说：“你是一笔一笔斗的。”到老年来，傲性蠲除，笔下不复逞怪，显出几分和气。字体又一变，瘦如其人了。不是我安心要写瘦，是意识深处对瘦有好感，不知不觉字体就瘦了。我是字如其人。一切艺术作品都带有自我表现的痕迹，书法亦然。

[1]《瘗鹤铭》作者存疑。——编者注

可怜的李后主

“生于深宫之中，长于妇人之手”，南唐后主李煜哪像个有为的国王呢？北宋释文莹《湘山野录》说他“性宽恕，威令不素著”，又“笃信佛法”。见一雌猴落网，流泪叩头，指着腹部，便发慈悲，叫善待之。是夜，果然生下一双猴儿。他感动了，就去视察监狱，多所从宽处理。见一死刑女囚，已判产后执行。不久，生下一对双双。他叫改判流放。此事违法，招致下面批评。观过知仁，我理解他。

天性柔弱就不说了，偏偏有眼无珠，重用小人。奸臣潘佑探悉后主同情贫农，又迷信古代的井田制，便奏上一本来，怂恿他搞井田改革。这是何等的大动作，他既昧于乡村实际状况，又被理想主义冲昏头脑，说搞便搞，叫潘佑放手干。第一步是发动贫农夺富人田，抽肥补瘦。第二步是没收私有舟车、碾碓、箱篋、钗环，打富济贫。第三步是集体耕种公田。政策法令，急如星火。官吏乘机刮削百姓，差点引发大乱。多亏后主醒悟，急命刹车。若非《湘山野录》记载，我绝对想不到多愁善感的词人会有如此大手笔，差点候补成“文革”中的“法家”。

后来亡国，仓皇辞庙，哭对宫娥，让那个滥兵出身的赵家皇帝哂笑。偏偏又不谨慎，写信给故国的旧宫女，说：“此中日夕，只以眼泪洗面。”被查出来，毒酒赐死。留下美人小周后，被押入宫中，供滥兵皇帝的弟弟太宗皇帝强奸。每次被押入宫，“辄数日而出，必大泣骂后主”，让他黄泉下也不得安宁。

宋朝官员不受杖

或人提出长老和尚娶妻类绝不可能的问题，曰："愿做哪个朝代的官？"我答北宋。理由有一条，就是不挨打。秦汉以下，哪个朝代都有当官的受杖刑。汉明帝、隋文帝、唐玄宗算是好皇帝了，都不免有杖捶大臣之事，见于正史。最凶的是明太祖朱元璋，动辄廷杖官员。不是拖下去打，而是朝廷之上俯身在地受杖，打给大臣们看，捶一儆百，辱人斯甚。永嘉侯朱亮祖父子二人、工部尚书薛祥，都是当场杖毙的。明末宦官专权，廷杖羞辱大臣，习为常例。宦官高坐，双脚八字向外张开，暗示饶他一命；反之，双脚向内关闭，就须打死。受杖之前先用麻袋笼头至膝，以免滚动蹦踢，想得真是周到。士大夫之羞耻心已消泯于杖下了，社会上还有谁要脸面呢？

南宋赵彦卫《云麓漫钞》载，杜甫诗叹自己"脱身簿尉中，始与箠楚辞"，可见他也可能挨过。又引韩愈诗云："判司卑官不堪说，未免箠楚尘埃中。"姜皎为秘书监，杖刑。周子亮为监察御史，因提意见，杖于朝堂。到唐代宗稍有宽展，五品以上不受杖了，六品以下照打不误。赵彦卫说："本朝（北宋）待士大夫有礼，自开国以来，未尝妄辱一人。惟犯赃罪，或死或黥，非常法。"后来南宋亡国，有文天祥与陆秀夫一大批死节的官员，也许和士大夫阶层的自尊心有关系吧。自尊心消泯了，当汉奸就无所谓了。

官员不受杖，庶民照样受。《水浒传》写流放犯吃二百杀威棒，若不行贿，可能打残，也很可怕。抗日战争大后方征壮丁，逃兵要挨扁担，亦俯身受，打得呼天抢地，死去活来。时予八岁，兵营门外目击惨状，终生不忘。至于学生挨臀板，更是见惯不惊了。

话不投契半句多

如果有外星人以化学立国者，飞临地球，降落黄河岸上，惊看滚滚浊流，或许会说："啊呀，这样多的氧化二氢！还是液态！瞧，这中间悬浮着大量的硅酸铝、硅酸钙、硅酸镁！"用我们人类的话说，这不过是"大水夹着泥沙"罢了。眼前同一事物，那些外星人与我们人类各有各的说法，真所谓"话不投契半句多"。此种差异，缘于生存方式各不相同，难说谁是谁非，所以无须惊讶。可惊讶的倒是同属圆颅方趾之人，亦说不拢。

北宋有个太尉，姓党名进，卒伍出身，做了高官，叫画家来给他画标准像。像成，党进不悦，要求眼睛填金。画家不从。党进大骂："你画老虎，眼都填金，却不肯给我填！"又一个画家画一幅《秋江远水》，恭献党进。党进评论说："画得好，画得好。"然后指着画面左上角，那表示远水连天的一片留白，命令说："这里空一大片，添画刘关张三战吕布吧。"外行指导内行，北宋党太尉滥觞在先了。苏轼笔记载云，里巷小儿无赖，家长给两毛钱，叫去游乐场听讲《三国志》故事，闻刘备败则悲，闻曹操败则喜。猜测这党太尉用以指导画家的那一点点"艺术思想"恐怕就是小时候听来的吧。

想起川剧《做文章》，四十年前看过，笑疼肚子。那个衙内少爷不学无术，连"子曰学而时习之，不亦说乎"一句都记不住，背不出，却要妄评书法优劣，装模作样欣赏一幅字，赞美说："写得好黑啊！"

诙谐的孙山

回忆髫年，考试发榜，全班同学平均成绩分为甲乙丙丁四等，依次楷书上榜，张贴校园。每期开学前，学生去看榜，心头都紧张，怕自己成绩差，落入丙等，甚至丁等。最怕落到丁等最后一名。这叫“坐红椅子”，因为榜名尽处有朱笔画一钩，被戏拟为椅子。开学后“坐红椅子”的那个同学，招全班耻笑，受老师歧视，抬不起头，惨。“坐红椅子”又叫“背榜”，因为最后一名似乎承受着全榜的重压，若背负焉。

宋朝有读书人，却因“背榜”留名千载，此君姓孙名山。至今人说“名落孙山”，这孙山便是他。宋人范公偁《过庭录》载，吴人孙山投考，考取最后一名。回到家中，有乡伯来探问：“我儿子也考取了吗？”孙山唱答：“解名尽处是孙山，贤郎更在孙山外。”后人遂称未考取者“名落孙山之外”。落，列也。名字排列在孙山的外边，榜上无名也。

这诙谐的孙山显然是在拿同学的父亲开玩笑。由此可以想象，这小青年孙山读书成绩似乎不好，但为人风趣，诙谐机智，而且爱唱流行歌曲。他唱的那两句便是一首当时官妓都会唱的流行歌曲词句之可笑篡改。原句云：“平芜尽处是春山，行人更在春山外。”出自欧阳修《踏莎行》一词，以闺妇之口吻，怨情郎之不归。孙山吴人，以其吴侬软语唱之，不但孙山听似春山，而且行人与贤郎发音极相似，易致混淆，造成滑稽效果。遥想古来多少考第一名的欲流芳而不可能，倒是最后一名以其诙谐品格留名至今，方知名之可遇而不可求也。

做官与做贼

《水浒传》豪杰一百零八皆有绰号。例如，李俊号“混江龙”，便是。无独有偶，宋代著名海盗郑广号“滚海蛟”，正好对“混江龙”。郑广率喽啰驾帆船，横行打劫在福州到莆田沿海一带，官军莫能阻止。接受朝廷招安后，郑广做武官，急于改变凶贼形象，便努力去巴结同僚。奈何同僚都冷淡他，不与交谈。一日上班，闻听同僚谈诗，郑广起立插嘴说：“我是大老粗，不懂诗，做一首献丑吧。大家愿意听吗？”同僚好奇，默坐静听。郑广吟道：“郑广有诗上众官，文武看来总一般。众官做官却做贼，郑广做贼却做官。”吟完坐下，神色泰然。倒是满座同僚，有惭愧的，有忸怩的，有怯慑的，都弄得不自在。

这件奇闻出自岳飞之孙岳珂笔下。故事结尾引用一位官员的感叹话：“今天下士大夫愧郑广者多矣。吾侪可不知自警乎！”

南宋官场之腐败，窥一斑而可想见。要惩办却又惩办不下去，城狐社鼠，最难收拾，所以发感叹的那位官员只能“自警”以期本身无愧而已。一群士大夫竟被一个海盗嘲谑，真是国耻。当时在座那些官员，想必廉洁者多，贪墨者少。多的却被少的连累，见辱于海盗，竟不能辩驳。

郑广其人绝不是好东西。受诏投诚，朝廷看得起他，这便是他的政治资本，可以凭此欺侮同僚。当时语云：“要做官，杀人放火受招安。”这正是腐败啊！

东坡论赌博

南宋周辉《清波杂志》卷九《善博日胜》说苏东坡论赌博云："日胜日负。"王安石改易一字云："日胜日贫。"改得对或不对，后人多有争议。坡公之孙苏仲虎说，当初文本就是"日胜日贫"，何须王安石去改动。不赞同苏仲虎之说者认为他所据的文本已经误刻成"日胜日贫"了。又有人去查眉州苏祠本《东坡全集》，正作"日胜日负"，不赞成王安石的改动。窃以为可假设王安石做了改动，不妨由此比较比较苏王两家之说。

苏东坡说"日胜日负"就是愈赢愈输——赌博赢了钱，也就输了廉，于德有亏。赢得愈多，也就输得愈多，于德也就愈亏，直到丧德。保守的老实人不反对博，视之为游戏，但反对赌博，因为利用游戏弄钱，行为可耻。不难看出，苏东坡是从道德出发论赌博。他老先生不愧为忠实的元祐党人。如果活到今天，他很可能抵制炒股，拒绝彩票。我不赞成，但欣赏他。

王安石说"日胜日贫"就是愈赢愈穷——赌博赢了钱，难免忘了俭，终将受穷。赢得愈多，也就难免愈忘俭，受穷到死。王安石也反对赌博，但是出发点非道德，而是考虑到可能的效果。毕竟只是一种可能，难以服人。反对者可举出赢了钱也节俭的实例。他老先生醉心社会改革，只看效果，罔顾道德（所以小人乘势大进）。而效果又出自可能性，仅仅是理论推导上的可能性，所以难免失败，成事不足，败事有余。苏王两家之说都不可取。怎样戢止赌风，还得另寻思路，别裁政策。

朱熹所谓淫奔

髫年习朱夫子《诗集传》，就是宋代大儒朱熹作导读的《诗经》，每遇活泼有趣描写爱情之作，他老先生都要斥为“淫奔之诗”，给后生小子大敲其警钟。遇到这样四句：“有狐绥绥，在彼淇梁。心之忧矣，之子无裳。”他就猜测，狐比喻男子，必定是鳏夫，在淇水桥上走，而看在眼里的，忧在心里的，只能是女子，且定为寡妇。她独关怀那鳏夫的裤子破旧，可见其不正经，所以老先生导读说：“有寡妇见鳏夫而欲嫁之。”一代大儒想象力之发达，吓死人了。如此侦探眼光扫射之下，《诗经》三百篇，到处见“淫奔”，太可怕了。

何谓淫？“久雨曰淫”见诸《说文解字》。扩展开来，凡过度都叫淫，例如书淫、茶淫。更进一步，男女胆敢相爱于婚姻关系成立前，朱熹眼里就是大淫。《诗经》描写男女交际，或相约于桑阴下，或相送于淇水边，或相逢于陂塘上，或相挑于居室内，或相语于坊巷间，或相期于城墙角，一句话，凡恋爱他看来皆淫也。

至于奔，今人多误解，以为是逃奔，而不知所谓奔只不过借其字罢了。如果《诗经》时代已经造出姘这个字，那就不会借用奔字，而可以直接写成“淫姘”了。姘这个字好讲。二合为一曰并，二马驾车曰骈（骈体文章句式对偶），板镶两块曰拼，所以男女成双曰姘。姘在今日仅具贬义，用于不合法的男女关系，双方互为姘头，各为姘夫姘妇。

《周礼·媒氏》：“仲春之月，令会男女。于是时也，奔者不禁。”这应是周代的情人节。每年农历二月，不是一天，而是整月，男女之未婚者有权自由恋爱，官方不得横加干涉。真若如此，该是良风美俗。就怕又是汉儒编造的理想国，教人空欢喜。

陆放翁家训

陆游晚岁，自称放翁，形骸放达，心情忧惧。八十岁作《家训》一篇，力戒子孙奢靡。先说其父楚公，少时贫苦，皮带断裂，麻绳续之。继说姑妈，回陆家来，见食包子，忙起身告罪说："原谅我老糊涂，记不清今天是谁生日了。"在座晚辈窃笑。楚公感叹说："从前我们陆家天天喝粥。逢年过节，或做生日，才蒸肉馅包子。你们晚辈哪知这些！"放翁最怕子孙奢靡，堕落成家国的罪人。

《家训》愤慨官场腐败，竟说："幸好我快死了。一时不死，也决不再当官。我们陆家世代务农，再去务农，这是上策。闭门读书，不应科举，不讨官做，这是中策。当个小官，不求提拔，不慕荣华，这是下策。仅此三策，别无出路。这些话，你们今天听不进去，留到将来再反省吧。只是不要外传，免惹麻烦。"

《家训》有一段话尤堪铭记："我这一生从未害人。别人整我，有出于嫉妒的，有出于误解的，也有为一己私利的。察其内情，多可原谅。我不怨恨他们，小心避开就是。还有那些指明我错了的，更不应该耿耿于怀。你们做到少犯错误，勿显能干，不去巴结权贵，别人也就很难害你们了。我犯过错误，很后悔，怎奈追不回了。你们应该以我为戒。"他说的犯错误，显然是指曾投靠大奸臣韩侂胄，后被牵连入罪，污了清名。

《家训》之后五年，八十五岁时陆游逝世。遗诗《示儿》虽然悲壮感人，毕竟属于言志，不像《家训》这般切实管用而又可以操作。

明代宦官何其多

阉割何其惨痛。明代京郊偏有穷人数万，自愿受罪，断子绝孙，害得皇帝三令五申，严禁自阉，这就怪了。其实不怪。贫民就业困难，赖此或可富贵。明代皇宫中设有十二监七局三库二司，总称为二十四衙门，皆以阉人充任，需名额五六千。每隔数年，总得吐故纳新两三千人。贫民先自阉了，届时好去应选，争当宦官。这数万自阉者望着那两三千个宦官名额，欲作龙门一跃。宦官受宠，富了贵了。愚民眼红，父割子者有之，兄割弟者有之。一村竟有数百人去受割，比那吃粮投军，何止踊跃十倍。制度恶，人心鄙，宫廷电视剧里不说这些不光彩的事情。

宫中宦官数千，自有宫女数千，互相配偶，并不寂寞。《万历野获编》内记载甚详，简述之吧！宫女不许外出，欲买一针一线一盐一蔬，皆借宦官之手。久无配偶援手，要被女伴讪笑。彼等两情相好，亦有媒妁牵合。山盟海誓，一如民间。一方亡故，另一方亦终身拒配者，同伴赞美之。情缘于代买菜，故称其配偶为菜户。宫女各有炊灶，宦官也乐于找个做饭的，也是需要。万历皇帝最恨此事，发现严惩，往往连累媒妁，通通乱棍打死。但是终久禁而不绝，因为他们和她们有共同利益，能彼此包庇。

阉割，阉字应作“奄”，原指精气闭藏的人。《周礼》有奄，内宫小臣。稍低的有寺人，就是侍者。两种人都是后来的宦官。又低一等，还有内竖，在宫中跑腿的，算不上官，但也要阉割才能当。阉割，驴马曰骟，猪羊曰劁，人曰椓。椓字应作豖，原指劁猪，割掉睾丸。豖字的那一点，点在豖（猪的象形）之腹部，表示就在此处下刀。豖音 zhuó，用刀也。尖刀雕琢、尖嘴叼啄，其事同类。所以劁猪又叫雕猪。动刀于人，加个木旁作椓，其实与木无关。

明代淫风之炽

明太祖朱元璋出身贫农，严禁娱乐，有圣旨“学唱的割了舌头”。五年后变卦，钦命在南京江东门外建酒楼十座，歌楼五座。召聚歌女舞伎，酒楼陪饮，歌楼献艺，亮起红灯，国而营之。有诏文武百官，赐钞登楼享受。明代淫风甚炽，实肇于此。后来丑秽尤多，诸如朝廷上谈春药，大臣献淫方，御史“洗鸟”，不说了。

正德皇帝淫厌了，外出淫民女，染得脏病。京戏《梅龙镇》美化之，就等电视剧戏说了。嘉靖皇帝信邪，召集各路妖道，献房中术，献长寿方。又命北京内外拣选少女四百六十，专取月经炼药，吃了据说助性养生。所宠信的权奸严嵩父子，十分荒淫。尿器做成银制美女，阴孔承接。痰吐入靓婢口，名香唾盂。坐板可操纵升高的躺椅一具，能使躺者手脚固定，强奸用之。专设淫筹，每年计数淫次，若总结然。

君臣既然如是，宦官有权势者也公然在外蓄姨妾，甚至逼奸民女，有致死者。他们之间也有争风斗殴之事，不敢诉讼罢了。《万历野获编》还载宦官高寀管税务，妄想再生出阴茎来，购食童男脑髓，暗杀少年无数。再引此书一段原文：“近日都下有一阉竖，比玩以假具，入小娼谷道，不能出，遂胀死。法官坐以抵偿。人间怪事，何所不有！”

像《金瓶梅》这样的书，出在明代，岂偶然哉。说是古典现实主义文学，如何伟大云云，固亦持之有故。但是我总觉得那是粪坑旁边的花丛，迥异于庭院里的花丛《红楼梦》。《红楼梦》是诗，而《金瓶梅》绝不是。

皇粮养懒虫

明太祖朱元璋本着宗法制度亲亲原则，大封子孙为王。王府遍布海内大中城市，为数近百。各王府统管着当地宗人。宗人身上传承着乞丐皇帝的基因，算是天潢贵胄。生活好，繁殖快，他们的人数两百年间增长到两万八千五百多。当地政府按人口发给他们禄银和粮食，都归地方财政负担。这些吃皇粮的，不免有人恃势买占良田，而又拒纳税粮，再度加重了地方财政的困难。事实上各王府都有拖欠发放禄粮之窘，陈年积欠，引起宗人聚众索要，轰衙门，打官员。别以为宗人皆富贵，富贵只占少数，多数早已贫贱。两百年的浮沉，哪能世世代代永保富贵呢？多数宗人室罄灶冷，衣单裤破，恰似老祖宗凤阳龙潜日。更有极少不争气的，为非作歹，去偷去扒，丢尽龙种的面子。龙种犯法，未必都能豁免。于是，重罪押往“凤阳高墙”，黑牢无期；轻罪关在自家“闲宅”，日夜严锢，亦可悯也！

偏偏那老祖宗不给出路，两百年前就铁定了，一不准从政做官，二不准种田为农，叫你一辈子皇粮吃到死。这是爱还是害呢？他老人家当初是怎样想的啊？这样下去，宗人生齿日繁，几何级数增长，禄粮需求无限。地方财政收入有限，欲不禄断粮绝，岂可得耶？

明朝亡后，清朝承袭其弊，又以皇粮供养八旗子弟，终身食禄，豢养懒虫无数。虽曰爱之，实则害之。我在童年，清朝已亡三十年了，还听见成都人编笑话挖苦八旗子弟之堕落，之无能，之穷，之惨。殷鉴不远，可慨也夫。

何道台的幽默

故家右邻前清大官何道台的宅院。大门两侧墙头高处，右书“死生有命”，左书“富贵在天”。二门竖匾为“大夫第”三字。我生已晚，未见过何道台本人，仅与其曾孙辈同过学。少时闻说道台诖误贪墨，贬斥还家。后知其说不确，罢官实由官场权争，枉做了牺牲品。还家隐居，作诗写字，留墨迹于后代。成都文殊院有他撰书的一副对联，悬挂至今，仍受称赞。上联：世上人法无定法，乃知非法法也。下联：天下事了犹未了，何妨不了了之。

上联文内第一个法字为动词，义为效法。第二个法字为名词，义为规则。“法无定法”，世上人都去效法朝令夕改的规则。这样一来，我们就弄懂了，所谓规则也者，就是没有规则。忠厚老实的人弄不懂这道理，严格按着老规则行事，结果大触霉头，一生坎坷，还被人嘲笑拎不清规则，背个“犯错误”的恶名。那些奸狡之徒，从不遵守任何游戏规则，今日红花，明日紫草，孙猴子七十二变，变色龙七彩随玩，永远通吃，既富且贵，还“一贯正确”呢。何道台的牢骚非无据也。何道台的幽默不可及也。

下联真是通达之言。比如几十年前的“阳谋”案，老实人总希望彻底了断，完全厘清。殊不知天下事如积薪，旧柴未烧完，新柴又堆上。你想烧完旧的，那怎可能？新柴同样是烧不完的，因为不等烧完，新新柴又来了。“彻底”“完全”乃是书呆子的妄想，注定失望。所以，何道台的通达智慧也是不可及。

古人写诗

画+说=诗

一首诗，就其结构而言，可以分成描写和叙述两部分。所谓描写，就是画。所谓叙述，就是说。画一画，说一说，一首诗就出来了。

中国的第一部诗集《诗经》有诗三百零五首。察其内容，或诉苦，或娱乐，或求爱，或敬神，都有其实际用途，没有什么“为艺术而艺术”的。所以，在这些诗里，叙述的成分多，描写的成分少，也就是说，说得多，画得少。《诗经》里好些诗都有比或兴的部分。所谓比兴，就是画画。比兴以外的其他部分，也夹杂着描写，画上几笔。古人质朴，不敢多画，刚刚画了两三笔，赶忙又去接着说。而比兴部分，即画的部分，通常只有两行，例如——

周南·桃夭：桃之夭夭，灼灼其华。（画）之子于归，宜其室家。（说）

唐风·葛生：葛生蒙楚，蔹蔓于野。（画）予美亡此，谁与独处？（说）

比兴以外的其他部分，如赋的部分，也夹杂着一些画，例如——

小雅·采薇：昔我往矣，杨柳依依。（画）今我来思，雨雪霏霏。（画）行道迟迟，载渴载饥。（画）我心伤悲，莫知我哀。（说）

一般说来，都是画在前头，说在后头。见景生情，睹物生感。景物是画出来的，情感是说出来的。景物与情感，两两相结合，便是诗了。

画一树碧桃，夭夭地逗人爱，树上桃花盛开，灼灼似火。然后说，这个女子出嫁了，和谐美满新家庭。以上便是《周南·桃夭》的第一章。

画一丛葛藤，攀缘着荆树。画一丛蔹草，蔓生在野外。然后说，我的爱人死去了，孤单单，谁伴他，坟墓里！以上便是《唐风·葛生》第一章。

试把那首《周南·桃夭》同这首《唐风·葛生》比一比，便可看出：古人写诗，诗中有画，但绝不见啥画啥。他写诗，说婚事之喜，说新娘之美，同时画桃树，画桃花，而绝不会去画葛藤乱缠、蔹草乱生。同样地，他写诗，说丧事之悲，说遗孀之苦，同时画葛藤乱缠，画蔹草乱生，而绝不会去画桃树，画桃花。画什么，说什么，总要对得上口，不能驴唇马嘴。什么画该配什么说，他们心中有数，不会配错。桃树多子，桃花多艳，这样的画面，洋溢着喜悦，显现着美丽，所以用于说婚事。葛藤乱缠，蔹草乱生，这样的画面，漂浮着烦忧，暗示着不幸，所以用于说丧事。

《诗经》之后，南方崛起楚辞。屈原写《离骚》，离骚即牢骚，离牢两声可以互相转化。满腹牢骚，只需愤慨地说，不须细致地画。他的《天问》是问，问也是说。他的《九章》多有独白，少有画。他的《九歌》乃是戏剧唱词，也很少画。《九章》里偶尔有画得好的，在《涉江》一首内：

山峻高以蔽日兮，下幽晦以多雨。（画）
霰雪纷其无垠兮，云霏霏而承宇。（画）
哀吾生之无乐兮，幽独处乎山中。（说）
吾不能变心而从俗兮，固将愁苦而终穷。（说）

这里也是先画后说，画出环境，说他住在那里，孤独地，忧愁地。其实，暗山也有明亮的时候，寒雪也有消融的时候，沉云也有吹散的时候，晦雨也有转晴的时候，只是屈原不画罢了。他只画那些给人平添愁苦的暗山、寒雪、沉云、晦雨，作为他的环境，来说他在流放中的孤独，孤独中的悲哀，悲哀中的顽强。前面的画，后面的说，配得恰到好处。

《九歌》里偶尔也有画得好的，在《湘夫人》一首的开头：

帝子降兮北渚，目眇眇兮愁予。（画）
嫋嫋兮秋风，洞庭波兮木叶下。（画）

信不信由你，真有那样巧，在同一时刻，湘水女神从天上翩翩而降，洞庭秋叶从树上飘飘而落，就像预先配合好了似的，一齐从上面降落下来。这不是巧合，这该是屈原的巧思。从古到今，激赏这四句的读者很多。这四句话，画得很好。好在哪里？好在整幅画面给观众以自上而下的动感，这是一幅动画，一个电影镜头！那些木叶岂是偶然地被那袅袅的秋风吹下来的吗？

《离骚》说很多，画很少。屈原叙述自己走投无路，到处都碰钉子，说他决定弃人间而远游。他带着仆人，驾着飞马车，向昆仑奔去。早晨告别天河的渡口，黄昏到达西方的终极。后来又越过流沙，顺着赤水，路绕不周山，直奔西海。当此时也，飞马腾腾，车旗飘飘，奏歌跳舞，快活极了。紧接着是一幅奇画："陟升皇之赫戏兮，忽临睨夫旧乡。仆夫悲余马怀兮，蜷局顾而不行。"这四句译文如下：

升到高空，亮亮煌煌，低头看见了楚国故乡。仆人悲哭，马匹哀叫，停车不走，痴痴地向下望。

当时中国最长的一首诗，三百六十八行的《离骚》（作为尾声的四行不算正文），写到这里突然结束，就像电影放映机突然停止转动，银幕上只映着静止的影像作为剧终一样。《离骚》以奇画结尾，留悬念给观众：

"屈原怎么办？驾车继续前行吗？回车驰返楚国吗？"因为他在诗中不作交代就突然结束了，所以观众要这样问。

年轻的时候，我读过《离骚》，后来渐渐忘记了。只有一个印象至今不忘，就是结尾的这一幅奇画：屈原的飞马车悬停在高空里，进退两难，他陷入痛苦的矛盾中，不知如何是好。屈原真是大手笔，他把一个激烈的矛盾悬在空中。

枚乘拍电影

秦朝短命，无诗。李斯作四言诗，歌皇帝之功德，只见说，不见画，诗艺低劣。到了汉朝，文人作诗模仿屈原，形成楚辞流派，可惜佳作太少。

西汉的李陵和苏武流落漠北，临别写诗互相勉励，遂成为五言古体诗的鼻祖。后继者有枚乘，也是西汉人，写有《青青河畔草》。这首诗着重于描写，多画，少说，如下：

青青河畔草，郁郁园中柳。（画）
盈盈楼上女，皎皎当窗牖。（画）
娥娥红粉妆，纤纤出素手。（画）
昔为倡家女，今为荡子妇。（说）
荡子行不归，空房难独守。（说）

一看便知道，画得实在美。请再细看，你会有新发现：枚乘在拍电影，他是摄影师呢！他举着开麦拉，由远逼近，一边走一边拍，拍摄成这一卷彩色的纪录片，还写了一段解说词。

远景：一湾小河，岸草青青。

渐近：河边绿柳丛中一座庄园。

近景：庄园中一座楼，有窗临河。

更近：窗内一位少妇，体态丰盈，容貌姣好，沉思，远眺。

特写：手部，搭在窗台上，白嫩，十指纤纤。

特写：脸部，浓妆艳抹。

解说：她，从前的歌伎，如今的少奶奶。她在家中盼望着丈夫早日归来。唉，那个浪荡公子，一去不回！楼外的春天多美丽啊！剩她一个人，冷冷清清，烦死人了！

这种由远逼近，视野逐渐缩小，场景逐渐消失，人像逐渐清晰，从体态看到脸部，从脸部看到手部的写法，同我们日常看物体的过程完全吻合。这种写法显然来自人眼看物的经验，并非枚乘的独出心裁。他有什么开麦拉呢！他只有一双眼睛，而眼睛就是电影摄影机！

《古诗十九首》里还有一首《涉江采芙蓉》，不知作者是谁，如下：

涉江采芙蓉，兰泽多芳草。（画）
采之欲遗谁，所思在远道。（说）
还顾望旧乡，长路漫浩浩。（画）
同心而离居，忧伤以终老！（说）

枚乘的那首诗是诗人写别人的。《涉江采芙蓉》则是诗人写他自己的。这首诗一边画一边说，配合得很好。

画：他涉一泓青草池塘去摘荷花。说："妻在远方，荷花送给谁呢？"

画：回头遥望，道路漫长，家在天边。说："夫妻分离，怕要忧伤一辈子了！"

说的部分全是他的内心独白（思想活动），根本没有说出口来。如果把画的部分拍成影片，那么说的部分正好用来配成画外音，由配音者模拟着摘荷花者的口吻，轻轻地缓缓地念出来。这首诗的作者，同枚乘一样，都是汉朝的人，距今将近两千年了。他们写诗的手法完全符合电影艺术的要求，这不是很奇怪吗？

白雪好像梨花

唐代的古体诗，有《春江花月夜》画月，有《白雪歌》画雪，都画绝了。《白雪歌》作者岑参在新疆的轮台做官时，一个大雪天里送别一位同僚，后来便写了这首画雪的诗。

《白雪歌》一开头就是画：

北风卷地白草折，胡天八月即飞雪。
忽如一夜春风来，千树万树梨花开。

这里是两幅画。第一幅画是风吹枯草断，给第二幅画垫背。这一垫背很必要，否则，观众就可能误解，以为“春风”真的是春风而不是北风，以为“梨花”真的是梨花而不是积雪。第二幅画是树树“梨花”，奇美惊人，甚至比真的树树梨花更美。积雪明明不是梨花，偏偏说是梨花，这种写法就是电影蒙太奇（montage）手法。一个特写镜头：遍野梨树开花。只一瞬间，梨花化作积雪。这是瞬间视觉误差所致，观众是能够理解的。“忽如”即忽然。

用梨花比白雪，被苏轼借过去，倒转来，用白雪比梨花：“梨花淡白柳深青，柳絮飞时花满城。惆怅东栏一株雪，人生看得几清明！”不过，苏轼虽然借了岑参的，岑参也是借了别人的，六朝梁代萧子显的《燕歌行》里就有“洛阳梨花落如雪”一句。这里，我们看见了一个有趣的循环。

（梁代）萧子显：梨花看来好像白雪。
（唐代）岑参：白雪看来好像梨花。
（宋代）苏轼：梨花看来好像白雪。

如此转来倒去，同样都美得出奇，这不是很可怪吗？

恕我无能得不出一个普遍的结论，以供诗人们采纳。我只能抓住这一个很特殊的例子。分析如后：第一，梨花与白雪两者都很美；第二，两者在表象上确实相似；第三，这点最重要，梨花开在暮春里，白雪落在寒冬里，两者永不相逢，正如参星与商星一样。有了这三点，才有可能出现那个有趣的循环。

《白雪歌》的结尾也是画：

轮台东门送君去，去时雪满天山路。
山回路转不见君，雪上空留马行处。

这又是电影蒙太奇。友人渐行渐远，转个弯，不见了。这时候来一个特写镜头：雪地上留下的马蹄痕。无声的画面，标题是“怅惘”。

画超现实的幻声

吴丝蜀桐张高秋，空山凝云颓不流。
江娥啼竹素女愁，李凭中国弹箜篌。
昆山玉碎凤凰叫，芙蓉泣露香兰笑。
十二门前融冷光，二十三丝动紫皇。
女娲炼石补天处，石破天惊逗秋雨。
梦入神山教神妪，老鱼跳波瘦蛟舞。
吴质不眠倚桂树，露脚斜飞湿寒兔。

这首《李凭箜篌引》从头到尾全是画，画得很诡怪。作者李贺是一个耽于幻想的诗人，二十七岁死了，后人叫他鬼才。他听乐工李凭弹奏二十三弦的竖箜篌，大受感动，写了此诗。我将它译成新诗，居然像现代派。

吴国的丝做弦，蜀国的桐做板，架起一派秋声在上边。

荒山里，白云愁，凝成团，不能流。湘江的神女哭，司秋的神女忧。

李凭在长安城里弹箜篌。

玉山崩，凤凰叫，荷花泣，兰花笑。天宫十二门，秋月暖如春。

二十三条弦，玉皇动感情。弹破了女娲补天的彩石板，天河漏下来，秋雨满人间。

李凭做梦到仙山，教授仙女弹，老鱼听了翻波跳，瘦蛟舞翩翩。吴刚斜倚月中桂，忘了眠。

玉兔一身露水珠，忘了寒。

第一句是一幅画：一张正在被弹奏的竖箜篌。可惜弦上的秋声画不出来。第二句是一幅画：荒山中的一朵停云。

三、四句是一幅《二女听箜篌图》。李凭在此亮相，他抱着竖箜篌席地坐弹。云雾中有两位神女正在倾听，一个流泪，一个忧愁。

五、六句是一幅画不出来的画：四种声音。玉山崩，凤凰叫，荷花泣，兰花笑，谁也没有听过，是超现实的幻声，只存在于李贺的幻想里。

七、八两句是一幅《玉皇听箜篌图》。要把冰凉的月光画得很温暖，画家能做到吗？

九、十两句是一幅画：天穹裂缝漏水，人间一场豪雨，李凭正在弹奏。什么样的弦音有这样强的能量，竟能震裂天穹！超现实，超经验，荒谬已极的怪诞美！李贺骑着幻想之马一路飞奔而来，到此已凌诡怪的高峰，使千载之后的我们瞠目结舌，惊愕不已，恨不得拉住他问一句："你是怎样想出来的？"

十一、十二两句是一幅《海怪听箜篌图》。李凭领着仙女，临着海潮，对弹箜篌。潮峰上，鱼妖在欢跳，海蟒在狂舞。这幅画是李凭的一场梦，当作电影镜头处理倒很方便。

最后两句是一幅《吴刚夜听箜篌图》。月亮上，吴刚不去睡，被弦乐迷住了。玉兔一身露水，还在那里偷听。兔怕毛湿，湿则病，真是欣赏音乐不要命了。

全诗总共有八幅画，不是连环画，而是跳跃画。如果请一位电影导演将这首诡怪的跳跃诗拍成短片，他肯定能够从这十四句里发现蒙太奇的严密性和趣味性。不过，放映后可能有尖锐的批评，会说它"看不懂"。

画女性的意态美

唐代古体诗专写女子的不少，只是其中绘画成分不多，叙述成分不少。画女子无非是画她们的两个方面：一个是体态（包括身材、容貌、服饰、动作），一个是意态。体态美固然吸引人，而意态美更吸引人。如果画不出女子的意态美，一味地浓涂艳抹体态美，也很难使读者喜爱她。请以杜甫的《丽人行》为例，这首古体诗写了一大群贵妇，其中包括杨贵妃诸姐妹，细致地描绘了她们的体态美——“肌理细腻”“骨肉匀（称）”，头上戴的，身上穿的，腰间围的，都画到了。意态美呢？杜甫并未忘记说她们的意态都很美——“态浓意远淑且真”。请注意，这是说，不是画。读了这首《丽人行》，是很难喜爱那些“丽人”的。何况在结尾处杜甫还暗刺了杨国忠一句呢！

可见意态美难画。对诗人说来，难；对画家说来，十倍难。语言文字，有利于画心，不利于画形；色彩线条，有利于画形，不利于画心。说到这里，想起了王昭君的故事。都说昭君不肯行贿，毛延寿故意画丑她。千年后王安石写《明妃曲》，来了一个翻案：“意态由来画不成，当时枉杀毛延寿！”说昭君（明妃）的意态美得很，画师画不出来，并非故意画丑。事情真是这样吗？谁也不知道。王安石也未必认为真是这样，他不过是变个花样来说昭君的美罢了。意态之美确实难画。不过王安石把话说死了，他说意态本来就是画不出的，这就说过头了。画家们可以举出许多有名的肖像画来驳斥他，无须我说，我且举出李白的这首诗，看一看诗仙的丹青妙手：

耶溪采莲女，见客棹歌回。（体态）

笑入荷花去，佯羞不出来。（意态）

我们仿佛亲眼看见千年前的江南采莲女子，三三五五，坐在船舷，各自伸出白腿在水中划动着，唱着，笑着。发现李白在岸上看，她们便故作娇羞态，划船入荷花丛中去躲藏起来。其天真可爱，其狡慧可爱，绝不下于千年后的女子。这样鲜明的体态和意态不是很可惊讶的吗？

杜甫的古体诗《佳人》，以“绝代有佳人，幽居在空谷”开头，说她出身官宦人家，安史之乱，弟兄被杀，家庭离散，只身逃入荒山。丈夫早已抛弃她，在外地另娶新妇。她感叹道：“但见新人笑，哪闻旧人哭！”她宁肯受饥寒，不愿再嫁，因为“在山泉水清，出山泉水浊”。她把首饰交给婢女去卖了买口粮。草棚漏雨，牵一株藤萝去补吧。她也摘花，但不插发。杜甫一路叙述下来，只说，不画。到了结尾两句，来一幅画：“天寒翠袖薄，日暮倚修竹。”全诗二十四句，到此忽然结束。杜甫实在高明，不去迁就读者的胃口，拿个结局给他们吃饱。他故意吊读者的胃口，让他们心歉歉的。这就是我们所说的悬念。年轻时我读过这首《佳人》，至今一闭上眼睛还看见这位不幸的弱女子，在秋风中，在黄昏里，衣裳单薄，孤零零站在那里，背靠着一丛竹，眼睛里流露着哀愁。我总要推想着：“她后来怎样了？”我敢说，再过一千年，未来的读者还会重复我的这种推想！

说到《佳人》结尾的两句话，不禁要问：画的是体态美呢，还是意态美？我说是体态美，但又透露出意态美——表现出她那高洁的灵魂与经冬不凋的翠竹为伴。这是古代士大夫追求的一种理想美，不只是一种女性美。可以同王昌龄的《长信怨》比一比。《长信怨》用乐府诗的旧题，写汉成帝曾经宠爱班婕妤，后来移情于赵飞燕。班婕妤失宠后，申请到长信宫去侍候皇太后，心中不免有怨，这就是《长信怨》的由来。王昌龄借用旧题，据说他写的是唐明皇的梅妃失宠之怨，如："奉帚平明金殿开，且将团扇共徘徊。玉颜不及寒鸦色，犹带昭阳日影来。"写得虽好，毕竟意态欠美。这位妃子怨自己失了宠，比乌鸦还可怜。乌鸦虽丑，停在昭阳宫屋脊上，还能得到阳光的抚爱呢（皇帝是太阳）。这就比《佳人》里的那个弱女子差远了。

当然也不必深责《长信怨》。类似的宫怨诗实在不少，往往趣味恶劣，弄不清楚那些诗人是同情不幸的宫女呢，还是在一旁欣赏，或两者都不是，只是诗人借宫女之口说自己不被上面重用罢了。

妾发初覆额，折花门前剧。
郎骑竹马来，绕床弄青梅。
同居长干里，两小无嫌猜。
十四为君妇，羞颜未尝开。
低头向暗壁，千唤不一回。
十五始展眉，愿同尘与灰。
常存抱柱信，岂上望夫台。
十六君远行，瞿塘滟滪堆。
五月不可触，猿声天上哀。
门前迟行迹，一一生绿苔。
苔深不能扫，落叶秋风早。
八月蝴蝶黄，双飞西园草。
感此伤妾心，坐愁红颜老。
早晚下三巴，预将书报家。
相迎不道远，直至长风沙。

李白的这首古体名篇《长干行》，是乐府旧题。李白之前，崔颢也写过《长干行》。“干”就是岸。古金陵（今南京）有一条靠秦淮河的长街名叫长干。《长干行》的“行”是古诗的一种叙事体裁，不是走路的行。李白这首诗写一个商人妻子思念丈夫，是用第一人称口吻写的。诗中的“妾”就是谦称的“我”，“郎”啊“君”啊就是尊称的“你”。前半篇十八句回忆从前：我小时候留着披髦，在门口折花玩。你骑竹马跑来，绕着我转圈子，送我酸梅（梅就是媒）。十四岁我嫁给你，总是怕羞，躲在壁角，你叫我，我不理。十五岁我省事了，愿同你偕老。十六岁我更爱你，你却远行长江上游。三峡五月涨水，猿猴哀叫，行船可危险啦。现在你还不回来——门前旧行迹，一一生绿苔。（画）苔深不能扫，落叶秋风早。（画）八月蝴蝶黄，双飞西园草。（画）感此伤妾心，坐愁红颜老。（说）

全诗只有开头一句画到体态（覆额）。接着在叙事中兼画意态，让我们看见一个纯洁娴婉的金陵少妇，并且相信她一定是美丽的。接着抛开叙事，只画她眼前的景物：丈夫往日出入的门前小路长满青苔，落满黄叶。西边的花园里，花都谢了只剩草，一对衰老的蝴蝶飞舞在秋风里。这幅画的题目该是“迟暮”。画外音该是她的感伤：“我的青春！我的青春！”

画景物兼画了她的意态，使我们进一步了解她不但纯洁娴婉，而且敏感多情。清代文人纪晓岚这样评这首诗：“兴象之妙不可言传，此太白独有千古处。”他所说的兴象就是我们说的意象。现代诗意象派大师埃兹拉·庞德七十年前曾将此诗译成英文诗发表过。中国古诗中的绘画成分便包含着意象，如李白的这首《长干行》便是，流传到国外去，滋生出意象派，又流传回国来，使我们感觉很新鲜。这不是有点像“出口转内销”吗？当然，我不是说曾开欧美诗歌现代派之先河的意象派原来是从中国传去的，那样说未免太阿Q了。我只是说，庞德他们曾经借鉴唐诗而已。幸勿误会！

宫娥团扇摇秋风

王昌龄画失宠的梅妃“且将团扇共徘徊”，那柄团扇握在纤纤素手之中，便生出魅力，平添意态美，且让读者感到一缕秋寒从字里行间飒飒吹来。那柄团扇既有如此魅力，后代的画家们便纷纷借用，凡画宫女，都得让她手握一柄，也不管她是否已经失宠。这样一来，那柄摇着清愁幽怨的团扇便给滥用了，而滥用的结果又是魅力的消失。艺术上的这个现象很值得注意。

梅妃的那柄团扇也是借汉宫中一位姓班的婕妤（女官）的。请读这首班婕妤写的《团扇》：“新裂齐纨素，皎洁如霜雪。裁为合欢扇，团团似明月。出入君怀袖，动摇微风发。常恐秋节至，凉飙夺炎热。弃捐箧笥中，恩情中道绝。”这首诗也被意象派大师埃兹拉·庞德删节后翻译成英文诗《题扇，致陛下》，成了他名下的大作。据赵毅衡的译文，如下：

哦，白绸的扇子
洁净如草叶上的霜
你也被搁在一边

怀着深深的同情去写宫怨的首推白居易的《上阳白发人》。上阳宫是唐玄宗时被强选去的宫女的住地。诗中写的这位宫女，十六岁被选上了，当时她“脸似芙蓉胸似玉”，条件颇好，所以怀着希望。可是——

未容君王得见面，已被杨妃遥侧目。（说）
妒令潜配上阳宫，一生遂向空房宿。（说）
宿空房，秋夜长，夜长无寐天不明。（画）

耿耿残灯背壁影，萧萧暗雨打窗声。（画）

春日迟，日迟独坐天难暮。（说）

宫莺百啭愁厌闻，梁燕双栖老休妒。（说）

莺归燕去长悄然，春往秋来不记年。（说）

唯向深宫望明月，东西四五百回圆。（说）

写她对幽囚状况的感受，透露出苦闷的意态，不能说不真实，但总嫌一般化。这一段描写适用于和她同命运的一百多位女幽囚。意态的共性有了，意态的个性没有，所以读后总觉得隔一层。接着写她现年六十，成为上阳宫中最年老者，被皇帝遥赐以尚书称号，以示嘉奖（多么残酷的玩笑）。此时的她，已是白发老妪，仍像年轻时一样地穿着“小头鞋履窄衣裳”，画着“青黛点眉眉细长”，不知道这种打扮早已过时了，这种“天宝末年时世妆”徒惹外人讪笑而已。可怜的她，幽囚四十四年之久，竟不了解外边的时装新潮流。外边的女子早已改穿圆头的鞋履和宽大的衣裳，早已改画又粗又浓的短眉了。令人笑，令人悲，她的个性出来了，白居易的深深的同情于斯而见了。

一句“云想衣裳花想容”竟有那么大的魅力，使被画的那个女子在读者的心目中美得说不出来，李白的技法可谓高明。为什么“说不出来”？李白画得太空灵了，朦朦胧胧的，叫我们如何说得出来。有些画得很具体，如杜甫的《丽人行》，那一大群春游曲江的贵妇，其中包括杨贵妃诸姐妹，不但细致地描绘了她们的“肌理细腻”“骨肉匀（称）”，而且连她们头上戴的，身上穿的，腰间围的，都很细致地画到了。这样还嫌不够，还补说一句她们都是“态浓意远淑且真”的。杜甫一共用了八句直接描绘她们的美，实在吃力，这种美就说得出来。可是这八句“说得出来”的远远不如那一句“说不出来”的，你说怪不怪！

在这一点上，也许杜甫的技法确实不如李白。杜甫太老实了。李白虚画，杜甫实画。李白画自己的联想，杜甫画她们的表象。李白根本不画出那个女子的衣裳，只说他想起了云；也根本不画出那女子的脸，只说他想起了花。杜甫却细画她们的衣裳，还细画她们的肌肤骨肉。李白只远远地瞟那个女子一眼，便脱口说出自己的联想来。杜甫却挤到她们身旁去仔细地观察，看见了一些什么都记下来。李白的那一句，读者过目不忘。杜甫的这八句，有几人能背诵？

“云想衣裳花想容”这一句，使我们想到了云之飘逸与花之艳丽，想到了云与花都具有一种非人间的性质，想到了她也一定会具有一种非人间的灵美，这就够了，何必那么具体！

由此应该悟到，虽然说是“诗中有画”“画中有诗”，诗与画在艺术原理上多有相通之处，可以互相借鉴，但是诗与画在技法上相违之处毕竟不少。就拿工笔技法来说，画画，可以，写诗，恐怕就不可以。工笔画画，锱铢无遗，毫毛毕现，细部描写虽繁，读者可以慢慢欣赏，而且在欣赏中总会有新发现。工笔写诗，像杜甫那样画“丽人”的细部，无论画得多么准确、多么具体，都无助于展示灵魂与刻画情性，相反地使读者无动于心，不耐烦去细读。只是，李白的那一句出自《清平调三首》，是奉诏写来赞美杨贵妃的。实在遗憾，她不配！

白居易演幻术

白居易在《长恨歌》中关于唐玄宗归来的描写里，也使用了意象手法："归来池苑皆依旧，太液芙蓉未央柳。芙蓉如面柳如眉，对此如何不泪垂！"

池塘的荷花，堤岸的垂柳，依旧是红的红艳艳，翠的翠生生，在宫人们的印象中不过如此而已；在失去了皇权、失去了配偶的唐玄宗眼里，又有不同的印象。他在寂寞中思念杨玉环，并且感到惭愧（他让她做了替死鬼）。凝目久视，老眼昏花，那些红荷翠柳忽然幻成朱颜黛眉，在向他笑，在向他哭。一瞬间又消失，依旧是池荷岸柳，于是他垂泪了。

白居易在《长恨歌》里演了幻术，而陈鸿在《长恨传》里写到此时却只有老实巴巴的"池莲夏开，宫槐秋落"这八个字，且改"柳"为"槐"。《长恨歌》的"玉容寂寞泪阑干，梨花一枝春带雨"这两句在《长恨传》里竟找不到相对应的一句话。固然，诗长于画，文长于说，白居易和陈鸿各有所长，不好比较。但是，白居易不但画了，还演了画面的幻术。这种幻术在千年后的今日被叫作意象手法，引入了新诗的创作手法里，这不是很可惊异的吗？紧接着前面引的那四句画，又来一幅精彩的四句画："春风桃李花开日，秋雨梧桐叶落时。西宫南内多秋草，落叶满阶红不扫。"

这幅画应该分解成四个镜头：第一个镜头是桃李在春风中开花了；第二个镜头是梧桐在秋雨中落叶了，这两个镜头表现出时间的流逝；第三个镜头是从幽闭的南宫缓移到同样幽闭的西宫，乃是空间的转移（已退位的玄宗皇帝被强迫从南宫移往西宫去继续度过幽囚的晚年）；第四个镜头是西宫内的台阶，落满红叶，无人扫地（暗示幽闭状态）。拍摄这四个连续的镜头的摄影机就是被幽囚的玄宗皇帝的眼睛。他本人不出现于画面，但是画面上的每一笔触都浸染着他的感情色彩，而画外音该是他的叹息和怨语。他的儿子肃宗皇帝折磨他，毫无“孝道”可言。为尊者讳，同时也为自己的安全考虑，这一段宫廷丑闻写不得，所以陈鸿在《长恨传》里含糊其词地写，绝口不说儿子逼老子。白居易在《长恨歌》里也不敢说，但不说又觉得骨鲠在喉，所以用了一个“落叶满阶红不扫”的镜头来暗示那一段宫廷丑闻，可见诗人用心的良苦了。

寂寞红与伤心碧

《长恨歌》的“落叶满阶红不扫”这一句欠通顺，应改为“红叶落满阶不扫”。这样一改，通是通了，仍嫌别扭。原来这是“红叶落满阶”“不见人来扫”两句合并后的省略。

白居易把“红”挪到后面去，明知这样做欠通顺，他还是挪了。他这样做，为了什么？为了使“红”从形容词变为名词。这样一变，把一句断成了两截，把一个形容词剖成了两个形象：一个是“落叶满阶”的形象，一个是“红不扫”的形象。这样就把名词的“红”字突出了，使读者一瞥难忘。

“红叶”这个词突出的是叶而不是红。白居易为了突出红，所以不顾语法习惯，挪移位置，以为己用。画家画秋山红叶图，点染一片胭脂红，并不细画叶片，有意使叶的印象模糊，使红的印象鲜明，这也是为了突出一个红。画家使用的手法同诗人使用的手法如出一辙。

这里的“红不扫”除了暗示幽闭状态之外，恐怕还暗示着愁难消。满阶落红—满庭寂寞—满怀忧愁，这是一个从景到情的转换过程。某种景引起某种情，某种情寓于某种景。物我之间就这样互相影响着，这该是诗的辩证法。

色彩的象征问题不宜说死了。认为某种色彩一定象征着某种情绪，那就未免太形而上学了。《长恨歌》里还有这样四句说到色彩和声音的：“蜀江水碧蜀山青，圣主朝朝暮暮情。行宫见月伤心色，夜雨闻铃肠断声。”夜雨声和风铃声，逃难的玄宗皇帝听了要“肠断”。月光的银白色，逃难的玄宗皇帝见了要“伤心”。那水碧，那山青，在逃难的玄宗皇帝看来，不可能是佳色，只能是“肠断”碧和“伤心”青。李白的《菩萨蛮》前半阕：“平林漠漠烟如织，寒山一带伤心碧。暝色入高楼，有人楼上愁。”高楼上的那位愁人眼里，一带秋山碧得叫人伤心，可作旁证。

白居易在《长恨歌》的前半部分，也画过杨贵妃的体态美："回眸一笑百媚生"是她亮相，肤若"凝脂"是她洗澡，"云鬓花颜"是她的容貌。此外，"天生丽质难自弃"啦，"三千宠爱在一身"啦，乃是说，不是画。画她的体态的也不过就那么一点点，画她的意态的一点点也没有。倒是后面，写到她被处死以后，白居易放开笔，演绎民间传说，不受史实拘束，画出了他理想中的一位"雪肤花貌"的太真仙子，意态极美：

闻道汉家天子使，九华帐里梦魂惊。
揽衣推枕起徘徊，珠箔银屏迤逦开。
云髻半偏新睡觉，花冠不整下堂来。
风吹仙袂飘飖举，犹似霓裳羽衣舞。
玉容寂寞泪阑干，梨花一枝春带雨。

先是特写镜头，她从梦中醒来，听说唐明皇派人来看望，感到吃惊。潜台词："他还在想我吗？"接着是徘徊迟疑。潜台词："见不见呢？"决定去见。于是仙府中的珠帘银屏一一拉开，走了出去。镜头角度到此改变，道士的眼睛做了摄影机：见她走下堂来，发髻歪偏着，花帽斜戴着，水袖飘荡着，道士心里在想："霓裳羽衣舞啊！"她走近了，道士看清楚她的面容了，一脸哀愁，泪水纵横，令人联想起春雨中一枝湿润的梨花。

不难看出，这是结构紧凑的分镜头剧本。前半截是她从镜头面前向远方深景处走去，后半截是她从远方深景处向镜头面前走来。走去了，走来了，全有脉络可寻，如针脚之细密，一丝不苟。描绘一个场面，就得每时每刻牢记你的摄影机（眼睛）放在什么地点，不能忽远忽近，忽左忽右，忽前忽后，忽高忽低，那样写出来的场面必然是紊乱的，既缺乏时间的连续感，又缺乏空间的立体感。

这一段的结尾尤其妙。太真仙子在道士的眼前忽然幻成春雨中的一枝梨花，雪白雪白的雨水汪汪的一枝梨花。一瞬间又变回来，依旧是“雪肤花貌”的白衣白裙的泪水汪汪的一位仙子。你以为白居易不懂得使用意象手法吗？

意象派大师庞德真厉害。他的名作《地铁站内》全诗只有两行：

人群中千张脸孔的魅影
一条湿而黑的树枝上的花瓣

据说庞德是写巴黎地下铁路站出口所见的人群涌出的瞬间印象。最初他写了三十多行，最后压缩为这两行。庞德提倡意象主义，主张以精确而清晰的意象，快速地捕捉瞬间感受，于是形成了意象派，风靡一时。我看这两行好像是“梨花一枝春带雨”的演变。第一，都写到脸部。第二，都是花（白居易的花是白色的，庞德的花该是多色的）。第三，花都是湿的。第四，白居易虽然没有写树枝的颜色，但雨湿的树枝该是黑的，庞德的树枝写明是黑的。当然，描写的对象不同，一个是仙子在哭，一个是人群在涌，庞德毕竟有他自己的发现。但是，他译过唐诗，想来读过白居易的这一句吧。

白居易的从俗

吾人日常俗语，每逢并举二物，乃至并举多物，往往嫌其繁杂，就简而合称之。男同学、女同学合称男女同学。大作家、小作家合称大小作家。鸡贩子、鸭贩子合称鸡鸭贩子。《道经》《德经》合称《道德经》。眼科、耳科、喉鼻科合称眼耳喉鼻科。公式化之便成 AM+BM+CM=（A+B+C）×M。

你以为这是笑话吗？不然。白居易诗就有这样两句一联："琴诗酒友皆抛我，雪月花时最忆君。"若不嫌其繁杂，并列写之，就应该是这样："琴友皆抛我，诗友皆抛我，酒友皆抛我。雪时最忆君，月时最忆君，花时最忆君。"若改写成新诗，那就更冗长了。不信你看：弹琴的朋友们，你们都抛弃了我啊。写诗的朋友们，你们都抛弃了我啊。喝酒的朋友们，你们都抛弃了我啊。当大雪纷飞的时候，我最想念你呀。当明月照耀的时候，我最想念你呀。当百花盛开的时候，我最想念你呀。

白居易绝不会这样啰唆，便是他太太也不会这样啰唆。

文学语言总以简洁为妙。本来两句一联，密度甚高，韵味极浓，一读难忘。改写成新诗六行，便类似厨下的饶舌婆絮絮不休，徒使听者厌烦而已。前人诗话说到"元轻白俗"，或有道理。看那两句一联，造句之法便是香山居士从日常俗语里学来的吧。

音响兑换画面

白居易的《琵琶行》留下了写乐音音响的名句。早于白居易描写乐音音响的还有李颀。李颀在古体诗《听董大弹胡笳弄兼寄语房给事》中，将董大琴上的音响变成了画面。摘引原诗中的八句如下：

空山百鸟散还合，万里浮云阴且晴。
嘶酸雏雁失群夜，断绝胡儿恋母声。
……
幽音变调忽飘洒，长风吹林雨堕瓦。
迸泉飒飒飞木末，野鹿呦呦走堂下。

那琴声一会儿是荒山里的群鸟聚散，一会儿是长空里的浮云开合，一会儿是离群的幼雁悲啼，一会儿是失母的胡儿哭唤。忽然变调，幽沉变为飘扬。于是大风摇树，白雨打瓦。于是悬瀑飞过树梢。于是野鹿跑过堂下。

这些画面快速转换，一幅一幅从眼前晃过，使我们惊异。原来诗人的大脑乃是意象的银行，将音响兑换成了画面。

人类的听觉与视觉，既是各自独立的，又是互相联系的。凭着日常经验，我们总是把某种声音与某种印象联系起来。人人都有用声音去兑换印象的能力。基于这点，作为表演艺术之一的围幕口技才得以被人欣赏。这种兑换就是条件反射的一种类型，是人类共有的起码能力。我在前面说的那种兑换乃是用音乐艺术中的乐曲去兑换诗歌艺术中的画面，是诗人特具的创作能力，同刚才所说的那种兑换比较起来，便有高级与低级之分。

用音响去兑换画面，不同的诗人兑换出不同的画面来。琵琶、古琴、箜篌，都是弹拨的弦乐器。听琵琶的白居易，听古琴的李颀，听箜篌的李贺，在气质上、在趣味上，各不相同，所以这三家意象的银行各有各的经营方式，近似的音响送到里面去，兑换出迥异的画面来。

在白居易的《琵琶行》里是“珠落玉盘”“瓶破水迸”“骑突刀鸣”“莺语”“流泉”“裂帛”。这些画面偏重于象声，又都是日常经验范围以内的物事，并且是可以复制的。

在李颀的《听董大弹胡笳弄兼寄语房给事》里是“百鸟散合”“浮云阴晴”“雏雁失群”“胡儿恋母”“风林雨瓦”“泉飞木末”“鹿走堂下”。这些画面既象声又象态，虽然也是经验范围以内的物事，却并非都是可以复制的。

在李贺《李凭箜篌引》里的画面，偏重象态，又都是经验范围以外的（非现实的）物事，并且是不可复制的。

他们这三家的画面，白居易的通俗，李颀的高雅，李贺的诡怪。共同之点也是存在的，那就是都含有象声成分，不是无声的纯画。

画面的音响效果

唐代诗人贾岛年轻时住在长安城等考。某日，骑着驴子上街，想起两句诗来："鸟宿池边树，僧敲月下门。"起初想用"推"，后来想用"敲"，老是拿不稳。这位诗迷忘记了交通规则，在驴背上闭目吟哦，还伸出两手做一推一敲之状，悠悠恍恍地冲犯了京兆尹韩愈的仪仗队，当即被拿问。贾岛据实回答。韩愈停马想了很久，告诉贾岛："敲字好。"这就是"推敲"典故的由来。

这两句出现在贾岛的一首五言律诗《题李凝幽居》里，是一幅画：月在东天，池边树上有鸟归巢，一个和尚在敲庙门。

"推"和"敲"都是动词和平声字，用在这里都可以。那为什么"敲"字好呢？

"敲"有声。推可能有声，也可能无声。敲门板，其声喀喀，敲门环，其声丁丁，音色都好，且有节奏。推，纵有声也是门轴摩擦声，不佳。所以"敲"字好。

诗中若有音响效果，可以加强气氛。最常见的办法是使用象声词。杜甫的《兵车行》一开头就用了两个象声词："车辚辚，马萧萧。行人弓箭各在腰。"第二个办法是写明有声。《兵车行》接下去就是用的这个办法："耶娘妻子走相送，尘埃不见咸阳桥。牵衣顿足拦道哭，哭声直上干云霄。"第三个办法是暗示有声，如贾岛用"敲"字。

诗中的音响往往附丽于画面，使画面有声，让读者眼耳并用，加深印象。《兵车行》给读者留下的最深刻的印象乃是一头一尾，音响在这里起了极大的作用。诗的开头是车声马声人哭声，前面已经说了。诗的结尾是鬼哭声："君不见青海头，古来白骨无人收。新鬼烦冤旧鬼哭，天阴雨湿声啾啾。"在我们听来，鬼哭声是不存在的。这里听见的是幻声。

但是古人迷信，以为真有鬼哭。这样的结尾使他们难忘。我们虽然不相信有鬼魂，看了这样阴风惨惨的画面，听了这样凄厉啾啾的哭声，同样难忘。

夜半钟与满楼风

杜甫长于运用音响效果。《后出塞》里的“落日照大旗，马鸣风萧萧”是何等的沉雄悲壮啊！这两句溯源于《诗经》里“萧萧马鸣，悠悠旆旌”。但是用“大”替换了“悠悠”，添上了晚风与落日，气象便大不同。《春望》里的“恨别鸟惊心”用旅客的心惊来暗写鸟啼声，声声都是乡愁，多么巧妙！《羌村》里的“柴门鸟雀噪，归客千里至”写他自己远道归来的喜悦，听见门前雀语叽叽喳喳，好像在说话：“归客千里至！”多么有趣！《北征》里的“猛虎立我前，苍崖吼时裂”，用山崖震裂来写虎吼，声音多么可怖！《阁夜》里的“野哭千家”“夷歌数处”又是多么悲凉啊！

孟浩然的名句“荷风送香气，竹露滴清响”，妙在那个“响”字。若改成“竹露滴清水”便完蛋了！李贺的名句“秋坟鬼唱鲍家诗”的声音使人不寒而栗。至于张继的名诗《枫桥夜泊》，老实说，全靠最后一句“到客船”的“夜半钟声”在那里悠悠地回荡着一缕余韵，从而使千年来的读者入迷。

许浑登上咸阳城楼，留下不朽的名句“山雨欲来风满楼”，却很少有人能记得全诗，甚至很少有人知道上句是“溪云初起日沉阁”。“溪云”对“山雨”，“初起”对“欲来”，“日沉阁”对“风满楼”，都对得好。为什么上句湮没无闻，下句烜赫千载？我认为很简单：“日沉阁”无声故无势，“风满楼”有声故有势。使这句不朽的是满楼的风声，读者有灵耳就会听见的。

甚至没有声音也是一种音响效果，正如静止也是一种运动一样，只不过物体的速度为零罢了。王建的“冷露无声湿桂花”正是这样。人们听惯了夜雨声，自然地把雨这个概念同声这个概念联系起来，闻潇潇之声而知夜雨至。可是这回湿了桂花的是露不是雨，竟连一点声音也没有呢。所以他要写“无声”以添诗趣。杜甫的《春夜喜雨》写成都平原早春的夜雨。他是北方人，感到很新鲜，原来这早春的夜雨竟然是无声的：“随风潜入夜，润物细无声。”他觉得这“无声”颇有趣，所以写入诗中。

树上悬挂一颗心

客自长安来，还归长安去。（说）
狂风吹我心，西挂咸阳树。（画）
此情不可道，此别何时遇？（说）
望望不见君，连山起烟雾。（画）

李白流落山东，送友人西去长安，写了这首《金乡送韦八之西京》。友人回京去了，自己还滞留在金乡县，想跟着回去，却又回去不成。为什么回去不成？“此情不可道”，有苦说不出。人回去不成，就让心回去吧。掏出一颗心来，被狂风吹到咸阳（实指长安），悬挂在树梢上，也就算回去了。心回去了，人依然在原地——金乡城外，目送友人渐行渐远，“望望不见君”了，“连山起烟雾”了。

“狂风吹我心，西挂咸阳树。”这是画面，但是不能画，画不得。真要画成一幅丹青，观众看了，说是挖心示众。虽然画不得，但是作为画面嵌在这首诗中却是妙笔。读者寻绎上下诗句，以意求之，绝不至于误会那是挖心示众。这是因为心字的含义不是固定的，它可以从具体的心脏引申为抽象的心思。古人说过“心之官则思”。李白诗中的心就是思。既然是这样，为什么不干脆写成“狂风吹我思，西挂咸阳树”呢？答曰：如果写成“思”字，就引不起读者的惊诧了，将使诗趣大减。先让读者感觉到那是一颗心脏悬挂在树梢上，后让读者理解到那是一缕心思牵挂着长安城，这样不是更好吗？

让自己的心向远方飞去，这个意象，李白特别爱用。听说王昌龄贬官到夜郎那边去了，李白写诗遥寄：“杨花落尽子规啼，闻道龙标过五溪。我寄愁心与明月，随风直到夜郎西。”他把一颗忧愁的心挂到月亮上，顺风吹到夜郎那边去慰问王昌龄。这和前面的“狂风吹我心，西挂咸阳树”很相似。

魂入诗不可入画

李白从山东流落到江南，而他的妻子和一女一儿还在山东任城家中住着。李白想念二稚子，写了一首《寄东鲁二稚子》。任城家中筑有酒楼。李白在诗中又掏出心来，抛向天空，请南风把心吹回北方去。那颗心真的飘上天去了，并在家中的酒楼前落下来：

南风吹归心，飞堕酒楼前。（画）
楼东一株桃，枝叶拂青烟。（画）
此树我所种，别来向三年。（说）
桃今与楼齐，我行尚未旋。（画）
娇女字平阳，折花倚桃边。（画）
折花不见我，泪下如流泉。（画）
小儿名伯禽，与姊亦齐肩。（画）
双行桃树下，抚背复谁怜！（画）

这首诗中，李白的那颗心乃是他的一缕魂。魂这种东西，古人说有，我也觉得好像是有。李白的魂飘落下来，第一眼就看见自己亲手栽的那株桃树。三年不见，桃树与楼一样高了。接着就看见小女李平阳正在折桃花，折花在手，想起爸爸远走江南，便嘤嘤地哭了。又看见小儿李伯禽，三年不见，长高了一头，有他姐姐那么高了。姐弟俩在树下游玩，怪可怜的。魂想上前去拍拍小儿女的背，做一番爱抚，奈何办不到。也许是阴阳有隔，难以交往吧？这一段魂归故园的描写，层次清晰，具有画面的连续性，好像电影一般，实在妙极了。

人活在世界上，既有时间的限制（世界的世就是时间），又有空间的限制（世界的界就是空间）。时空限制难以突破，所以李白只好幻想魂归故园。在幻想中突破时空限制，古人或叫“神游”，或叫“坐驰”。把一颗心抛给风，或挂在树上，或挂在月上，或直接飞往某地的上空，从那里落下来，这个超现实的异想天开是李白创造的，在他之前，没有诗人这样写过。这个异想具有长久的生命力，到今日还活在新诗里，“我们的心飞向北京城”便是！

至于魂来魂去，早就有了，并非李白创造。屈原流放汉北，思念郢都，就写过这样的句子：“唯郢路之遥远兮，魂一夕而九逝。”魂来魂去，在诗中用滥了，在画中却没法用，原因很简单：神可画，鬼可画，妖可画，魔可画，唯独魂不可画。你画出一个魂，观众还认为那是一个“人”。

全是画的诗

六朝时代的宋又叫刘宋（皇帝姓刘），有个诗人沈约，研究音韵，发现四声，区分平仄。他很看重自己的研究成果，说："从屈原起，一千多年以来，没有哪个诗人懂得这个秘密！"这一项研究成果促使格律诗萌芽。到了唐代，格律诗完善了，大大风行，红了一千多年。直到五四运动以后，新诗登坛，它才逐渐式微。近年来又有所抬头，可喜。

格律诗在唐代被尊称为近体诗。有了近也就有了古，于是又把唐代以前流行的那诗称为古体诗。请记住下面两项等式：

唐代格律诗（近体诗）= 唐代新诗；唐代自由诗（古体诗）= 唐代旧诗。

古体诗用韵颇随便，近体诗用韵很严格。古体诗不讲究平仄，近体诗很讲究平仄。古体诗有三言、四言、五言、六言、七言乃至杂言的，而且每首诗的句数可多可少，没有规定；近体诗则只有五言、六言、七言三类，而且每首诗的句数都有规定：绝句只能是四句，律诗只能是八句。同近体诗比较，古体诗该算是很自由的了。

唐代的诗人们（李白是一个突出的例外）厌倦了"自由"，选择了"格律"。他们喜爱戴着镣铐跳舞，因为这样可以更充分地展示自己的技巧来。

从自由的古体过渡到格律的近体，就诗艺而言，该是唐诗的一大进步。熟读唐诗，你会发现，同古体诗比较，近体诗更凝练——说的部分减少了，画的部分增多了。

近体诗的五言绝句甚至有通篇全是画的。下面是柳宗元的《江雪》：

千山鸟飞绝，万径人踪灭。（画）

孤舟蓑笠翁，独钓寒江雪。（画）

前两句用的是广角镜，环摄四野，好一圈空寂的场景。后两句是特写镜头，视域向圆心缩回，出现一叶小舟，一个披蓑戴笠的渔翁，一根钓竿。钓鱼吗？不，钓雪。整个画面没有动态，没有音响，只有“孤舟”“独钓”，只有寒冷伴着孤独。这该是贬官以后柳宗元心情的图像化吧？后世许多画家都画过这首全是画的诗。这类全是画的诗之出现，使诗与画之间进一步互相影响、互相靠拢。

两首《登鹳雀楼》

畅当有一首五言绝句《登鹳雀楼》：

迥临飞鸟上，高出世尘间。（画）
天势围平野，河流入断山。（画）

这一首诗是两幅画。前一幅是站在地上仰看鹳雀楼，矗立在飞鸟与扬尘之上。高，高得真实可信，没有虚夸的陈词滥调，如岑参写大雁塔的“孤高耸天宫”“七层摩苍穹”之类。后一幅是站在楼上环眺四野，发觉天空不但悬在我们头顶，还绕在我们周围，围着大地。这个印象也是真实可信的，登高者都会有这个印象。“河流入断山”是眼前实景，这条河就是涑水，唐代的鹳雀楼在河中府（山西永济）的城墙上，涑水绕城北而西去，直入断山。

畅当的这一首《登鹳雀楼》景象雄伟，但是名气不大。王之涣也写过一首《登鹳雀楼》，后世传诵甚广，如下：

白日依山尽，黄河入海流。（画）
欲穷千里目，更上一层楼。（说）

先画后说，这是五言绝句最常见的结构。鹳雀楼共三层。从底楼登上二楼，就叫“上一层楼”；再登上三楼，就叫“更上一层楼”。说在那里可以目穷千里之遥，当是夸张之词，能够看到十里之外也就很不错了。白日依山，黄河入海，确实气魄很大。句尾缀以动词的“尽”和“流”，又给画面添了动态。奈何黄河远在三十里外，怎能看到！王之涣会不会把城北的涑水误认为黄河了？或许不是误认，而是写的想象中的虚景吧？这首诗的好处不在前面的画，而在后面的说——鼓励向上追求更高境界。若论诗艺（特别是诗的绘画性），我以为畅当的那一首更好些。

画中又藏着说

先画后说是五言绝句最常见的结构，这是因为人类认识事物，一般而论，总是先观察，后思考，先有了印象，后才有理解的。下面引两首先画后说的五言绝句诗。

卢照邻《曲池荷》：浮香绕曲岸，圆影覆华池。（画）常恐秋风早，飘零君不知。（说）

杜甫《绝句》：江碧鸟逾白，山青花欲燃。（画）今春看又过，何日是归年？（说）

后一首是杜甫为避安史之乱逃到四川以后写的。他盼望回河南老家，一年又一年。暮春三月，“蜀江水碧蜀山青”。蜀人看惯了，不觉得怎样；杜甫看了，新鲜得很，何况碧江边白鸥、白鹭和青山上的红山茶、红杜鹃都是他从未见过的呢。他把眼前的暮春山水画入诗中去，十个字用了四个色：碧，白，青，红（燃）。而且让它们两两映衬：江碧作背景，显得鸟更白；山青作背景，显得花更红。杜甫不会画画，但他懂得色彩互相映衬可使效果倍增。他的“两个黄鹂鸣翠柳，一行白鹭上青天”两句也是用了两两映衬的四个色，而且有音响（鸣）有动态（上）。

五言绝句也有先说后画的诗，仍引两首五言绝句诗。

王勃《山中》：长江悲已滞，万里念将归。（说）况属高风晚，山山黄叶飞！（画）

杜甫《归雁》：春来万里客，乱定几年归？（说）肠断江城雁，高高向北飞。（画）

前一首的第一句是说已经在长江边久滞了，感到悲哀。

第三句的“高风”就是秋风。秋风摇木，山山飞叶。画面透出一派催逼游子之势，来得很猛，仿佛在说：“该回家了，王勃先生！”后一首的第二句是说：还要等多少年，战乱平息，才能回家去呢？乱指安史之乱，杜甫这时已经离开四川，客居在江汉流域的某城（江城），在那里看见春雁北飞，感到心伤（肠断）。画面透出一声听不见的哀叹：“人还不如雁哪！”

这两首都是先说后画，画中又隐藏着不说出来的话，这样就扩大了诗的容量。先画后说只有两个层面：画——说。先说后画却有三个层面：说——画——（说）。三个层面比两个层面更深沉些，更有趣些，也更难写些。所以三个层面的先说后画的诗比两个层面的先画后说的诗在数量上要少得多。舍难求易嘛！

《春晓》是盲诗吗

唐代的格律诗，既有全是画的，也有全是说的。说的也有说得非常好的，举两首五言绝句为例。

李绅《悯农》：春种一粒粟，秋收万颗子。（说）四海无闲田，农夫犹饿死！（说）

罗隐《雪》：尽道丰年瑞，丰年事若何？（说）长安有贫者，为瑞不宜多。（说）

前一首很激愤。作者是个大官，当过宰相，有那样的认识，实在可敬。后一首是针对所谓“瑞雪兆丰年”而写的。结尾的“不宜多”很弯酸。全是说的诗不容易写好。像孟浩然的《春晓》这首全是说的而又说得那样好的五言绝句实在很少：“春眠不觉晓，处处闻啼鸟。夜来风雨声，花落知多少？”一位清高的隐士，春晨醒来，恬淡快活，神韵悠然，随口吟出这四句来，便成名篇。看不出技巧，正是技巧高明处。这首诗容易被我们误解，以为它是画的。诗中有花有鸟有风雨，初看似画，其实不是。这是作者醒后，尚未起床，在枕上听鸟啼，想起昨夜睡眼蒙眬里听见风雨声，然后自言自语说出来的。昨夜的风风雨雨，今晨的啼鸟落花，都是听到的和想到的，没有一样是眼前景物，并未构成视觉画面，所以全是说的，不是画的。明代有人开玩笑说这首诗是瞎子写的。天亮了他居然“不觉”，不是瞎子吗？只“闻啼鸟”，瞎子是很能听的。昨夜风风雨雨，他也只是听到声音罢了，并未看见，正是瞎子。问别人花落了多少，自己不去看，不是瞎子吗？这个玩笑被当时的唐诗研究家胡震亨痛斥过。其实编造这个玩笑的书生倒有几分聪明，他读诗很细心，发现了这首诗没有视觉画面。本来，隐士孟浩然不过是写他自己恬淡的心情和一瞬间的悠然神韵而已。

五言绝句，有先画后说的，有先说后画的，有全画的，有全说的，二十个字，能变出这样多花样来，就诗艺而言，比古老的四言诗复杂多了。

画家写的诗

唐代诗人王维是神韵诗派的大师，又是南宗画派的始祖。这位画家兼诗人同时又是隐士，隐居在长安附近山环水绕的辋川别墅。画山水画，写山水诗，这与他的隐士身份很相称。王维写得最好的诗正是他的山水诗，引两首在下面。

《鸟鸣涧》：人闲桂花落，夜静春山空。（画）月出惊山鸟，时鸣春涧中。（画）

《辛夷坞》：木末芙蓉花，山中发红萼。（画）涧户寂无人，纷纷开且落。（画）

第一首《鸟鸣涧》。一、二两句是一个长句的分写，合起来该是“空山里夜静了人闲了春桂的花落了”。花落无声，月出无声，山涧中宿鸟鸣是有声的寂静。隐士不眠，在倾听着。

第二首《辛夷坞》。山洼叫坞，辛夷就是木笔花，形色都似芙蓉（荷花）。芙蓉不开在水中而开在木末（树梢），可知是辛夷花了。第一句“木末芙蓉花”写视觉联想。辛夷花红艳艳，纷纷开，纷纷落。涧户（溪口）空寂无人。谁也不来看花，花儿自开自落。这样的小景到处都有的，何止辛夷坞一处。与其说是在画辛夷坞，不如说是在写隐士与世无争、自得其乐的心态。但又确实是一幅画而不是一段表白。超然的人生观被融入画面，无迹可求。

读者该注意到了，这两首五言绝句全是画的，一首诗一幅画——一幅淡墨疏笔的小景画。第一首是写友人皇甫岳所居云溪的风景。诗题“鸟鸣涧”不是地名，地名是云溪。第二首是写自己所居辋川的风景。“辛夷坞”是辋川一带的一个小地名，用地名做了诗题。因为是小景，不是全景，我们根本不可能从一首小诗的字句里认出那个地方的山形水貌来。具体地说，不可能从《鸟鸣涧》里认出云溪来，不可能从《辛夷坞》里认出辛夷坞来。地名做了诗题，而诗题对我们欣赏这首诗，实在没有多少帮助。这样的诗题倒好像我们写新诗在末尾赘上一笔“写于某地”，作用仅此。这和画题不同，画题如果是“峨眉金顶”，观众就要看看那画面是否像记忆中的峨眉金顶。如果根本不像，观众就要摇头。如果初看不像，再看而觉得“神似”，且有画趣，观众就会点头说好。用地名做画题的山水画总带有缩写特定自然环境的性质。用地名做诗题的山水诗（我是说王维的这几首），则带有很大的随意性，主观色彩极浓，缩写性质极少。王维在那个特定自然环境里，用恬淡的心态和敏锐的视听，随意捕捉印象，剪山一阿，剪水一曲，剪云剪月，剪鸟声剪竹韵，剪夕阳剪落花，剪空间的寂静，而又不留剪迹，缀成佳作，造诣很高。

王维取景

春秋佳日，友人结伴出游。看见某处园林颇好，总会有一位同伴要惊叫道：“哎呀，快看！风景这么好！”然后回头向另一位绰号“小李白”的同伴说：“你该写首诗！”

显然，这位老弟以为园林幽美就是风景好，又以为风景好就能写出诗来。如果此处是长安近郊的辋川别墅，而隐士王维又正好在场的话，他会有怎样的反应呢？王维恐怕会笑道：“年轻人，此处风景未见得好，而写诗也不一定要写好风景啊。”

确实，画家兼诗人的王维写的那些风景诗，你仔细研究研究，很难从中看出通常所谓的好风景来，虽然意境极美。下面三首五言绝句，分别写于辋川一带的三处风景点。

《白石滩》：清浅白石滩，绿蒲向堪把。（画）家住水东西，浣纱明月下。（画）

《竹里馆》：独坐幽篁里，弹琴复长啸。（画）深林人不知，明月来相照。（画）

《鹿柴》：空山不见人，但闻人语响。（画）返景入深林，复照青苔上。（画）

第一首《白石滩》中的“绿蒲”，就是水生植物菖蒲。“向堪把”即快要茁壮盈握了。可见时节是暮春。明月之夜，一群妇女，有的家在溪东，有的家在溪西，都到清浅的白石滩来浣纱。这样的小景是到处常见的。滩流声，漂洗声，笑语声，都留给读者到自己的想象中去听吧。隐士悭吝言辞，不需说尽。

第二首《竹里馆》。第一句的“幽篁”就是第三句的“深林”，合起来就是幽深的竹林。隐士一个人坐在里面，弹弹古琴，吹吹口哨，自得其乐。没有俗人来听，就奏给月亮听吧。与其说是在画竹里馆，不如说是王维在给自己画像。

第三首《鹿柴》最妙，根本看不出那里有通常所谓的好风景。一、二句与三、四句看来前后不相粘连，中间似乎隔了一段距离，怎么一下就跳过来了？这中间有一个暗渡，从“空山不见人，但闻人语响”暗渡到“返景入深林，复照青苔上”。这个暗渡就是现代派新诗中常见的所谓印象的跳跃，亦即从一个意象跳到另一个似乎不相粘连的意象上去。原来王维也懂这一套！

这里的“返景”就是落日返照。山中树木太密，阳光从上面照不入密林去，只有落日的回光能够斜射进来，返照在密林深处的一片青苔上。青苔被照亮了，显得分外翠绿，特别好看。画家王维对光线和色彩颇有研究，不然他不会这样写。

看得出来，这位大画家取景十分高雅，毫无俗气。平平常常的场景，人家不取的，他取。他所取的场景全都融有他的心境在内。他不写“纯”风景，他把自己的人生观都写到风景里去了。

误听与幻听

李广射石的故事在《史记》里是这样写的："广出猎，见草中石，以为虎而射之。中石，没镞。视之，石也。"李将军误视了，司马迁这样说。

到了唐代，卢纶写《塞下曲》六首。第二首是咏李广射石。

林暗草惊风，将军夜引弓。
平明寻白羽，没在石棱中。

这和《史记》里的故事比较，有三点不同：一、李广先是误听风号为虎啸，后是误视石为虎；二、故事发生在夜间；三、天亮后（平明）才回林中去查看，不是射后立即去看。从以上三点看来，卢纶在故事中添了音响效果，造成紧张气氛，强调这是误听，以增诗趣。此后，李广射石的故事就以卢纶的诗为张本了。

诗人运用误听手法，可以玩出许多花样，以增诗趣。《诗经·齐风·鸡鸣》便用了误听法。诗以一位官太太催她的官老爷起床去上朝开头：

鸡既鸣矣，朝既盈矣！（女说）
匪鸡则鸣，苍蝇之声。（男说）

官老爷贪眠，误听喔喔鸡声为嗡嗡蝇声。第二章里，太太又在催了："东方明矣，朝既昌矣！"懒老爷回答说："匪东方则明，月出之光。"这里他又犯了误视的错误。

苏轼同友人谈论白居易的诗，说白居易晚年的诗妙极了。友人问他妙在哪里，他举出"风吹古木晴天雨，月照平沙夏夜霜”这两句，说白居易早年写不出这样的妙句。这两句出自白居易的七言律诗《江楼夕望招客》。这两句到底妙在哪里，苏轼没有说明。

“风吹古木晴天雨”，妙在误听。“月照平沙夏夜霜”，妙在误视。

风声听成雨声，只是误听罢了。还有无声听成有声的呢，白居易的《画竹歌》便是。他在杭州任刺史时，画家萧悦画了一幅十五竿墨竹送他。他看了，大加赞赏，写一首《画竹歌》回赠萧悦。诗中说，别人画的竹肥，萧悦画的竹瘦；别人画的竹萎弱无生气，萧悦画的竹节节向上冲，枝梢鲜活，叶叶都在动呢。不仅此也，而且“举头忽看不似画，低耳静听疑有声”。这就不是误听而是幻听了。既然“看见”画上的叶叶都在动，那么“听见”画上的一片萧萧竹韵也就不足怪了。画得逼真，画活了嘛。

无理的幻听

杜甫登大雁塔（当时长安最高的建筑物），有诗《同诸公登慈恩寺塔》，说他在塔上看见“七星在北户”，听见“河汉声西流”。这里河汉指银河，是秋夜耿耿在天斜挂的银河。杜甫听见了银河的涛声，这就是无理的幻听了。在杜甫的《新安吏》一诗里，写到乡间百姓送子弟上战场，一片哭声震天。他不但听见人在哭，也听见山在哭：“白水暮东流，青山犹哭声。”这也是无理的幻听。

河汉有声，青山在哭，虽悖常理，却合常情。塔太高了，登上去一望，心神恍惚。仰看银河，一带清辉茫茫，屏息听之以灵耳，似闻淙淙的流声。这里有一种迷人的宇宙神秘感。不说摸着了银河，只说听见了流声，这是很聪明的。比较而言，李白在《蜀道难》里说他手扪了猎户星座（参宿），履历了双子星座（井宿），又在《登太白峰》里说他“举手可近月”，都嫌太实。成都望江楼崇丽阁有楹联，上联首句曰“引袖拂寒星”，拂就是扪，套李白的。看了这句，再瞧瞧矮矮的崇丽阁，心头想笑。你要问了：“青山犹哭声”不是也太实了吗？不。请你注意这个“犹”字，是说人哭，山跟着哭。这可以回声来解释，仍然通的；何况还可以用幻听来解释呢。视觉、听觉都可以幻，触觉（扪与拂）就难幻了。

李贺《马诗》第四首说此马是天上星宿下凡，“向前敲瘦骨，犹自带铜声”。这也是无理的幻听。明知道无此理，谁也不会真的走上前去敲敲它的瘦骨，聆听那声音是不是铜声。李贺自己也不会去敲敲。他只是盯着它那峥峥的骨骼，在想象中听见铿锵的铜声而已。这是李贺的神来之笔。在《秦王饮酒》诗中，他又这样写过：“羲和敲日玻璃声。”羲和是驾太阳巡天的车夫，他用鞭子敲那金光炫目的太阳，发出脆生生明亮亮的玻璃声。这玻璃不是近代的人工玻璃，而是天然的水晶玻璃。现代科学家说，太阳真有声音，不过由于在地球与太阳之间悬隔着辽迥的真空，不存在传播声波的介质，我们无法听见罢了。神童李贺也听不见，他只是盯着它那炫目的强光，在想象中听见玻璃声而已。

视觉听觉可以互转，钱锺书有《通感》一文说之甚详。读者可去找着看看，当有裨益。李贺明说太阳有声如敲玻璃，苏轼借去，在《新城道中》诗里，暗示太阳有声如敲铜锣。这首诗前半段："东风知我欲山行，吹断檐间积雨声。岭上晴云披絮帽，树头初日挂铜钲。"铜钲是一种古乐器，形似铜钟而口朝上。久雨乍晴，太阳金灿灿的如铜钲挂在树梢。比喻新鲜，暗示太阳有声如鸣钲，更妙。太阳巡天，鸣钲开道，比敲玻璃又好多了。

白雁诗解说

长江流域，雁南来而秋深。吾蜀亦然，只是来雁数量逐年减少，近二十年城市上空雁阵已绝，使人忧虑。市民在水禽苑能看见雁。雁比鹅小，羽色灰褐。我未见过白雁，却欣赏明人顾文昱《白雁》七言律诗，谨录于下。

万里西风吹羽仪，独传霜翰向南飞。
芦花映月迷清影，江水含秋点素辉。
锦瑟夜调冰作柱，玉关晨度雪沾衣。
天涯兄弟离群久，皓首江湖犹未归。

那只白雁“独传霜翰”，带的书信也被霜染白了。雁宿芦花，芦花白、月光白、雁羽白，白成一片。雁泳秋水，秋水白，远眺唯见白光一点。琴瑟架弦有柱，通称雁柱。“冰作柱”又该是白雁了。玉门关外飞来，晨冒大雪，羽衣更白。结尾一句的“皓首”也是白。这首《白雁》通篇不露一个白字，而白在意象里。曾见我国台湾有现代派诗人接连排列“白的”，其数至百，以收强迫灌输之效。两相比较，优劣自见。

顷读《梦溪笔谈》，乃知世间真有白雁，请引原文：“北方有白雁，似雁而小色白，秋深则来。白雁至则霜降，河北人谓之霜信。杜甫诗云：故国霜前白雁来。即此也。”今人有注释说：“白雁可能指雪雁。雪雁的羽毛白色，体较鸿雁小，是候鸟。春季去北方繁殖，深秋则南来过冬。”白雁是俗称，雪雁是学名。

《红楼梦》黛玉有丫鬟名叫雪雁。这样的名字真是“素以为绚兮”，启人想象，觉得其人冰肌玉骨，天真纯洁。若是名叫花雁，就要教人望而却步了。

误看月如霜

“床前明月光，疑是地上霜。”本来很好懂。这几年又让人难懂了。求甚解者接踵而至，皆说床是井床，并非卧床。为此多方引证勉强自圆其说。2002 年 5 月 25 日《新民晚报·夜光杯》又载一文，再申井床之说。文末又配丰一吟之漫画作插图，画一人“举头望明月”站在井旁。井口画有井唇一圈，却又未画所谓井床，不知是何用意。

愚以为应回归常识，勿求甚解。床是啥？请从语源探之。床者藏也，藏身之处所也。《周易》之“剥床以肤”，《诗经》之“十月蟋蟀入我床下”和“载寝之床”，《战国策》之“孟尝君献象床”，《庄子》之“匡床”，皆无二义，全是卧床。《说文解字》徐锴本释床云：“安身之几坐也。”几坐即几座，安身乃躺平，可知还是卧床。紧接其后的是枕字，亦可旁证床为卧床。到南北朝，称交椅为胡床，床始兼有坐具之义，然亦不废其卧床之本义。杜甫诗有“糟床”为酿具，但是“床头屋漏无干处”仍旧为卧床。李白《长干行》之“郎骑竹马来，绕床弄青梅”固然是坐具，但总不能解释为井床吧。

见有霜字，便断定为冬夜，说天寒关窗睡，又无玻璃，不可能有月光照亮床前。此为福尔摩斯说诗，逗笑可也。以常情体会之，异乡游子，夜深半醒，蒙眬迷离，判断不清，误认床前月光为地上霜，亦未想过夏秋之夜绝不可能有霜。半睡半醒的游子，他只跟着感觉走，哪管合理不合理。这样读诗，方称欣赏，自然好懂。如果他到室外井旁站着，头脑清醒，却疑月光是霜，那就让人读不懂了。

锦瑟感伤身世

李商隐《锦瑟》诗，意象瑰丽，旨趣朦胧，心事不愿直接说出，所以易招误解。自从北宋《刘贡父诗话》提出“锦瑟，令狐绹家青衣”一说，聚讼纷纭。果如此说，那就该是一首情诗，怀念宰相令狐绹家一位女子，芳名锦瑟。李商隐在令狐绹之父令狐楚幕下做过文字秘书，颇受倚重。令狐绹拜相后，憎恨李商隐，疏远之。这些都是事实。古人趣味与今人同，解释两个男子反目，总爱牵扯男女恋情，若有三角纠纷更好。“青衣”之说正满足了这种要求，流播最广，但也最不可信。刘贡父未交代何所据而云然，估计是传闻吧。其实令狐绹憎恨李商隐，是因为他娶了政敌之女，无涉于传说中的“青衣”。

窃以为《锦瑟》乃望五之年感伤身世之作。应该就诗论诗，不宜诗外觅解。李商隐只活了四十六岁——所谓望五之年。晚岁命蹇，做个小官，回顾身世，不免感伤。“锦瑟无端五十弦，一弦一柱思华年。”自比一张绘有纹彩的瑟，快五十岁了，想起失去的好时光。瑟谱载有适、怨、清、和这四支曲。“庄生晓梦迷蝴蝶”是适（舒适）。“望帝春心托杜鹃”是怨（哀怨）。“沧海月明珠有泪”是清（凄清）。“蓝田日暖玉生烟”是和（温和）。适、怨、清、和，这也是人生的四大境界，一步一步，早岁走向晚年。幼享舒适，壮遭哀怨，后转凄清，老归温和。此说出自北宋张邦基的《墨庄漫录》，而我加以发挥。“此情可待成追忆，只是当时已惘然。”这里的情应作事讲（至今仍说事情）。此情就是这些事情，亦即往事，早已茫然记不清，如何回想得起来。

瑟声来自灵界

唐人钱起《省试湘灵鼓瑟》："善鼓云和瑟，常闻帝子灵。冯夷空自舞，楚客不堪听。凄声动金石，清音入杳冥。苍梧来怨慕，白芷动芳馨。流水传湘浦，悲风过洞庭。曲终人不见，江上数峰青。"原本上头出题，钱起应试之作，而且考中进士，该算是帏墨的范式了，不应有格律上的瑕疵。偏偏就有。一是两次用不字，两次用动字。二是第五行"凄声动金石"平仄有问题。后见另一记载，这第五行是"苦调凄金石"，心中一亮，这才对啊。近日读明人黄瑜《双槐岁抄》引此诗，见这第五行又不同，竟是"逸韵谐金石"，似优于"苦调凄金石"。形容词的凄字同第六行动词的入字对不起，若作谐字，就能对起。金，钟也。石，磬也。鼓瑟而谐者，谐和于钟磬之伴奏也。

上头根据屈原《远游》的"使湘灵鼓瑟兮，令海若舞冯夷"出题。钱起扣着题做，所以有"冯夷空自舞"句了。开头两行倒装，义为常闻帝子有灵，善鼓云和瑟，由此破题。接着八行仍然是闻，闻瑟声而引发想象，无一句是实景，为此诗最妙处。如果看得见，还算什么灵。何况音乐之美，必得诉诸听觉，不是拿来看的。今人演奏琴瑟，表情太多，动作太大，干扰听闻，实为败着。钱起闭住眼睛，不写湘灵是何模样，但凭想象飞舞，流水悲风，瞬息千里，绝不落实，聪敏之至。直到结尾两行，眼睛睁开，而那鼓瑟人，作为帝子的湘灵，仍然不显现其身让我们目睹，更为此诗平添神秘色彩。"曲终人不见"的见读若现，显现也。"江上数峰青"的数音 shǔ，动词，义为排列。水碧山青，唯此实景，不知灵隐何方，使我们嗟叹于千载之后，是此诗成功处。

落霞解释为鸟

闲书有载，王安石诗："明月窗前叫，黄犬卧花心。"东坡改叫为照，改心为阴，却招讥笑。原来有鸟名明月，有虫名黄犬，苏髯公无知，所以妄改了。这类故事当不得真。拗相公炫博物，想亦不至于斯。不过或有浅人，身上缺乏美感细胞，以"学问"入诗思，闹这类笑话吧。

近读明人郎瑛《七修类稿》，说到王勃《滕王阁序》名句"落霞与孤鹜齐飞，秋水共长天一色"，竟有著书立说者称，落霞实为一种飞蛾之名，野鸭即鹜，追逐飞蛾欲食，所以齐飞。这位博物大师，论学问则深入牛角，论美感则远逊弱智，使人惊讶不已。更使人惊讶的是郎瑛，他批评了这位美感盲公"强解可笑"之后，仍然跳不出"博物"的窠臼，说那落霞不是飞蛾，而是飞鸟，羽毛绯红，比鹦鹉大，他在某内臣家看见过这种鸟。怪哉，这种鸟为什么要和野鸭齐飞，郎瑛却无解释。这不是以五十步笑百步吗？

王勃那两句成一联，不但明白如话，而且美丽入画。在大尺度的辽阔视域里，远景是秋水长天，近景是落霞孤鹜，远近两景叠成一个画面，静中见动，寂中见活，生趣盎然。如果落霞置换成鸟，鸟要被人看清羽毛绯红，就得近到十米内，成为眼前物象，便难再与秋水长天的远景相叠合，而美丽的画面就没有了。固然，王勃这两句仿自庾信《马射赋》的"落花与芝盖齐飞，杨柳共春旗一色"。不过比较起来，还是王勃高明，得天然之真趣，造文字之奇观，又和后面"渔舟唱晚"与"雁阵惊寒"相扣。庾信那两句只写出场面的热闹而已，非名句也。

何时看梨花

诗有众人同赏，未必都能说透妙在哪里。苏轼《东栏梨花》："梨花淡白柳深青，柳絮飞时花满城。惆怅东栏二株雪，人生看得几清明。"（引自中华书局 1982 年版《苏轼诗集·第三册》）此诗古今书幅者不少，皆作"一株雪"。此引作"二株雪"。孰正孰误，说不清，存疑吧。愚以为此诗容易懂，殊不料明代郎瑛《七修类稿》认为，先说"梨花淡白"，后又说"一株雪"，岂不重复，而且不见梨花之美。郎瑛主张"梨花淡白"改成"桃花烂漫"更佳。像他这样有学问的人，竟提出这样可笑的主张，使我深感意外。

愚以为此诗可分为三层。"梨花淡白"乃初开花，此时柳色已深青了。淡白对照深青，是第一层。过若干日，柳色由深青而飞絮，梨花也由初开时的淡白而盛开，进而梨花满城。柳絮对照满城梨花，是第二层。以上两层乃前日与昨日之景，都是过去时了。今日清明，到此地看梨花。梨花由盛开而极繁，但见东栏外蓬蓬"一株雪"，使人惊喜，继而惆怅，感叹三春易逝，人生易老。诗人对照繁花，是第三层。层层推进，以见春光速去，转眼已是暮春清明。其间有蒙太奇之转换，造成连续画面。时空跳跃，诗有动感，所以不板。并非有意如此结构，吾人之思维步骤本来就是这样的。一句起，二句承，三句转，四句合，此诗正如此。什么起承转合，这是观念腐朽。我说非也，这是思维步骤，诗人也要遵守。自由是指心态自由，不是不守常规。至于到底是一株雪好还是两株雪好，愚以为两株是纪实，但一株更好看。